탤리 이야기

조금 특별한 소녀의
특별하지 않은 일기

탤리 이야기

글 리비 스콧, 레베카 웨스트콧 | 옮김 김선희

CAN YOU SEE ME?

First published in the UK by Scholastic Ltd, 2019
1 London Bridge, London, SE1 9BG UK

Text copyright © Libby Scott and Rebecca Westcott, 2019
Korean translation copyright © Gilbutschool, 2023
All rights reserved.

This edition is published by arrangement with
Scholastic UK Limited through KidsMind Agency, Korea.

이 책의 한국어판 저작권은 키즈마인드 에이전시를 통해
Scholastic UK Limited와 독점 계약한 길벗스쿨에 있습니다.
신 저작권법에 의해 한국 내에서 보호를 받는 저작물이므로 무단전재와 복제를 금합니다.

엄마에게
나를 이해해 주고 또 내가 나를 이해할 수 있게
도와줘서 고마워요.

자신이 남들과 잘 어울리지 않는다고 여기는
소녀들에게 이 책을 바칩니다.
앞으로 나와요, 용기를 내요.
—리비

*각주는 옮긴이가 쓴 보충 설명입니다.

1

 위를 보라. 얼른, 지금 당장. 고개를 젖히고 최대한 멀리 올려다보라. 그러고 나서 조금 더 멀리. 거기가 바로 탤리 올리비아 애덤스가 있는 곳이다. 저 위, 하늘이 시작되는 곳. 중력의 법칙만이 유일한 곳. 세상이 작고 사소해 보이는 곳. 가능성이 한도 끝도 없는 곳.
 여름의 끝자락 날 오후다. 솜털 같은 하얀 구름이 파란 하늘을 천천히 스쳐 지나가고 대기에서는 신선한 냄새가 새로 피어난다. 어느 평범한 날, 평범한 동네 뒷마당의 평범한 골목에 완벽하게 평범한 가족이 있다. 이 문장을 큰 소리로 다시 한번 읽어 보라. 꽤 여러 번 읽으면, 희한하게도 그 평범한 단어가 결코 평범하게 들리지 않는다.

평범한 날이다. 그렇지만 마당 창고 지붕 위에 서 있는 여자아이는 조금 평범하지 않다. 용맹하고 용감한 전사로 바로 앞 땅바닥을 살펴보고 있다. 소녀는 에베레스트산 같은 아찔한 높이를 오르고 나서 숨을 고르는 산악인이다. 밧줄을 타고 올라가 저 아래 사람들을 깜짝 놀라게 하려는 곡예사다.

오른발을 바르르 떨며 허공으로 들어 올린다. 땅으로 곤두박질칠지도 모른다. 한 발짝이라도 잘못 움직였다간 전부 다 끝장날 거다.

"야! 내려와!"

고함에 탤리는 휘청거렸다. 찰나의 순간 마치 땅바닥으로 떨어질 것 같다. 몸을 낮추어 발을 지붕에 딛고 앉아서 다리를 대롱대롱 흔들어 댔다.

탤리가 나무라듯 넬을 노려보았다.

"언니 때문에 떨어질 뻔했잖아. 나 죽이고 싶어?"

넬은 허리춤에 손을 대고 소리쳤다.

"혼자서 그쯤 했으면 됐어. 너 뭐 하는 거야? 엄마랑 아빠가 이제 거기 올라가면 안 된다고 했잖아. 지난번에 그러고 나서는 안 된다고."

탤리는 어깨를 으쓱해 보이고는 말했다.

"나만의 장소야. 지난주에 서커스 학교에서 배운 거 연습하고 있어. 여기 말고는 다른 데가 생각나지 않아."

넬이 초조하게 발을 톡톡거렸다.

"방학이야. 생각하고 자시고 할 게 뭐 있어. 잔말 말고 얼른 내려와."

넬이 이렇게나 상상력이 없었는지, 아니면 고등학생이 돼서 그러는 건지, 탤리는 궁금했다. 만약 고등학교에 들어가서 그렇게 된 거라면, 이번 주가 끝나고 9월이 시작되면 훨씬 형편없어질 것이다.

탤리가 넬한테 물었다.

"7학년*이 되면 아이들이 머리를 변기에 처박고 화장실 물 내린다는 게 사실이야? 그렇다면 난 온종일 아무것도 마실 수 없을 거야. 물을 마시면 화장실에 가야 될 테니까. 그러면 난 탈수증이 심해져서 머리가 잘 돌아가지 않을 거야. 그렇게 되면 시험 칠 때마다 전부 다 망칠 거라고. 그래도 그건 내 잘못이 아니야. 난 학교 화장실에서 되도록 멀리 떨어지려고 그런 거니까."

넬이 콧방귀를 뀌었다.

"입만 살아서!"

훈훈한 바람이 마당으로 불어와 잔디밭에 떨어진 나뭇잎이 흩날렸다. 지난주에는 나뭇잎이 없었다. 웃자란 초록색 풀밭에

---

*우리나라 중학교 1학년에 해당한다.

떨어진 붉게 물든 나뭇잎은 여름이 영원히 이어질 수 없다는 사실을 일깨워 준다. 집에서 지낼 날이 며칠 남지 않았다.

탤리는 침착한 목소리로 물었다.

"내가 길을 잃으면 어떡해?"

넬은 앞머리를 뒤로 쓸어 넘기고는 지붕을 향해 눈을 가늘게 떴다.

"그러면 관리인 창고에 사는 머리 두 개 달린 괴물이 너를 찾아낼걸."

넬은 최대한 무시무시한 소리로 이어 말했다.

"너를 찾아내서는 질질 끌고 가 빗자루랑 대걸레, 양동이 사이에 널 인질로 가두어 둘 거야. 그러면 넌 남은 평생을 학교에서 내내 갇혀 지내야 할 테고."

탤리는 눈 하나 깜짝하지 않았다. 지어낸 괴물은 무섭지 않았다. 머리 두 개 달린 짐승보다 훨씬 더 무시무시한 녀석들이 학교 복도를 돌아다닌다고 탤리는 확신한다.

넬은 이제 짜증이 일었다.

"탤리, 얼른 거기에서 내려와. 널 지켜보지 않았다고 엄마 아빠한테 또 잔소리 듣고 싶은 기분이 절대 아니거든. 꼭 네가 아기나 뭐라도 되는 것처럼……."

탤리는 넬을 노려보며 말했다.

"나 아기 아니야. 언니한테 여기로 나오라고 하지도 않았어.

그냥 나 못 본 척해."

"참 나! 운 좋은 줄 알아라. 엄마 아빠한테 안 걸리고 나한테 걸린 걸."

넬은 얼굴을 찌푸리며 탤리가 창고 위에 있는 모습을 엄마 아빠가 보게 되면 벌어질 말다툼을 떠올렸다.

탤리는 고개를 저었다. 생각의 시간을 망쳐 버린 투덜이, 지겨운 잔소리꾼 언니가 있는 게 조금도 운이 좋다고 생각하지 않았다.

넬이 경고했다.

"엄마 아빠한테 걸렸다간 너 일주일 동안 외출 금지야. 너를 믿지 못하겠다고 생각하면 널 마당에도 안 내보낼 거라고."

탤리는 넬에게서 시선을 거두고 길 쪽으로 나 있는 마당 울타리 너머를 보았다. 일어서면 집 사이로 멀리 공원이 보인다. 여기 위에서는 넬보다 더 멀리 볼 수 있다. 무중력 상태이며 자유롭다. 땅과 반대다.

탤리가 넬에게 물었다.

"어디 있어, 엄마랑 아빠?"

넬은 집 쪽으로 다시 눈길을 돌렸다. 열매가 주렁주렁 매달려 가지가 축 늘어진 사과나무가 집을 거의 다 가렸다. 올여름에 마당은 정글이 되었다.

"대문 밖에서 제솝 부인이랑 그 이상한 개랑 얘기하고 있어.

그 할머니는 개가 저런데 어떻게 산책할 때 데리고 나오는지 이해가 안 돼. 창피하지도 않은가."

"다리가 세 개인 게 루퍼트 잘못이야? 그렇게 야멸치게 말하지 마. 언니가 다리가 세 개라면 기분이 어떨지 생각해 봐. 언니가 이상해 보인다고 생각하는 사람이 있다면 언니도 싫을걸, 안 그래?"

탤리는 넬의 말투에 화가 났다.

넬은 눈을 흘겼다.

"어쨌든, 나라면 밖에 안 나갈 거야. 내 이상한 모습을 다른 사람들이 보지 못하게 할 거야. 이제 내려와, 엄마 아빠가 여기 와서 너 보기 전에."

넬은 대답을 기다렸지만 탤리는 말을 듣지 않았다. 내려오기는커녕 자리에서 일어나 균형을 잡았다. 한 손을 눈 위로 들어 올려 손차양을 만들고는 멀리 내다보았다.

"공원에서 축제를 준비하는 것 같아. 사람들하고 캠핑카 같은 게 엄청 많아. 커다란 트럭도 하나 보이는데, 뒤에 범퍼카가 여러 대 있는 것 같아."

넬은 탤리를 향해 눈을 찡그리고 물었다.

"뭐라고? 그럴 리 없어. 축제가 열리려면 아직 몇 달 남았어. 제발 좀 내려오지 않을래? 너 떨어져서 나 야단맞기 전에?"

"안 내려갈 거야. 정말로 축제가 보인단 말이야!"

"확실해?"

넬은 까치발을 하고 공원 쪽을 봤지만 아무것도 볼 수가 없었다.

축제는 두 사람이 같이 좋아하는 몇 안 되는 것 중 하나다. 넬이 열네 살이고 탤리가 겨우 열한 살이라는 건 문제가 되지 않는다. 동네에서 축제가 열릴 때면 둘 다 엄청 들뜬다.

탤리는 다리에 좀 더 힘을 주고 서서 몸을 앞으로 기울이며 각양각색의 트럭과 짐차를 확인하려고 했다.

"빙빙 도는 놀이 기구도 보이는 것 같아. 음, 회전목마를 세울 건가 봐. 말 한 마리가 보여!"

아래에서 뭐가 기어오는 소리가 들리더니 갑자기 넬의 머리가 사다리 위로 불쑥 나타났다.

"어디? 우리 공원에 세우는 거 확실해?"

목소리에서 살짝 걱정하는 기색이 묻어났다.

"직접 봐. 못 믿겠으면."

탤리가 먼 곳을 향해 손을 흔들었다.

넬은 잠시 머뭇거리다가 마지막 남은 사다리 가로장을 올라와 탤리가 서 있는 지붕까지 기어왔다.

"아무것도 안 보이는데."

"유령의 집이 보여! 진짜로 보인다고!"

탤리는 넬을 내려다보며 얼굴 가득 함박웃음을 지었다.

넬은 엉거주춤한 자세가 너무 힘들었다. 자리에서 일어나 창고 위 탤리 옆에서 균형을 잡고는 손을 쭉 내밀어 탤리를 움켜잡았다. 하도 세게 움켜잡아 손가락에 피가 쏠렸다.

"정말이네! 축제야!"

"내가 그렇다고 말했잖아."

탤리는 넬이 의심했던 일은 신경 쓰지 않았다. 내내 자신이 옳다는 걸 알았으니까.

둘은 커다란 트럭 문이 열리고 사람들이 기계 같은 걸 꺼내 조립하는 모습을 함께 지켜보았다. 마법 같았다. 평범하고 묵직한 쇠붙이가 서로 맞춰져서 뭔가 번쩍번쩍하는 물건이 되는 게…….

넬이 중얼거렸다.

"미안해. 네가 7학년을 시작한다고 바보처럼 굴었어. 걱정할 필요 없어, 탤리. 너한테 내가 필요하면, 바로 옆에 있을 테니까. 그렇게 무섭지 않을 거야. 아무도 네 머리를 변기에 처박고 화장실 물을 내리지 않을 거야. 약속해. 넌 괜찮을 거야. 학교는 유령의 집보다 덜 무서워. 넌 잘 해낼 수 있어!"

탤리는 아무 대답도 하지 않았다. 넬이 뭘 모르고 한 말이니까. 가끔 뭘 모르고 하는 말에는 모른 척하는 게 최고다. 유령의 집을 킹스우드 아카데미와 비교할 수는 없다. 말도 안 된다.

탤리와 넬은 유령의 집을 좋아해서 언제나 둘이 같이 간다.

탤리는 으스스한 음악과 기괴한 음향 효과의 기분 좋은 스릴이 무지 좋다. 아무리 여러 번 갔어도, 마지막에 이르러 고약하고 못된 해골바가지가 두 사람을 향해 툭 튀어나올 때면 항상 자리에서 벌떡 일어나곤 한다. 그렇지만 무엇보다 마음에 드는 것은 입구 게시판에 적힌 규칙이다.

탈것에서 나오지 마세요.

두 손을 밖으로 내밀지 마세요.

탑승 중에는 음식이나 음료수를 먹지 마세요.

탤리는 규칙을 좋아하지 않는 편이다. 특히 그 규칙이 다른 사람들이 만든 거라면. 하지만 이 규칙은 다르다. 이 규칙은 요긴하며 탤리를 안전하게 지켜 준다. 그리고 어쨌거나 유령의 집은 그냥 가짜다.

그러나 킹스우드 아카데미는 진짜다. 그리고 그곳에는 규칙이 몹시 많다는 것을 탤리는 안다. 더구나 진짜로 중요한 건 어디에도 적혀 있지 않다.

넬이 탤리의 손을 꽉 움켜잡고 말했다.

"엄마 아빠한테 우리 좀 축제에 보내 달라고 말해야 해. 우리 꼭 가야 해. 그러니까 우리가 여기에 있는 걸 엄마 아빠가 절대로 보면 안 된다고."

탤리는 넬만큼이나 축제에 가고 싶었기 때문에 자신을 끌어당기는 넬을 따라 단단한 땅으로 내려갔다.

날짜 8월 29일 금요일

상황 여름 방학

감정 상태 편안하지만 살짝 초조. 여름이 영원히 끝나지 않으면 안 될까?

불안감 정도 좋음. 느긋하게 3 정도. 다음 주 7학년 개학을 걱정하면 슬금슬금 4로 기어간다.

나의 일기장에게

　나야, 탤리. 흠, 사실 내 이름은 나탈리아인데 친구들은 나를 탤리라고 불러. 우리 가족도. 우리 가족을 먼저 소개할게. 나는 엄마 제니퍼, 아빠 케빈 그리고 짜증 나는 언니 넬과 함께 살아. 언니는 자기가 항상 옳다고 생각해. 그래서 언니가 옳을 때도 나는 언니가 옳지 않은 척하곤 해.

　내 느낌이 어떤지 적어 보라고 엄마가 내게 일기장을 줬어. 엄마는 온갖 다양한 상황에서 내가 어떻게 대처하는지 (또는 그러지 못하는지) 이해하는 데 도움이 될 거라고 했어. 특히 내가 걱정하거나 두려워할 때(어쨌든 그런 일은 자주 일어나).

　나에 관해 먼저 알아 둬야 할 게 있는데, 나에게는 자폐증이 있어.

　자폐증은 이따금 내 삶에 약간 부담을 주지만, 우리 엄마 아빠는 그걸 초능력이라고 말해. 나도 그렇게 믿고 싶어. 하지만 세상 사람들은 우리를 아직 이해하지 못하기 때문에, 어떤 사람들은 자폐증이 있는 사람을 마치 다른 종이라도 되는 듯이 여겨. 내가 그저 평범한 열한 살 아이처럼 대접받고 싶을 때도 어떤 사람들은 나를 외계인처럼 취급해. 때때로 사람들이 나를 다르게 대하는 이유가 내가 호랑이 가면을 자주 쓴다는 사실 때문이라는 거. 나도 인정해. 하지만 나는 호랑이 가면을 쓰면 그냥 편안하고 마음이 놓여. 가면을 쓰고 있으면 사람들과 눈을 마주치거나(사람들은 눈을 마주치는 것에 왜 그렇게나 집착할까?) 사람들에게 미소 지어 보일 필요가 없거든. 세균에 감염되지도 않아. 내가 가면을 쓰고 있으면 사람들이 나를 내버려 두는 것 같아. 그러니 호랑이 가면을 안 좋아할 이유가 있겠어? 그렇지만 넬 언니는 그걸 썩 좋아하지 않아. 내가 사람들 앞에서 가면을 쓰고 있으면 엄청 창피하게 여겨. 그래서 내 가면을 숨기려고 한 적도 있어. 가면은 언니의 최대 적이야. 나는 그게 좋아. 음하하.

내 자폐증에 대해 사람들이 알아야 할 점이 몇 가지 있어. 그걸 자폐증의 장점과 단점이라고 표현할게. 앞으로 내 일기장에 그걸 써 내려갈 거야. 그리고 세상 사람들이 자폐증을 또 다른 관점에서 볼 수 있도록 언젠가 이 내용을 함께 나눌 거야.

탤리의 자폐증 보고서 : 감각과 관련해서

장점 나는 기억력, 후각, 촉각, 시력, 청력이 좋다. 때때로 다른 사람들보다 미각도 뛰어나다(자폐증은 초능력이라고 말했지!!!). 나는 음악 한 곡을 듣고 바로 키보드나 우쿨렐레로 연주할 수 있고, 목소리를 흉내 낼 수도 있다(덕분에 이따금 문제에 빠지기도 한다). 언제 어디에서 인형을 샀는지 다 기억

할 수 있다(난 인형이 백 개도 넘게 있다). 보통 인형 생일까지 기억해서 하나 하나 축하해 준다. 내가 빌리 생일을 잊어버렸던 때만 빼고(그때 나는 엄청난 충격에 빠졌었다).

단점 나는 아주 사소한 것까지 느낄 수 있어서 짜증스러워 미칠 지경이다. 양말 솔기, 신발 속 부스러기, 옷에 달린 상표……. 우리 가족이 휴가 여행을 갔는데 침대 매트리스가 집에 있는 것과 정확히 똑같지 않으면 뭐에 꽉 막힌 것 같아서 잠을 잘 수가 없다. 엄마는 내가 『공주와 완두콩』에 나오는 공주 같단다. 청각이 뛰어나다는 게 언제나 그렇게 대단한 것은 아니다. 2층 내 방에 틀어박혀 있을 때도 사람들 대화가 들려와서 안 들으려야 안 들을 수가 없다. 그리고 그 내용이 엄마 아빠가 나 때문에 말다툼하는 거라면 더더욱 고약하다(솔직히 퍽 흥미롭다는 점은 인정한다). 하지만 내가 들은 것을 말하면 난 도청으로 고발당한다. 나도 내가 어쩔 수 없다는 사실을 생각하면, 정말 별로다.

2

"아파. 지금 이거 벗고 싶어."

탤리는 어금니를 꽉 깨물고 이렇게 내뱉었다.

엄마가 바닥에서 고개를 들고 말했다.

"네가 엄마 도와주면 우리 이거 진짜 빨리 끝낼 수 있어. 그러면 상으로 초콜릿 하나 먹을 수 있는데, 어떻게 생각하니?"

탤리는 여전히 팔짱을 풀지 않았다. 탤리는 바보가 아니다. 지금 이 과정에서 탤리가 엄마처럼 서두를 필요는 없다는 걸 안다. 나머지 새 교복은 침대 끄트머리에 축 늘어져 있다. 모두 탤리가 입어 봐야 할 치마와 점퍼 그리고 신발이다. 엄마가 아빠한테 얘기하는 소리를 들은 그대로, 신발가게에서 벌어진 야단법석, 그러니까 멜트다운*을 다룰 기운이 없었기 때문에 결국 엄마 혼자서 사 와야만 했던 옷가지다.

탤리가 신발을 신어 봤다 해도 딱히 차이는 없었을 거다. 어쨌거나 신발은 여전히 아팠다. 발이 갇힌 것 같지도, 아프지도 않고 편안한 유일한 신발은 탤리의 낡은 운동화다. 그런데 넬의 말에 따르면, 킹스우드 아카데미 교복 규칙에 아주 더럽고 구역질 나는 운동화는 신으면 안 된다고 나와 있단다. 그러니까 그 구역질 나는 신발 한 짝이 결국 넬의 머리 위로 날아간 건 전적으로 넬의 잘못 때문이었다. 탤리는 아직도 그날 저녁 동안 자기가 아이패드를 빼앗긴 건 불공평하고 적당하지 못한 벌이라고 생각한다.

"팔을 살짝 움직여 줄래?"

"안 돼. 딱 달라붙었어."

엄마가 슬며시 웃었다.

"있잖아, 너한테는 안됐지만, 다행히도 엄마한테는 마법의 약이 있어서 달라붙은 걸 풀 수 있지."

그러면서 엄마는 탤리의 팔을 손가락으로 톡톡 두드렸다.

"자! 이제 자유롭게 움직일 거야."

---

*'감각 폭발 현상' 또는 '감각 붕괴 현상'이라고도 한다. 멜트다운은 자폐 스펙트럼 장애가 있는 사람이 스스로를 조절할 수 있는 합리적인 상황을 넘어섰을 때 감각 처리 능력을 잃고 감각 처리 과정이 멈추는 것이다. 감각의 입력과 출력은 적절한 강도와 적절한 시간대를 유지해야 사회적으로 행동할 수 있는데, 자폐성 장애인들에게는 몹시 힘든 일이다. 탤리의 자세한 설명은 72쪽 참고.

"아니. 달라붙은 걸 푸는 약 따위는 없어. 내 팔은 그대로 붙어 있어. 난 아무것도 못해."

탤리는 고개를 저었다.

엄마가 탤리를 달랬다. 그렇지만 엄마 목소리에 담긴 긴장을 탤리는 느낄 수 있었다.

"너 아주 잘하고 있어. 2, 3분 더 있으면 우린 다 될 거야. 난 그냥 단추를 채우고 옷이 맞는지만 확인하면 돼."

탤리는 살갗에 뻣뻣한 천이 느껴져서 엄마를 향해 소리치고 싶었지만 꾹 참았다. 따끔거리고 너무 더웠다. 단 1초라도 상상할 수가 없다. 어떻게 이렇게나 뻣뻣하고 불편한 뭔가를 탤리가 입기를 바라는지, 왜 입어야 하는지를. 탤리는 7학년을 시작하는 거지 전투에 나가는 게 아니다.

엄마 아빠가 탤리에게 말하지 않는 게 있을지도 모른다. 그렇지만 그건 놀랍지도 않다. 탤리는 자기가 옆에 없을 때 엄마 아빠가 꽤 많은 이야기를 나눌 거라고 의심하기 때문이다. 탤리를 어떻게 할 것인가 하는 따위의 말. 탤리는 자신이 엄마 아빠에게 영원한 골칫거리라고 생각한다.

창문 밖, 하늘이 점점 어두워지고 있다. 여름 방학의 첫날과 달리 방학 마지막 날에는 가능성이라고는 하나도 없었다. 아이스크림 맛도, 잔디 깎은 냄새와 햇빛 냄새도 나지 않았다. 여름 방학의 첫날이 희망이라면, 마지막 날은 우울함으로 가득 차 있다. 마치 그것을 알기라도 하는 듯, 비가 유리창으로 마구 몰아쳤다. 쓰고 있는 가면의 눈구멍으로 뚫어지게 들여다보니 유리창에 자기 모습이 비쳤다. 창문 밖 빗방울은 뺨에 소리 없이 흘러내리는 눈물을 흉내 내고 있었다.

탤리는 훌쩍이며 두 손을 들어 호랑이 가면을 조금 더 끌어당겼다. 울고 싶지 않지만, 눈물은 탤리가 선택한 게 아니다.

그런데 팔을 움직인 게 실수였다. 엄마가 후닥닥 셔츠를 단단히 여미고는 단추를 채웠다. 옷감이 탤리의 목을 조여 오고, 끔찍한 한순간, 어떻게 폐로 숨을 들이마시는지 까먹은 것 같았다. 탤리가 엄마 손에서 빠져나오자 의자가 뒤로 덜컹 넘어지며 나뒹굴었다.

"탤리! 네 셔츠!"

엄마가 자리에서 몸을 일으켜 세웠다. 얼굴이 붉어지며 일그러졌다.

엄마가 손가락을 폈다. 손바닥에 단추가 한 움큼 있었다. 셔츠는 바닥에 구겨져 있고, 그 옆에 셔츠 주인도 똑같이 구겨져 쓰러져 있었다.

"아프다고 말했잖아. 내가 말했잖아."

탤리가 두 무릎 사이에 고개를 푹 파묻고 울먹였다.

엄마는 길게 한숨을 내쉬고 탤리 옆에 털썩 주저앉았다. 가까이 다가가기는 했지만 손을 대지는 않았다. 엄마가 차분히 말했다.

"아픈 거 알아. 나도 분명히 들었어. 하지만 교복 입어 보는 거 오늘 끝내야 해. 끝."

"나 내일 교복 입기 싫어. 끔찍해. 그리고 아파. 나 못 걸어가. 수업도 못 들어. 먹지도 못해. 그거 입고 있으면 숨도 못 쉰다고."

탤리는 무릎을 바짝 끌어당겼다. 서늘한 고무 가면이 얼굴에 닿는 게 느껴졌다.

"알아."

이따금 엄마에게는 해결책이 없었다. 탤리는 그 점을 이해했다. 이따금, 엄마가 할 수 있는 일은 그저 아는 것뿐이다.

엄마가 이제 차분하게 말했다.

"단추는 엄마가 다시 달 수 있어."

"거지 같은 단추는 신경 안 써."

"아침에는 좀 더 편안할 거야."

그렇지 않을 거다. 하지만 때때로, 특히 탤리가 유난히 피곤할 때는 편안한 척하는 게 더 간단한 일일 거다.

"힘들게 해서 미안해."

탤리가 자그맣게 속삭였다. 목소리가 너무 작아서 가면의 입을 간신히 빠져나왔다. 그래도 어쨌든 엄마는 그 말을 들었다.

"이런, 탤리. 네가 그렇게 생각하다니, 내가 정말 미안해, 너는 엄마의 영광스럽고 자랑스럽고 용감한 딸이야. 난 이 세상 끝까지 너를 사랑해."

탤리는 엄마를 올려다보았다. 가면 안에서 탤리의 눈동자가 빛났다.

"나를 바꿀 수 있어도 안 바꿀 거지?"

엄마가 씩 웃으며 부드럽게 고개를 저었다.

"너를 바꾼다니. 그런 생각은 눈곱만큼도 하지 않을 거야. 너는 네 모습 그대로 아주 완벽하거든."

탤리는 잠시 멈추고 엄마 얼굴을 들여다보았다. 조금이라도 의심할 흔적이 없다는 것을 분명히 확인했다. 탤리는 자기가 엄마라면 다른 딸로 바꾸고 싶을 거라는 생각을 가끔 하곤 한다.

"약속해?"

엄마가 웃으며 대답했다.

"약속해. 이제 안아 줄까?"

탤리는 고개를 끄덕였다. 엄마가 가까이 다가와 탤리 어깨에 팔을 둘렀다. 현관문이 쾅 닫히는 소리가 나면서 평화로움을 깨뜨릴 때까지 둘은 잠시 가만히 앉아 있었다.

엄마가 말했다.

"넬일 거야."

엄마는 바닥에서 일어나며 침대 위에 단추를 내려놓았다.

"부엌에 가서 간식 좀 먹을까? 방학 마지막 날인데 초콜릿이라도?"

 내일이 되면 더는 엄마와 함께 공원에 가거나 주중에 넬과 영화를 보지 못할 거다. 어쩌면 초콜릿을 먹으면 기분이 좀 풀릴지도 모른다.

 하지만 탤리는 고개를 가로저으며 부드럽게 으르렁거렸다.

 "호랑이는 초콜릿 안 먹어. 육식 동물이야. 그러니까 주로 고기를 먹어. 게다가 호랑이는 자기 먹이를 사냥해. 초코바를 사냥할 수 없어, 안 그래?"

 잠깐 침묵이 흘렀다. 확실히 가면 안에서 무슨 심각한 생각이 이어지고 있었다.

 "그렇지만 엄마가 초콜릿을 줄에 매달아서 마당으로 끌고 가면, 내가 그 뒤로 살금살금 다가가 펄쩍 뛰어들 수 있을 거야. 초콜릿이 방심한 사이에 말이야."

 엄마가 콧김 내뿜는 소리를 냈다. 키득거리는 것 같은 의심스러운 소리였지만 나중에는 켁켁 기침을 했다.

 "호랑이가 초콜릿을 별로 좋아하지 않는다는 말처럼 들리네. 영양 떼는 어때? 호랑이가 영양은 확실히 좋아할 것 같은데."

 탤리는 자리에서 일어나 가면을 끌어당겼다.

 "내 생각에, 솔직히…… 솔직히, 어떤 초콜릿은 괜찮을 수도 있어."

 탤리가 내팽개친 교복 셔츠를 넘어가며 말했다.

3

여기저기에 사람들이 있다. 하이에나 무리처럼 꽥꽥 비명을 질러 댄다. 서로를 향해 고함친다. 이렇게 웃는 이유는 전부 그냥 농담 때문이다.

하지만 이게 전부 농담이라면, 그렇다면 탤리는 핵심을 제대로 파악할 수 없다. 콘크리트 마당을 가로질러 넘쳐나는 소음과 관련해서는 웃기는 게 진짜로 하나도 없기 때문이다. 탤리의 귀에 파도처럼 끝없이 소음이 밀려와, 탤리는 달아나고 싶은 마음만 든다. 어디든 상관없다. 달아날 수 있는 곳이라면 어디든 상관없다. 겁을 집어먹고 달아나려 할 때면 언제나 그렇듯, 가슴속에서 심장이 마구 뛰고 다리가 후들거렸다.

학교에 겁먹을 필요는 없다. 그러나 탤리는 학교보다 더 무시무시한 데가 없다는 걸 안다.

"강당으로 가야 해. 7학년 신입생은 전부 조회에 참석해야 해. 어디로 가는지 알아?"

넬의 목소리가 천둥을 뚫고 튀어나온다.

탤리는 넬에게로 관심을 돌렸다. 넬은 종종거리며 교문 쪽을 돌아보았다. 아이들이 운동장으로 우르르 몰려왔다. 탤리는 언니의 새 신발도 자기 신발만큼이나 아플까 궁금했다.

"강당 어디 있는지 알아. 우리 반이 어디 있는지도 알아. 엄마랑 여름 예비 소집 때 들렀으니까."

탤리가 발걸음을 옮기자 넬이 알았다는 듯 미소 지었다.

"그런데 그때는 여기에 이렇게 사람이 많지 않았어."

넬은 웃음기를 거두고 얼굴을 찡그렸다.

"여기 누구 아는 사람 있어? 나 서두르지 않으면 로사랑 못 만난단 말이야."

"엄마가 언니한테 나 학교에 잘 데려다주라고 했잖아. 언니가 오늘 나를 돌봐 줘야 한다고 엄마가 그랬어. 그러겠다고 언니가 약속했어."

탤리는 두려움에 눈을 크게 뜨고 넬을 노려보았다.

넬은 한숨을 푹 내쉬었다.

"난 다 했어. 여기까지 내내 너랑 같이 걸어와 줬잖아."

"난 아직 학교에서 괜찮지 않아. 안 그래?"

탤리가 따졌다. 탤리는 배낭끈을 단단히 움켜쥐고, 모든 것이 너무 두려워질 때면 늘 그러듯 숨을 깊이 쉬려 애썼다.

"난 집 밖에 나와 있어. 나한테 무슨 일이든 일어날 수 있어."

그러나 넬은 귀담아듣지 않았다. 탤리 손을 움켜잡고는 지금 막 도착한 여자아이들 무리 쪽으로 운동장을 가리켰다.

"봐! 너랑 같이 노는 라일라하고 아이샤 그리고 다른 아이도 있어. 저 애 이름이 뭐지?"

탤리가 쳐다보더니 대답했다.

"루시."

넬은 씩 웃었다.

"그럼 가 봐! 강당에 같이 갈 친구가 세 명이나 있네. 그 애들이랑 있으면 아무 일 없을 거야. 나중에 보자, 괜찮지?"

넬은 탤리의 어깨를 살짝 밀었다.

탤리가 뭐라고 대답하기도 전이었으니 그건 적절한 질문이 아니었다. 아니, 전혀 괜찮지 않았다. 넬은 운동장을 가로지르며 눈앞에서 사라졌다.

탤리의 손이 펄럭펄럭 흔들렸다. 누가 미처 알아차리기 전에 손을 옆구리에 꽉 붙여 숨겼다. 진짜로 스트레스를 받거나 진짜로 흥분할 때면 자주 그런다. 하지만 여기에서 그럴 수는 없다. 이 아이들이 전부 보는 앞에서는 안 된다.

탤리는 친구들을 다시 보았다. 언니가 옳다. 라일라는 제일 친한 친구여서 무척 보고 싶었다. 용기를 내어 운동장을 가로질러 가면 된다. 탤리는 느릿느릿 앞으로 움직였다. 하지만 주변 소음이 커져 가자 몸이 점점 움츠러들었다.

"안녕."

탤리의 목소리가 너무 작아서 아무도 알아차리지 못했다. 탤리는 목소리를 가다듬고 외쳤다.

"안녕, 얘들아."

라일라가 몸을 휙 돌렸다. 얼굴 가득 환한 웃음이 번졌다.

"탤리! 여기서 보니까 진짜 반갑다! 여기 엄청 넓어!"

아이샤가 물었다.

"여름 방학 잘 보냈어? 휴가 다녀왔어?"

탤리는 심장 박동이 점점 느려지는 걸 느끼며 고개를 끄덕였다. 다 괜찮아질 거다. 탤리는 할 수 있다. 탤리는 잘한다. 다른 사람들 앞에서 어떻게 해야 하는지 안다. 아주 어릴 때부터 남들을 지켜봐서 잘 안다.

탤리는 배낭을 어깨에서 벗어 바닥에 내려놓으며 말했다.

"물론이지. 우린 일주일 동안 바닷가에 갔었어. 우리가 묵었던 곳 마당으로 들어온 길고양이들 모두랑 친구가 됐어. 매일 먹이를 줘서 내가 길들였지. 그리고 집에 돌아왔을 때 엄마가 나를 서커스 학교에 등록해 줬어."

탤리는 두 팔을 벌려 친구들에게 웃어 보이며 말을 이었다.

"너희는 지금 공인 서커스 곡예사를 보고 있어. 대단하지 않아?"

루시가 웃음을 터뜨리며 고개를 흔들었다.

"탤리 너 대단하다. 초등학교 졸업하고 나서도 하나도 변하지 않았어."

탤리는 혼란스러워하며 루시를 바라보았다.

"겨우 6주 전이야. 6주 만에 바뀌는 사람은 없어."

루시는 고개를 갸웃거리고 배시시 웃으며 말했다.

"바뀌는 사람도 있지. 뭔가 진짜로, 정말로 엄청난 일이 일어난다면."

"무슨 말 하는 거야? 무슨 엄청난 일?"

아이샤의 목소리에 얼떨떨한 느낌이 묻어 있었다. 탤리는 질문한 사람이 자신이 아니라 아이샤여서 좋았다.

루시가 한 걸음 바짝 다가오며 친구들에게 좀 더 가까이 오라고 손짓했다.

"내 말에 너희 전부 비밀 지킨다고 약속해야 해."

"약속할게!"

라일라와 아이샤가 한목소리로 대답했다. 탤리는 비밀이 뭔지 아직 몰랐기에 잠자코 있었다. 자기가 지킬 수 있을지 모르는 약속을 하면 옳지 않을 테니까 말이다.

루시가 어깨 너머를 힐끗 쳐다보며 누가 듣고 있지 않은지 확인했다.

"좋아. 그렇다면, 너희가 모두 그렇게나 알고 싶다면 내가 말해 줄게. 하지만 누구한테건 한마디라도 입 밖에 내면 안 돼, 알았지?"

루시는 잠시 말을 멈추었다. 눈이 흥분으로 반짝반짝 빛났다. 그러고는 엄청난 이야기를 했다.

"루크가 여름 내내 나한테 메시지를 보냈어!"

아이샤와 라일라가 꽥 비명을 질러 댔다. 루시는 친구들을 바라보며 씨익 웃었다.

라일라가 소리쳤다.

"루크가? 정말이야?"

그러고는 뭘 잘못한 사람처럼 주위를 둘러보았다.

"미안! 하지만 정말 놀랍다!"

아이샤가 손으로 입을 가리며 말했다.

"맙소사! 그 애가 널 엄청 좋아하는구나! 아마 사귀자고 할 거야, 루시."

탤리는 뒤로 주춤 물러났다. 어깨가 축 늘어졌다. 이건 엄청난 일이 아니다. 중요한 사람에 대해서는 한마디도 하지 않았다. 친구들은 루크 이야기를 하고 있었다. 언젠가 탤리 머리를 향해 축구공을 뻥 찼던 그 루크. 탤리가 교실에 들어갈 때마다 고약한 별명으로 부르곤 하던 그 루크 말이다.

"별종 등장."

루크는 그렇게 말하곤 했다. 언제나 다 들을 만큼 큰 소리로. 단, 선생님만 듣지 못하게. 이제 7학년을 시작하니 루크도 철이 들어 그런 행동을 그만두었으면 좋겠다고 탤리는 바랐다.

라일라가 루시 손을 잡고 펄쩍펄쩍 뛰었다.

"루크한테 뭐라고 말할 거야? 너 혼자 있을 때까지 기다릴까? 아니면 우리 앞에서 할까? 점심시간에 학생 식당에서 너한테 사귀자고 하면 나는 돌아 버릴 거야!"

"나도!"

아이샤도 흥분한 목소리로 말했다. 둘은 탤리 쪽으로 고개를 돌렸다. 자기가 무슨 말이라도 하기를 기다린다는 걸 탤리는 알았다.

"나도."

탤리도 따라 말했다.

이건 끔찍하다. 오늘 아주 여러 가지 이야기를 할 줄 알았다. 그중에 끔찍한 루크 이야기는 없었다. 루크가 루시에게 메시지를 보냈다고 신이 난 척하려 애쓰기는 쉽지 않을 거다.

라일라가 탤리를 향해 웃으며 물었다.

"그렇게 생각하지 않아, 탤리?"

다른 대화로 넘어가서 탤리는 이제 친구들이 무슨 이야기를 하는지 전혀 몰랐다. 운동장에서 나는 소음이 점점 커지고 찻길에서 배기가스 냄새가 스며들었다. 살짝 구역질이 났다.

탤리는 친구들에게 웃어 보이면서 열정적으로 고개를 끄덕였다.

"그래, 맞아!"

친구들이 모두 웃음을 터뜨리고 라일라가 팔꿈치로 탤리의 팔을 쿡 찌른 걸 보니 제대로 대답한 듯하다.

"올해는 최고의 해가 될 거야! 딱 느낌이 와!"

루시가 친구들을 향해 환하게 웃으며 말했다.

탤리에게 유일하게 느낌이 오는 건 발가락을 짓누르는 새 신발이다. 이 신발을 오래 신고 있을수록 점점 더 심해진다. 엄마가 말한 것과 완전히 다르다. 엄마 말에 따르면, 탤리가 학교에 도착할 즈음이면 신발에 익숙해져서 신었는지조차 알아차리지 못할 거란다.

엄마가 거짓말을 했다.

탤리는 털썩 주저앉아 한쪽 신발을 벗었다. 발가락이 비교적 자유로워지자 마음을 푹 놓고 숨을 내쉬었다. 그래도 여전히 양말에 끔찍한 문제가 있어서, 탤리는 양말 위쪽을 움켜잡고는 재빨리 발 아래쪽으로 도르르 말았다.

라일라가 작은 소리로 외쳤다.

"탤리! 뭐 하는 거야?"

탤리는 힐끔 올려다보았다. 친구들이 자신을 에워싸고 있어서, 세 친구의 얼굴 너머로 하늘이 가까스로 보였다. 친구들이 멍하니 입을 벌린 채 눈을 왕방울만 하게 뜨고 있었다.

"신발 다시 신어."

탤리는 눈을 끔뻑이며, 누가 자기한테 뭔가를 시킬 때마다 나타나는, 배 속이 꼬이는 느낌을 애써 무시하려고 했다. 탤리는 지금 학교에 있다. 소란을 피우면 안 된다.

"안 돼. 새 신발은 발이 아파. 그래서 우리가 6학년 시작할 때 톰프슨 선생님이 나한테 교실에서 맨발로 있으라고 했잖아."

아이샤가 초조하게 뒤를 슬쩍 돌아보며 말했다.

"있잖아, 우리는 이제 6학년이 아니야. 네가 여기에서 그런 짓을 하면 비웃음을 살 거야."

탤리는 아이샤를 물끄러미 올려다보며 물었다.

"그런 짓이라니, 무슨 뜻이야? 난 발이 아파. 그래서 괜찮아지라고 문지르는 거야."

"내 말은, 네가 초등학교에서는 언제나 잘도 빠져나왔지만 여기 킹스우드 아카데미에서는 그럴 수 없다는 뜻이야. 그랬다간 완전히 따돌림 당할걸? 여기 아이들은 우리만큼 친절하지 않을 테니까."

아이샤의 목소리는 걱정스러웠다.

탤리는 무슨 말을 할 것처럼 입을 벌렸지만 이내 꾹 다물었다.

루시가 고개를 절레절레 저으며 말했다.

"창피하게 하지 마. 그게 우리 모두가 하려는 말이야."

라일라가 탤리 옆에 몸을 웅크리고 앉아서 탤리에게 신발을 건네며 속삭였다.

"그냥 신어, 알았지? 그러면 괜찮아질 거야."

탤리는 양말을 다시 끌어 올리고 신발을 신고 자리에서 일어섰다. 라일라는 아주 어릴 때부터 가장 친한 친구였다. 처음에는 라일라 이름이 테일러*와 발음이 비슷해서 탤리는 라일라를 좋아했다. 테일러는 온 우주를 통틀어 최고로 멋진 이름이다. 하지만 이제 가장 친한 친구인 라일라를 좋아하는 이유는 차고 넘쳐난다. 라일라는 탤리의 농담에 웃어 주고, 혼란스러운 상황에서 탤리를 도와주고, 다르다는 이유로 탤리를 절대 기분 나쁘게 하지 않는다. 라일라는 탤리가 왜 다른지 알고, 또 그 점을 한 번도 문제 삼지 않은 유일한 친구다.

라일라는 잘 안다.

다행스럽게도 루시가 탤리 신발 문제에서 화제를 바꾸었다.

"우린 어떤 반에 들어갈까?"

라일라가 말했다.

"다 함께 같은 반이 되면 좋겠다."

탤리는 라일라가 왜 그렇게 말하는지 궁금해 라일라를 바라

---

*미국의 유명 가수 테일러 스위프트를 말한다.

보았다. 당연히 모두 함께할 거다. 언제나 함께해 왔다.

루시가 탤리 쪽으로 재빨리 시선을 돌리며 말했다.

"멋지겠다. 그러면 서로 전부 지켜볼 수 있잖아."

그러자 라일라가 탤리의 팔짱을 끼며 말했다.

"제대로 된 미술 수업을 들을 수 있어서 정말 신나. 우린 도자기를 만들러 가서 진짜 그릇도 만들 거야."

탤리는 입을 쩍 벌렸다. 그런데 아이샤가 끼어들었다.

"장담하는데, 난 도자기 진짜 못 만들 거야. 내가 4학년 때 점토로 만든 모형 기억나? 화산을 만들려고 했는데 선생님은 내가 변기를 만들었다고 생각했어!"

모두 웃음을 터뜨렸다. 탤리도 웃긴 했다. 그러나 탤리는 제법 괜찮은 농담을 알고 있었는데, 이건 괜찮은 농담이 분명 아니었다.

라일라가 드라마틱하게 큰 소리로 외치며 탤리의 팔을 꽉 잡았다.

"오늘 무슨 일이 생길지 정말 겁이 나. 우리가 진짜 7학년을 시작한다니 믿을 수가 없어!"

루시가 운동장을 둘러보며 물었다.

"우리 정말로 괜찮을까? 여기 몇몇 아이들은 엄청 커."

잠깐 침묵이 흘렀다. 친구들은 서로를 바라보았다. 얼굴이 일그러졌다. 탤리에게 뭔가 떠올랐다. 오늘 자신의 새로운 재능을 널리 보여 줄 생각은 없었지만 기분 전환이 주는 힘을 알고 있고, 또 친구들이 걱정하는 모습을 보기가 너무 싫었다.

탤리는 허리를 숙이고 배낭끈을 풀어 배낭 깊숙이 손을 집어넣으며 말했다.

"음, 내가 서커스 기술 보여 줄까? 공중그네 타는 재주를 보여 줄 수는 없지만 이건 보여 줄 수 있어!"

탤리는 일어나서 친구들 앞에서 세 가지 물건을 흔들었다.

"내 끝내주는 저글링 재주에 깜짝 놀랄 준비나 해!"

그러고는 누가 미처 뭐라고 말하기도 전에 허공으로 물건을 던지기 시작했다. 사과 하나, 자두 하나 그리고 마지막으로 바나나.

라일라가 크게 웃음을 터뜨리더니 소리쳤다.

"탤리! 너 진짜로 저글링을 할 줄 아네!"

루시도 거들었다. 목소리 안에 깃든 칭찬을 탤리는 느낄 수 있었다.

"대단하다!"

아이샤는 손뼉을 치며 물었다.

"너 올여름에 정말 서커스 학교에 다녔어? 우리한테도 좀 가르쳐 주라!"

"진정한 마술사는 자신의 비밀을 절대 가르쳐 주지 않아!"

탤리가 하늘 높이 과일을 던지며 말했다. 그리고 서커스 광대 음악을 목청껏 부르고 발을 차며 계속해서 저글링을 했다.

"둣-둣-두들-우들-우트-두트-두-두."

"탤리, 이제 그만해."

루시 목소리가 갑자기 다급해졌다. 루시는 탤리의 놀라운 저글링 묘기에 더는 눈길을 주지 않았다.

"둣-둣-두들-우들-우트-두트-두-두."

탤리는 뒤로 주춤 물러나는 세 친구를 보지 못한 채 대답으로 그렇게 외쳤다.

"제발, 탤리. 그 과일 좀 내려놔."

탤리는 웃음 지으며 친구들의 태도를 최선을 다해 모른 체하려 했다.

"내 웅장한 피날레는 아직 못 봤잖아. 나 저글링하면서 동시에 춤도 출 수 있어. 봐!"

탤리는 과일을 최대한 높이 휙 던지고는 뒤로 펄쩍 뛰었다. 탤리 같은 사람은 난생처음 본 것처럼 지켜보고 서 있는 아이들 쪽으로. 아이들은 그런 모습을 본 적이 없었을 거다. 서커스 묘기는 꽤나 인상적이었으니까.

빙글 돌던 물건이 땅바닥으로 떨어지자 아이들이 웃음을 터뜨렸다. 그러나 루시와 라일라, 아이샤는 웃음을 뚝 그쳤다. 1분 전까지만 해도 탤리의 묘기를 엄청 좋아했으면서 말이다. 그 대신에 꼼짝도 않고 서서 얼굴을 잔뜩 찌푸렸다. 탤리는 친구들이 자기한테 화가 났는지, 아니면 이 새로운 아이들에게 화가 났는지 구분할 수가 없었다. 그저 피부가 따끔거리기 시작했을 뿐이다.

종이 울렸다.

라일라가 얼른 튀어나와 탤리의 손을 잡는 사이 루시와 아이샤는 과일을 주웠다.

"가자. 광대 짓은 그만두자, 알았지? 미안. 이제 이건 먹을 수가 없겠네."

루시가 중얼거리며 탤리에게 바나나를 건네고는 몹시 슬픈 표정을 지었다.

탤리는 어깨를 으쓱해 보였다. 애초에 먹을 작정이 아니었다. 오늘 도시락에 바나나를 넣어 준 게 전적으로 엄마 잘못은 아니다. 지난 주말, 바나나에서 거미가 튀어나오는 유튜브 동영상을 보고 난 뒤로 이제는 바나나를 먹지 않기로 한 사실을 깜빡하고 엄마한테 말하지 않았다. 탤리는 목숨이 붙어 있는 한 다시는 바나나를 먹지 않겠다고 다짐했다.

종이 다시 울리자 모두 큰 현관문을 향해 움직였다. 탤리는 배낭을 들고 끈을 조인 다음 어깨에 둘러멨다.

발걸음을 옮기며 라일라가 말했다.

"난 완전히 길을 잃고 말 거야. 여긴 사람들이 너무 많아."

"겁먹지 마."

탤리가 과일을 쓰레기통에 툭 던지며 라일라에게 말했다.

이제 과일을 먹을 방법은 없다. 땅바닥에 떨어졌으니 말이다. 아무리 빡빡 씻어도 학교의 엄청난 세균을 없앨 수는 없을 거다. 병에 걸리면 병원에 가야 하니까, 병에 걸릴 위험은 절대 감수하지 않을 거다. 독하고 불쾌한 냄새가 가득하고 시끄럽고 너무 환한 병원은 학교와 마찬가지로 지구에서 가장 끔찍한 장소다.

탤리가 덧붙였다.

"우리는 모두 한배를 탄 운명이야."

아빠가 오늘 아침에 탤리에게 그렇게 말했다. 그 말에 탤리는 기분이 조금도 나아지지 않았다. 오히려 조금 짜증스러웠다. 아빠는 킹스우드 아카데미 7학년을 시작하는 게 배와는 아무 관련이 없다는 것을, 은유법과 관용구에 탤리가 몹시 혼란스러워한다는 것도 잘 알고 있으니 말이다. 하지만 아빠가 그렇게 말할 때 목소리에 웃음기가 있어서 탤리는 마음 편하게 생각했다. 아빠가 했던 다른 말도 떠올렸는데, 그러자 정말로 기분이 나아졌다. 그래서 탤리는 걸음을 멈추고 라일라를 자기 앞으로 끌어당기며 있는 힘껏 꼭 껴안았다. 이렇게 하면 무슨 일이 생기더라도 안전한 느낌이 들기 때문이다.

"곰-포옹."

탤리는 아빠가 그러는 것처럼 걸걸하면서도 웃기는 소리를 내려 했다.

"탤리!"

라일라가 꼼지락꼼지락 몸을 빼내며 쿡쿡 웃음을 터뜨렸다.

아이샤가 탤리의 팔짱을 끼며 말했다.

"괜찮아, 탤리. 걱정할 거 없어."

"아니, 난 그저 도와주려고……."

탤리가 입을 열었지만 루시가 끼어들었다.

"우리가 너랑 같이 바로 여기에 있을 거야. 누구라도 너한테 못되게 굴면 우리가 가만두지 않을 거야. 안 그래?"

"맞아!"

친구들이 한목소리로 말했다.

루시가 이어 말했다.

"만약에 누가 너를 따돌리면, 그러면 우리한테 말해. 우리가 해결할 테니까. 우리 오빠가 이 학교에서 일어나는 일을 전부 말해 줬어. 너한테 못되게 구는 녀석은 내가 가만두지 않을 거야. 알았지?"

탤리는 배가 슬슬 꼬였다. 넬은 킹스우드 아카데미에서 탤리가 괜찮을 거라고 약속했다. 넬은 괴롭힘이라든가 못되게 구는 사람 그리고 이 학교에서 일어나는 일을 분명하게 말해 주지 않았다. 그게 무슨 일인지는 확실하지 않지만, 좋게 들리지는 않았다.

계단에 이르자 친구들은 탤리를 바짝 에워쌌다. 잠깐 동안 탤리는 보디가드에 둘러싸인 유명 인사가 된 기분이었다. 유명 가수 테일러 스위프트가 집 밖으로 나설 때마다 아마 이런 기분일 거다.

아이샤가 차분한 목소리로 말했다.

"걱정 마, 알았지? 처음에는 당황스럽고 살짝 무서운 느낌이 들 거야. 그래도 확실히 선생님들은 진짜로 좋을 거야."

루시는 계단을 오르면서 속도를 늦추고 단호한 표정으로 말했다.

"무서워할 거 하나 없어."

라일라는 탤리의 팔을 힘주어 잡고 말했다. 이제 계단을 다 올라왔다.

"우리가 너랑 같이 여기 있잖아. 우리가 모두 함께 있을 때는 아무도 너를 해칠 수 없어."

갑자기 탤리는 여기저기 문을 밀고 건물 안으로 들어와 앞으로 나아가는 아이들 무리 앞에 있었다. 다들 어쩌면 그렇게 용감할 수 있는지 탤리는 의아했다. 앞으로 일어날지도 모를 무서운 일 그리고 길을 잃을 가능성을 들었기 때문에, 탤리는 당장 뒤돌아 달려가고 싶었다.

건물 안에서는 선생님들이 학생들을 기다리며 강당 쪽으로 이끌었다. 탤리는 친구들 곁에 바짝 붙었다. 모두들 서로 밀쳐

대며 복도로 걸어갔다. 소음이 하도 커서 탤리는 앞을 똑바로 바라보며 주먹을 꽉 쥐었다. 사람들을 쳐다보지 않으면 좀 더 편안해질 수 있기를 바랐다.

강당 안은 조금도 낫지 않다. 어디에든 아이들이 있다. 탤리가 입은 불편한 검은색 교복을 똑같이 입고는 전부 목청껏 고함을 쳐 댔다. 탤리는 친구들을 따라갔다. 사람과 가방을 밀치면서 가까스로 아무도 없는 공간을 찾아냈다.

그때 강당 앞쪽에서 귀청이 찢어질 듯한 소음이 들렸다. 소음이 너무 심해서, 탤리는 그 끔찍한 소리를 듣지 않으려고 귀를 틀어막으며 무대 쪽으로 고개를 돌렸다.

"여러분, 자리에 앉아요."

마이크가 다시 찍찍 비명을 질러 대자 모두 투덜거렸다.

"이제 시작할까요?"

마이크를 든 남자가 음향 장비를 만지작거리고 있는 또 다른 교사 쪽을 보며 물었다.

"자, 그럼. 나는 케네디 선생님이다. 나를 알아보는 학생들도 있을 거다. 나는 7학년 담당이란다. 킹스우드 아카데미에서 맞이하는 첫날을 축하한다. 여러분 한 사람 한 사람 모두에게 전부 새로운 출발일 거다. 오늘부터 너희가 최선을 다한다면 우리도 너희에게 최고의 것을 주겠다. 그러니까 열심히 공부하고 학교생활을 즐겨라. 그리고 무엇보다도 너희 자신에게 책임감을 지니도록 해라."

케네디 선생님은 이제 잠잠해진 7학년을 바라보며 말을 이어 갔다.

"너희에게 일주일을 주겠다. 일주일 동안 학교 건물 배치를 익혀라. 그런 다음에는 어디로 가야 수업에 재빨리 나타날 수 있는지 정확히 알기를 바란다. 작년에 어떤 창의적인 7학년 아이가 시도한 것처럼, 체육관 창고에서 길을 잃어 출구를 찾느라고 한 시간을 잡아먹었다는 말도 안 되는 변명은 통하지 않는다."

선생님이 한쪽 눈썹을 쓰윽 들어 올리자 강당 가득 웃음이 퍼졌다.

"에헴."

케네디 선생님이 목청을 가다듬자 강당 안은 다시 조용해졌다.

"잠시 뒤에 여러분의 선생님이 각 반에 속한 학생들 이름을 부를 거다. 호명되면 그 선생님 쪽으로 가도록. 떠들지 말고 조용히 가야 한다."

강당 가장자리에 한 줄로 서 있는 선생님들이 앞으로 걸어 나왔다. 첫 번째 선생님이 이름을 부르기 시작했다.

루시 이름을 처음으로 불렀다. 루시는 친구들을 걱정스럽게 바라보고는 손을 살짝 흔들며 강당을 가로질러 갔다. 채 반도 걸어가기 전에 아이샤가 호명되자 루시는 몸을 뒤로 돌렸다. 얼굴 가득 환한 미소가 번졌다. 아이샤는 루시 쪽으로 뛰어갔다. 탤리와 라일라에게 눈길 한 번 주지 않고 서로 부둥켜안고는, 자기들 선생님이 학생들을 모아 강당 밖으로 이끄는 곳으로 걸어갔다.

라일라가 속삭였다.

"아마 우리도 같은 반이 될 거야. 다들 확실히 친구랑 같이 있게 될 거야, 안 그래?"

탤리는 손가락으로 살갗을 쿡 찌르기만 하고 대답하지 않았다. 대답할 수가 없다. 케네디 선생님이 한 말 때문에 머리가 너무 바쁘게 핑핑 돌았다.

너희에게 일주일을 주겠다. 일주일 동안 학교 건물 배치를 익혀라.

탤리는 새로운 장소라든가 방향에 밝지 않다. 고작 닷새 동안 이 건물 전체를 파악하기란 불가능하다.

옆에 있던 라일라가 갑자기 자기 가방을 집어 들더니 탤리에게 말했다.

"나야. 다음에 네 이름이 불리기를 빌어."

그렇지 않으리라는 걸 탤리는 안다. 지난 학기에 자신의 선생님을 이미 만났는데, 그 선생님은 여전히 벽에 기대서서 다른 선생님과 이야기에 푹 빠져 있다. 여름에 만나러 왔을 때는 무척 친절해 보였다. 하지만 그건 자기 친구 중 어느 누구도 같은 반이 아니라는 사실을 알기 전이었다.

자신이 버려질 거라는 사실을 알았다면 오늘 아침 학교에 왔을 리가 없다.

탤리는 자기 반을 향해 걸어가는 라일라의 모습, 그리고 나서 그 선생님이 출석부를 접고 강당을 나가는 모습을 지켜보았다. 라일라가 당황한 표정으로 탤리를 바라보았다.

하지만 탤리가 앞으로 느낄 당황스러움만큼은 아니다. 탤리는 도와줄 사람도, 자신을 아는 사람도 하나 없는 곳에 혼자 남았다.

날짜 9월 1일 월요일

상황 킹스우드 아카데미 첫날

감정 상태 두렵고 예민하다. 세상이 나를 가두고 있는 느낌이다.

불안감 정도 9. 100이라고 말하고 싶지만, 지금까지의 경험으로 보아 내일이 오늘보다 더 나빠질 테니까 9라고 해 두겠다.

나의 일기장에게

  음, 오늘은 완전히 끔찍한 악몽이었어. 우선, 킹스우드 아카데미에서 보낸 첫날이었어. 모든 아이들에게 악몽이겠지만 나한테는 훨씬 큰 두려움이었어. 목소리가 쩌렁쩌렁 울려 퍼지는 큰 강당, 엄청나게 많은 새로운 선생님들, 거기에 더 많은 낯선 아이들, 기억해야 할 새로운 규칙 한 보따리, 학교에서 길을 잃을지도 모른다는 공포…….

  난 완전 마비되고 말았어.

  내 머릿속은 오만 가지 질문으로 터져 나갈 것만 같았어.

  화장실은 어떻게 생겼을까?

  걸쇠는 제대로 붙어 있을까?

  핸드 드라이어의 끔찍한 소음은 어쩌지?

  내가 실수하면 어떡하지? 그러니까, 우연히 실수로 잘못 말하는 바람에 아이들 앞에서 난처해지면 어쩌지?

  선생님 말을 제대로 알아듣지 못하면 어쩌지?

  선생님이 다른 누구에게 소리쳤는데, 내가 귀를 막고 당황하면 어쩌지?

어떻게 하라는 말에 겁을 먹고 벌컥 화가 나면 어쩌지? 이게 학교에서 일어날 수 있는 최악의 상황이야.

탤리의 자폐증 보고서 : 요구 기피(Demand avoidance)

나에게는 '요구 기피'라는 증상이 있다. 자폐 증상 중 하나다. 때때로 PDA(병리적 요구 기피)라고도 한다. 이 증상을 처음 알아차렸을 때 나는 이 단어가 '매우 위험한 분노' 정도의 뜻이려니 생각했는데, 알고 보니 '병리적 요구 기피'라는 뜻이었다. 정말 심각한 문제처럼 들렸다.

    요구 기피는 내 자폐증의 주요 증상이다. 그런데 요구 기피는 내가 무얼 일부러 피하는 말처럼 들린다. 사실 나도 어쩔 수 없는 일이니까 '요구 불안'이라고 부르고 싶다. 이것 때문에, 샤워를 해야 한다는 걸 알면서도 샤워를 못 한다. 이것 때문에, 오늘 어떻게 보냈느냐고 물어보는 아빠한테 고함을 질러 댄다. 누가 내게 뭘 물어보면, 그 질문이 내게는 엄청나게 큰 요구 같다. 심장이 벌렁벌렁 뛰고 기운이 빠져서 대답할 수가 없다. 사람들은 내가 대답하기 싫어하는 줄 알지만, 난 그냥 대답할 수 없을 뿐이다. 대답할 수 없다는 게 정말 싫다.

장점 하나도 없다. 미안하지만, 요구 기피는 자폐증에서 긍정적인 면이 하나도 없다. 엄마 아빠가 이것 때문에 스트레스를 받는 게 정말 미안하다.

단점 '요구 불안' 때문에 내가 정말 좋아하는 것을 하지 못할 때가 있다. 예를 들면, 옷을 갈아입으면 스타벅스에 갈 수 있다고 엄마가 말하는데도 난 옷을 갈아입고 싶지 않아서 스타벅스에 갈 기회를 놓칠 때가 있다. 엄마 아빠는 내게 뭔가를 직접적으로 요구하지 않으려고 목소리를 낮추어 조심스럽게 말하려 하지만, 가끔 바쁘거나 스트레스를 받을 때면 깜빡 잊곤 한다.

어쨌든, 그저 학교 첫날이 어땠을지 상상해 봐. 학교에서 단 하루 동안 내 평생 그 어느 때보다 더 많은 요구 사항이 있었어. 조용히 하라고, 질문에 대답하라고, 빈둥거리지 말라고, 줄을 똑바로 서라고, 그 밖에 등등……. 하지만 난 집에서처럼 행동할 수 없었어. 누가 나를 보고 있다는 두려움 속에서 '얌전한' 아이가 되어야 해. 사람들 눈앞에 노출되어 있다는 두려움이 항상 있어. 날이면 날마다 걱정과 두려움을 안고서 살아간다고 상상해 봐. 그 걱정을 모조리 껴안고 대수학을 배우라고?

4

 시간이 느릿느릿 흘러가는 건 정말 완벽하게 가능하다. 시계 초침이 마치 무얼 할지 전혀 모르는 것처럼 꾸물꾸물 게으름을 피우는 듯하다. 그렇지만 탤리는 여기에 아주 오랫동안 서 있으면 결국 목적지에 도착하리라는 걸 안다. 그래야 한다. 그게 규칙이다.
 똑딱.
 똑딱.
 똑딱.
 시간이 결코 흘러가지 않을 것 같던 바로 그때, 드디어 때가 됐다.
 탤리는 부엌에서 부리나케 빠져나와 계단 아래에 섰다. 층계참에서 보이는 넬의 방 창문을 올려다보며 소리쳤다.

"언니! 시간 됐어! 얼른 가자!"

대답이 들리지 않았다.

"언니! 빨리!"

탤리는 한 번에 두 개씩 계단을 올랐다. 남은 시간이 없다. 늦으면 탤리는 불안해진다.

넬의 방문이 닫혀 있었지만 탤리는 신경 쓰지 않았다. 부엌 시계가 째깍거린다. 여기 위에서도 들을 수 있다. 예의범절이라든가 집안 규칙이라든가 하는 것들을 신경 쓸 겨를이 없다. 넬을 데리고 나가야 했다.

"야! 내 방에 함부로 들어오지 마. 나가."

"갈 시간이야. 서둘러. 아직 신발도 안 신었잖아."

탤리는 넬을 바라보며 얼굴을 찌푸렸다.

넬은 손에 든 책으로 고개를 다시 돌리며 말했다.

"나 아직 준비 안 됐어. 여기 읽던 장을 마저 읽어야 해."

탤리는 침착하려 애썼다. 정말로 침착하려고 했다.

"2분 지났어. 2분쯤 뒤에 갈 수 있다고 언니가 말했잖아. 2분쯤은 1분이 두 개야. 2분이야. 내가 시계 봐서 알아."

"당연히 보셨겠지."

넬은 누가 듣건 말건 그냥 그렇게 중얼거렸다. 그러고는 책을 내려놓고 탤리 쪽을 보며 말했다.

"금방 나갈 준비 할게, 됐지? 약속해."

"언니는 거짓말쟁이에다가 사기꾼이야. 언니 약속은 나한테 아무 의미 없어!"

탤리가 소리쳤다. 얼굴이 빨개졌다.

"언니가 2분쯤이라고 말했어. 그리고 2분 지났어. 난 지금 가고 싶어!"

탤리는 주먹을 꽉 움켜쥐고는 달아나고 싶은 두려움을 애써 참으려 했다. 일주일 내내 학교를 견뎌 냈으니, 탤리가 바라는 건 넬이 약속을 지켜 주는 것뿐이었다. 주말이다. 이제 탤리의 시간이다. 그게 공평하다.

넬이 자리에서 일어나 맞받아쳤다.

"그냥 말이 그렇다는 거야! 글자 그대로 내가 정확히 100하고 20초 뒤에 현관에 있겠다는 뜻이 아니라! 진짜 어이가 없네."

"언니가 그렇게 말했어! 그런 뜻이 아니었다고 말한다고 다가 아니야."

발소리가 들리고 방문 앞 복도에 엄마가 나타났다. 엄마 팔에 큼지막한 상자가 들려 있다.

"무슨 일이야?"

엄마가 두 딸의 얼굴을 살피며 물었다. 탤리의 주먹과 넬의 찌푸린 얼굴을 보고는 상자를 내려놓았다.

"애들아, 내가 뭘 놓친 거지?"

"그냥 탤리가 평소처럼, 힘들게……."

넬이 입을 열었지만 탤리는 울분을 터뜨렸다.

"언니가 거짓말을 했어! 2분쯤 있다가 준비하고 아이스크림 사러 간다고 말했는데 준비를 안 해. 정말로, 정말로 2분은 길었단 말이야. 그래도 나 기다렸어. 시간 될 때까지. 마지막 초까지. 공평하지 않아. 전부 언니 잘못이야."

엄마 이마에 주름이 잡혔다. 그게 자기 말에 동의한다는 건지 그렇지 않다는 건지 확신이 서지 않아서 탤리는 계속했다.

"네가 내 언니인 거 이제 싫어! 언니는 못돼 처 먹고, 끔찍하고, 사람을 완전히 그리고 전적으로 망연자실하게 해."

넬이 콧방귀를 뀌었다.

"아, 그래? 내가 망연자실하게 해, 내가? 그게 무슨 뜻인지 정확하게 나한테 말해 봐. 무슨 뜻인지 알지도 못하면서."

"넬!"

엄마 목소리가 엄했다. 하지만 누구도 귀담아듣지 않았다.

"알아! 망연자실이 뭔지 알아. 거짓말하는 멍청한 여자야. 딱 언니야. 망연자실하게 하는 열네 살이라고."

탤리는 사납게 넬을 가리켰다. 손가락이 부들부들 떨렸다. 넬은 탤리가 화났다고 생각하겠지만 화나지 않았다. 탤리는 두려웠고, 온갖 복잡한 감정이 가득 치밀어 올랐다. 머지않아 흘러넘칠 거다. 그런 일이 벌어지지 않게 최선을 다해 애쓰고 있다. 넬이 탤리에게 짜증을 낸 건 정말 너무 지나쳤다.

그러나 오히려 넬은 올여름 탤리에게 더 자주 보여 주던 당황스러운 표정을 짓지 않고, 눈이 작아지면서 입술이 점점 얇아지더니 사람을 깜짝 놀라게 하는 짓을 했다.

넬은 웃었다.

그러고는 엄마한테 물었다.

"엄마가 말할래요? 아니면 내가 말할까요? 망연자실이 놀랍고 영리하고 멋지다는 뜻이라는 사실을 탤리가 알아야 할 것 같아서요."

넬은 탤리에게로 몸을 돌려 무릎을 살짝 굽히고 말했다.

"네가 나한테 아주 멋진 칭찬을 해 줬어. 고마워!"

갑작스레 탤리의 감정이 터졌다. 탤리가 할 수 있는 건 정말이지 아무것도 없다.

"무슨 상관이야!"

탤리는 팔을 쭉 뻗어 넬의 책상 위에 있는 스탠드를 확 쳐 버렸다.

"나한테 거짓말을 했어. 그리고 이제 2분도 더 지났어. 너 싫어, 네가 싫어, 너 미워!"

넬은 스탠드를 보며 투덜거리고 엄마는 방 안으로 들어와서 두 사람 사이에 섰다. 엄마가 입술을 움직이면서 넬에게 무어라 말했지만, 탤리는 들리지 않았다. 탤리는 눈을 감고 입을 열어 자기 노래를 흥얼거렸다. 탤리가 만들었기 때문에 어떻게 부르는 노래인지 아무도 모른다. 탤리만이 자기 노래를 부를 수 있다. 이따금 전부 다 엉망으로 흘러갈 때면 탤리의 노래가 모든 것을 전부 다 안전하게 지켜 준다.

얼마나 오랫동안 흥얼거렸는지 모른다. 그러나 마침내 다시 눈을 떴을 때, 세상은 정상으로 돌아와 있었다. 시계는 이제 미친 듯이 째깍거리지 않고, 넬의 스탠드는 다시 책상 위 제자리에 놓여 있다. 엄마가 탤리 앞에 서 있다. 손에 닿을 듯이 가깝지는 않지만 엄마의 익숙한 향수 냄새를 맡을 수 있을 만큼 가까이에 있다. 넬은 바로 옆에 있다.

엄마가 차분하게 말했다.

"언니가 설명했어, 네가 옳았다고. 2분쯤 있다가 준비할 거라고 언니가 너한테 말했어. 그런 뜻이 아니었다면 언니는 그렇게 말하지 말아야 했어."

탤리가 뻣뻣한 손가락을 꼼지락거리며 물었다.

"그런데 왜 거짓말을 했어?"

탤리는 갑자기 너무 피곤해져서 일주일 내내 잠을 잘 수 있을 듯했다.

"난 3분도 기다릴 수 있었어. 언니가 애초에 그렇게 말했다면."

엄마가 길게 숨을 내쉬었다. 아주 살짝. 하지만 탤리는 아무것도 놓치지 않았다. 엄마 아빠의 한숨을 모두 들을 때면 이내 엄청나게 화가 난다. 그러나 지금 당장은 그 무엇도 할 기운이 없다. 너무 지나치게 굴고 나면 언제나 이렇다. 힘겹고 두렵고 미안한 느낌이 끔찍하게 뒤섞이는 것. 맛이 고약한 수프처럼 뒤섞여서 배가 배배 꼬이고 살갗에 소름이 돋는다.

엄마가 말했다.

"넬이 너한테 거짓말을 한 건 아니야. 비유적 표현이야. 그 말은 정말로 곧 준비를 하겠다는 뜻이야."

탤리는 얼굴을 찌푸리고 넬을 바라보았다.

"그럼 왜 처음에 그렇게 말 안 했어? 언니가 나한테 우리 아이스크림 사러 갈 거라고 말했을 때."

넬은 엄마를 힐끗 쳐다보았다. 엄마가 고개를 끄덕였다. 넬은 탤리에게 말했다.

"네가 화낼 줄은 몰랐어. 너에게 말할 수 있는 것과 말할 수 없는 걸 가끔 까먹을 때가 있어."

탤리는 넬을 노려보며 말했다.

"언니는 나한테 뭐든 말할 수 있어, 이 바보야! 진짜로 정말이기만 하다면."

어색한 침묵이 이어졌다. 엄마가 넬의 팔을 잡으며 물었다.

"그럼 이제 아이스크림 사러 갈 준비 됐지?"

넬이 고개를 끄덕였다.

"숙제는 나중에 하면 돼. 가자."

넬은 방을 나가 방문 앞에서 몸을 돌리고 말했다.

"어서, 탤리."

하지만 탤리는 몸을 움직여 넬을 따라 나가지 않았다. 오히려 방 안에서 빙글빙글 몸을 돌렸다. 멍한 얼굴로 넬의 명령이 자아낸 당황스러운 느낌을 힘겹게 짓누르려 했다.

"아직 안 됐어. 나도 숙제가 있을지 몰라."

탤리는 방을 훑어보며 말했다.

넬이 자신을 마음대로 할 수는 없다. 탤리가 언제 아이스크림을 사러 갈지 넬 마음대로 결정할 수는 없다.

엄마가 탤리의 팔에 손을 얹고 말했다.

"넌 킹스우드 아카데미에서 이제 막 시작했어! 다음 주까지 숙제 없어."

"그러면 먼저 텔레비전 프로그램 하나를 봐야 할 거야. 그리고 나서 우리 아이스크림 사러 나가면 돼."

한순간 방에 정적이 감돌았다. 탤리는 몸을 돌려 방을 나가다가 문득 멈추었다. 피곤한 데다 살짝 비참한 기분이었다. 엄마와 언니도 슬픈 기분이라는 걸 알았다. 아이스크림을 먹으면 좀 나아질 거다. 그리고 오늘은 정말 착해지고 싶다.

탤리가 문밖으로 걸어 나가며 넬한테 말했다.

"우리 1분 있다가 나가도 돼. 나는 거짓말쟁이가 아니니까,

진짜로 1분을 뜻하는 거야."

탤리의 방은 조용하고 평화로웠다. 호랑이 가면이 침대 끝에 걸려 있다. 탤리는 그 가면을 머리 위로 끌어당겼다. 고무 재질 느낌이 얼굴에 닿자 서늘했다. 엄마가 그 가면을 자기에게 준 날을 여전히 기억한다. 그리고 그 가면을 썼을 때의 느낌이 떠오른다. 거울 속에서 호랑이 소녀를 봤을 때의 느낌이······.

이제 아이스크림을 사러 갈 준비가 됐다.

"저렇게 하고는 쟤랑 같이 안 가요. 나한테 뭐라고 하지 마요, 엄마. 저 웃기지도 않는 가면 쓰고는 안 돼요."

층계참에서 탤리를 보고 넬이 식식거렸다.

탤리는 언니를 무시하고 계단을 내려갔다. 운동화가 현관에 놓여 있다. 탤리는 운동화를 힘껏 끌어당겨 신었다. 엄마가 아빠한테 하는 말을 듣기는 했지만, 탤리는 신발 끈을 묶을 수 있다. 하지만 신발 끈을 묶을 수 있다고 해서 꼭 자기가 묶어야 한다는 뜻은 아니다.

"언니! 아이스크림 시간이야!"

탤리가 현관문을 열며 소리쳤다.

넬이 터덜터덜 계단을 내려왔다. 마치 맛있는 간식을 사러 간다는 사실을 발이 잊어버린 듯했다. 엄마가 뒤따라와서 탤리가 들을 수 없는 무슨 말을 속삭였다.

"가자!"

탤리가 문밖으로 나서며 마당으로 나가는 길에 섰다. 그사이에 넬은 엄마한테 돈을 받고 자기 신발을 찾아 신었다. 탤리는 호랑이 가면을 쓰면 평소보다 더 용감해진다. 잠깐 동안 혼자서 길모퉁이로 걸어갈 수도 있을 것 같다.

그런데 문득, 길과 시끄러운 자동차가 떠오른다. 만약 길을 꺾어 막 돌아가려고 할 때 아주 시끄러운 오토바이가 후닥닥 지나가면 어떡하지? 아니, 누가 탤리를 납치하려고 하면 어쩌지? 작년인가, 미아를 다룬 뉴스를 본 뒤로는 집 밖에 나가 있을 때마다 유난히 조심하려고 한다. 안전한 곳에서 벗어나면 상상할 수 있는 것보다 훨씬 더 끔찍할 거다. 탤리는 호랑이 가면을 조금 더 당겨 쓰고, 넬이 자기 옆에 설 때까지 기다렸다.

넬이 문밖으로 나오자마자 탤리가 물었다.

"무슨 맛 고를 거야? 나는 초콜릿을 좋아하니까 초코칩을 고를 것 같아. 그걸 콩으로 만들었다니 진짜 희한하지 않아? 구운 콩 통조림을 열었는데 모두 초콜릿으로 만들어졌다고 상상해 봐. 하인즈에서 콩으로 구운 초콜릿을 살 수 있을 것 같아?"

"아니. 그거 좀 구역질 나는 소리 같은데……. 너처럼 까다로운 사람이 그런 걸 먹을 리는 없을 거야."

넬이 탤리의 옆구리를 쿡 찌르며 말했다.

"그럴지도. 어쨌든, 난 초코칩 안 고를지도 몰라. 왜냐하면 오늘에 딱 어울리는 맛이 아닐 수도 있으니까. 그 대신에 딸기 맛 고를지도 몰라."

건널목에 도착하자 넬이 버튼을 눌렀다. 탤리는 가면 사이로 언제 건너가야 되는지 뚫어져라 지켜보았다.

"딸기 맛 안에 초콜릿이 있을지도 몰라."

탤리는 불현듯 확신이 서지 않아 입술을 깨물었다. 잘못 고르고 싶지 않았다. 아이스크림을 사 먹는 건 특별한 즐거움이고 완벽해야 한다.

자동차 한 대가 쌩하고 지나가자 탤리는 인도 끝에서 한 걸음 뒤로 주춤 물러섰다.

"나 아이스크림 먹고 싶지 않은 것 같아."

탤리는 아주 차분한 목소리로 말했다.

갑자기 넬이 탤리의 손을 잡고 깍지를 끼었다.

"아, 탤리. 평소처럼 바닐라 맛 골라도 돼, 알았어? 너 바닐라 맛 좋아하잖아."

넬이 맞는다. 탤리는 항상 바닐라 맛 아이스크림을 먹었다. 바닐라 맛이 무난하다.

탤리가 물었다.

"언니는 무슨 맛 먹을 거야?"

모든 게 이 질문에 대한 답에 달렸다. 넬은 모른다 하더라도 탤리는 그걸 안다. 넬이 잘못 고른다면 탤리는 견딜 수 없을 거라고 생각했다. 문제는 넬이 언제나 초코칩을 고른다는 거다.

한 번도 빠짐없이.

잠깐 멈추더니 넬이 탤리의 손을 힘주어 잡고 말했다.

"나 바닐라 맛 먹을 거야. 너랑 똑같이."

건널목이 뻥 뚫리고 건너가도 괜찮아졌다. 어디에도 위험은 없다. 넬이 여전히 탤리의 손을 잡고 길을 건넜다. 그리고 가면 속에서, 탤리는 넬이 답을 알고 있었는지 문득 궁금해졌다.

5

 연극반 문이 탕 닫히며 자먼 선생님이 성큼성큼 들어섰다. 모두들 즉시 잡담을 그치고 허리를 곧추세웠다. 연극반 자먼 선생님의 명성은 이미 자자해서, 첫 수업부터 방과 후 학교에 남는 벌을 받고 싶어 하는 사람은 아무도 없었다.
 선생님이 손뼉을 부딪치며 말했다.
 "좋아, 7학년. 가방을 바닥에 내려놓고 시작하자."
 손뼉 부딪치는 소리가 교실 벽을 타고 울려 퍼지자 탤리는 움찔했다.
 탤리는 잠시 가만히 서서 다른 아이들이 어떻게 하는지 지켜보았다. 바닥이 많다. 선생님은 가방을 어디에 둬야 하는지 전혀 분명하게 얘기하지 않았다. 아이들은 저마다 자기 가방을 벽 옆에 툭 던졌다. 그래서 탤리는 교실을 걸으며 공간을 찾았다. 수업이 좀 더 쉽게 흘러가면 좋겠다고 생각했다.

문이 또 열리더니 낯익은 여자아이 두 명이 서로 밀치며 안으로 들어왔다.

아이샤가 숨을 헐떡이며 말했다.

"늦어서 죄송해요. 길을 잃었거든요."

탤리는 손을 흔들었다. 그러나 아이샤와 루시는 탤리에게 손을 흔들어 보이지 않았다. 선생님을 쳐다보느라 너무 정신이 없었다. 선생님은 대답할 생각이 없어 보였다. 탤리는 숨죽인 채 간절히 기도했다. 친구들이 방과 후 학교에 남는 벌을 받게 되면 완전히 비극이 될 거다.

마침내 선생님이 말했다.

"연극반 첫 수업이다. 그래서 난 용서할 준비가 되어 있지. 하지만 오늘 이후로는 변명이 통하지 않을 거다. 너희가 또 늦으면, 그때는 너희 시간은 내 시간이 될 테니까. 이해했니?"

아이샤와 루시는 미친 듯이 고개를 끄덕였다. 탤리는 이해하지 못했지만 친구들이 이해를 해서 기분이 좋았다. 어떻게 다른 사람의 시간을 가져갈 수 있을까? 정말이지 이해되지 않는다. 선생님이 무슨 영혼을 빨아들이는 뱀파이어 악마도 아닌데? 탤리는 절대로, 절대로 연극반에 늦지 않겠다고 마음속으로 다짐했다. 그래서 이번 주에는 지금까지 아이들 꽁무니를 따라 이

반 저 반 돌아다녔다. 어디로 어떻게 가야 하는지 파악하지 못했으므로 그건 괜찮았다. 길을 잃는다는 것은 생각만으로도 너무 끔찍했다. 라일라 그리고 다른 친구들과 함께 듣는 수업은 몇 개 되지 않아서, 온종일 모두 함께 붙어 있자던 희망은 진작에 사라졌다.

선생님이 외쳤다.

"자, 서둘러라! 시간이 마냥 있는 게 아니야. 원형으로 앉을 수 있는 기술이 너희한테 있는지 좀 보자."

탤리는 서서히 숨을 쉴 수 있게 눈에 힘을 주며 교실 안을 둘러보았다. 선생님이 모든 것을 완벽하게 잘못하고 있다. 이래라저래라 외치면서 말도 안 되는 소리를 하고 있다. 여기는 연극반이지 체조반이 아니다. 체조반에서도 원형으로 앉는 건 전혀 할 수 없다는 걸 탤리는 안다. 엄마가 코번트 가든에 가서 보여 준 무용수들 빼고는 아무도 그렇게 할 수 없다. 두더지와 아르마딜로 그리고 쥐며느리도……. 탤리는 절대 그런 동물이 아니다. 선생님을 화나게 하고 싶지 않지만, 선생님이 하라는 대로 할 수가 없다.

주변에 있는 아이들이 서로 밀치며 옥신각신 몸을 낮추어 바닥에 자리를 잡고 앉았다. 아이샤와 루시는 이제 교실 맞은편에 있어서 탤리와 같이 앉기에는 너무 멀었다. 탤리는 라일라가 여기 있으면 좋겠다는 생각에 라일라를 찾아 두리번거렸다.

"거기 너! 이리 와서 다른 사람들하고 같이 원 안에 앉아."

자먼 선생님이 붉고 긴 손톱을 들어 탤리를 가리켰다. 선생님이 동물이라면, 무시무시한 육식 새일 거다.

엄마나 아빠 또는 언니가 탤리에게 이런 투로 말했다면 탤리는 머리가 부글부글 끓고 배가 몹시 꼬여서 불안하고 걱정스럽다고 소리를 질렀을 거다. 하지만 지금은 집에 있지 않다. 학교에 있다. 그리고 학교에 있을 때는 평범한 척해야 한다. 무슨 일이 있어도. 왜냐하면 학교에 있을 때는 그 어떤 것도 하면 안 되니까.

탤리는 침을 꼴깍 삼키고는 눈 뒤에서 쌓이는 감정을 애써 모른 체하려 했다. 앞에 있는 모든 것이 흐릿해 보였다. 탤리는 살짝 비틀거리며 몸을 숨길 만한 공간을 찾아 발을 움직였다. 자신만의 노래를 흥얼거리고 싶은 마음이 간절했지만, 모두가 듣게 되는 위험을 감수할 수는 없다. 그 대신에 입술을 질겅질겅 깨물며 침착하려 애썼다.

선생님이 둥근 원의 빈틈을 가리키며 차갑게 말했다.

"저기 앉아!"

탤리는 힐끔 바라보았다. 모르는 여자아이가 자신을 향해 미소 지으며 바닥에 공간을 마련해 주었다. 탤리는 털썩 주저앉았다. 머릿속이 안개에 휩싸이고 손이 떨려서 즉시 팔꿈치를 옆구리에 철썩 붙였다.

"별종 등장."

맞은편에서 속닥대는 목소리가 들려왔다.

굳이 고개를 들지 않아도 누구인지 안다.

선생님이 구슬처럼 반짝반짝 빛나는 작은 눈으로 아이들을 바라보며 둥근 원 주위로 다가왔다. 선생님 코가 꽤 컸다. 보면 볼수록 정말이지 위협적인 육식 새 같았다.

선생님이 이어 말했다.

"이제부터 '세상에서 가장 대단한 샌드위치'라는 게임을 할 거다."

바닥이 딱딱하고 불편했다. 탤리는 주위를 둘러봤지만 의자는 어디에도 보이지 않았다. 이건 좋지 않다. 초등학교에서는 다리가 눌리지 않게 언제나 의자에 앉을 수 있었다. 다리가 불편하면 누구건 집중해서 듣기가 힘들다.

"내 이름은 제나. 세상에서 가장 대단한 샌드위치에 초코 스프레드가 있어."

게임이 시작되었다.

"내 이름은 아미트. 세상에서 가장 대단한 샌드위치에 초코 스프레드랑 오이피클이 있어!"

모두 키득키득하는 소리에 탤리는 의자 생각을 접고 귀를 기울였다.

"내 이름은 아이샤. 세상에서 가장 대단한 샌드위치에 초코 스프레드, 오이피클 그리고 팝콘이 있어."

아니, 틀렸다. 저런 음식은 어울리지 않는다. 아이샤는 저것보다 더 나은 음식을 알아야 한다.

다음 아이가 말했다.

"내 이름은 사이먼. 세상에서 가장 대단한 샌드위치에 초코 스프레드, 오이피클, 팝콘 그리고 마요네즈가 있어!"

탤리의 배가 이상해지기 시작했다.

"내 이름은 알렉산드라. 세상에서 가장 대단한 샌드위치에 초코 스프레드, 오이피클, 팝콘, 마요네즈 그리고 깎아 놓은 발톱이 있어!"

탤리 맞은편에 앉아서 웃던 여자아이가 아주 큰 목소리로 말했다.

교실에서 코웃음이 터져 나왔다. 이게 틀렸다는 걸 아무도 모르는 듯이. 완전히 끔찍하게 틀렸다. 무엇보다도 말이 안 되는 거짓말이다.

하지만 이제 탤리 차례다. 탤리는 다들 차분해질 때까지 기다렸다가 선생님을 쳐다보았다. 선생님은 둥근 원 밖 교실 벽에 기대어 있었다.

탤리는 힘주어 말했다.

"내 이름은 탤리 올리비아 애덤스. 세상에서 가장 대단한 샌드위치 안에는 그런 거 하나도 없어. 세상에서 가장 대단한 샌드위치는 치즈 샌드위치야."

탤리는 이제 침묵에 빠진 연극반 교실을 슬쩍 둘러보았다.

"그냥 치즈야. 치즈에 다른 게 든 거 아니야. 치즈하고 팝콘은 확실히 아니야. 치즈하고 발톱도 아니야."

탤리는 마지막 단어를 내뱉듯이 말했다. 그 단어를 또박또박 말하면 구역질이 날 것처럼.

"내가 텔레비전에서 봤어. 많고 많은 사람들한테 물어봤어. 사람들은 모두 최고의 샌드위치는 치즈라고 말했어."

잠시 정적. 이윽고 선생님이 탤리에게 활짝 웃어 보이며 벽에서 몸을 뗐다.

"아주 잘했어!"

선생님은 원 안으로 돌아와 천천히 몸을 돌리면서 아이들을 한 명 한 명 바라보았다.

"연극반에서는 절대 두려워하지 말고 너희 생각을 말하도록. 최고의 연극은 우리 모두가 우리 생각을 정확하게 말할 준비가 됐을 때 나오니까."

선생님은 두 손을 허공에 들어 올리고 흔들며 말했다.

"남들 하는 대로 따라가지 마, 7학년! 용감하라!"

선생님이 몸을 돌리자 루크가 식식거렸다.

"그래, 너 완전 용감하다. 선생님이 너한테 자리에 앉으라고 했을 때 네 입술이 일그러지는 거 봤어, 별종아."

그렇지만 탤리는 신경 쓰지 않았다. 선생님이 자기에게 아주 잘했다고 말했다. 탤리가 그리 자주 듣는 말이 아니다. 탤리는 선생님을 쳐다보고는 평범한 늙은 독수리가 아니라 대단한 황금독수리가 아닐까 궁금해졌다.

선생님이 외쳤다.

"좋아, 너희 모두 그룹으로 모여서 지시를 따르기 바란다. 지시가 담긴 봉투를 곧 나눠 주겠다."

루크가 투덜거렸다.

"지겨워."

"뭐라고?"

선생님이 다그치자 루크의 얼굴이 축 늘어졌다.

"아무 말도 안 했어요, 선생님."

선생님이 쏜살같이 걸어오자 아이들은 모두 얼어붙었다.

"내 수업이 지겹다고 말한 것 같은데."

루크가 입을 벌렸다. 하지만 소리가 나오지 않았다. 탤리는 루크가 말하는 법을 잊어버렸는지 의아해하며 속으로 행운을 빌어 주었다.

"좋아, 그렇다면."

선생님 목소리는 부드럽고 상냥했다. 하지만 루크를 차갑게 쏘아보던 표정과 어울리지 않아서 탤리는 약간 혼란스러웠다.

"내 수업 방식을 어떡하면 더 나아지게 할 수 있는지 제안할

게 있는 사람은, 어떤 방식으로든 자유롭게 여러분의 생각을 나한테 전달해라. 메모지에 써서 꿀팁 상자에 톡 집어넣으면 된다."

선생님은 교실 저쪽을 가리켰다. 겁먹은 듯 쿡쿡 웃는 소리가 교실에 퍼졌다. 탤리는 선생님이 가리키는 곳을 쳐다봤지만 쓰레기통만 보였다.

선생님이 손바닥을 다시 부딪치며 말했다. 처음보다 소리가 훨씬 더 컸다.

"자, 다음 진도 나갈 준비 됐니? 좋아. 이제 네 그룹으로 모여서 7학년 학생처럼 행동해라, 어리석은 꼬마 초등학생이 아니라."

"알렉산드라! 나랑 같은 그룹 하자."

"우리한테 아미트가 있어. 그러니까 한 사람이 더 필요해. 아이샤, 탤리 데리고 여기로 와."

교실은 시끌시끌해졌다. 누가 탤리의 팔을 잡고는 교실 구석으로 이끌었다. 거기에는 봉투 하나가 이미 뜯겨서 열려 있었고, 루시가 큰 소리로 규칙을 읽었다.

그러나 탤리는 정신이 딴 데 가 있었다. 어떡하면 연극반 수업이 더 나아질 수 있을지 선생님에게 제안할 목록을 머릿속으로 작성하고 있다. 선생님이 아이디어를 내라고 했으니까 탤리는 기꺼이 100퍼센트 도와줄 생각이다.

첫 번째 제안은 매우 쉬워서 탤리는 지금 당장이라도 선생님한테 말할 수 있다. 하지만 규칙은 아주 분명해야 하니 말하지는 않을 거다. 메모지에 써서 꿀팁 상자에 톡 집어넣을 거다.

탤리는 진심으로 그렇게 할 작정이다. 꿀팁 상자가 정말 어디 있는지 알아내자마자…….

날짜 9월 8일 월요일

상황 연극반

불안감 정도 연극반 선생님이 소리치며 다그쳤을 때 8로 시작했지만 5로 마무리됐다. 나쁘지 않다. 특히 8은 대개 멜트다운으로 이어진다는 뜻이니까.

나의 일기장에게

　안녕. 또 탤리야. 오늘 학교 수업 끝나고 진짜 지겨웠어. 그러다가 문득 연극반 선생님의 '더 나은 선생님이 되는 방법' 상자를 만들어야 한다는 게 생각났어. 그래서 엄마한테 상자를 하나 달래서 펜하고 물감 그리고 반짝이로 장식했어. 끝마쳤을 때쯤에는 내 몸에 지저분한 것이 좀 붙어서 난 살짝 공작처럼 보였어! 그래도 그만한 가치가 있었어. 선생님이 아주 좋아할 거야. 선생님이 가리킨 쓰레기통보다는 훨씬 훌륭하니까. 그런데 선생님은 왜 쓰레기통을 가리켰을까? 사람들은 참 이상해. 연극반은 무시무시한 수업이 될 줄 알았어. 하지만 진짜 괜찮아질 것 같아. 그리고 지금 난 살아남았어. 학교에서 멜트다운을 피하기 위해 필요한 일이라면 무엇이든 확실히 해야 해.

탤리의 자폐증 보고서 : 멜트다운(meltdown)

멜트다운이 뭐지?

　멜트다운은 기분이 나쁜 것과는 완전히 다르다. 요구 기피와도 완전히 다르다. 멜트다운이란 모든 게 너무 지나치게 흘러가서 되돌릴 방법이 없을 때,

내 머리가 완전히 셧다운 상태에 빠지는 걸 말한다. 끔찍하다. 무슨 일이 있어도 이것만은 피해야 한다.

그냥 성질을 부리는 거 아닌가?

어떤 사람들은 멜트다운을 조절할 수 있다고 생각한다. 예컨대 생떼를 쓰는 아이처럼 말이다. 하지만 마치 내가 일부러 그러는 것처럼 들려서 나는 '생떼'라는 말이 정말 싫다. '스트레스 파괴'라고 해야 한다고 생각한다. 도대체 누가 일부러 그러고 싶을까? 내가 선택한 게 아니다. 내가 한계점에 다다랐는데 아무도 나를 도와줄 수 없을 때 이런 일이 일어난다. 그래서 대처할 수가 없다.

어떤 사람은 멜트다운이 될 때, 그게 멜트다운인지 느끼지도 못한다고 한다. 보통 나는 무슨 일이 일어나는지도 알고 그러면 안 된다는 것도 안다. 하지만 그야말로, 정말로 내가 어찌할 수가 없다. 겁이 난다. 나쁜 줄 알면서도 내 행동을 조절할 수 없으면 진짜 무섭다.

그러고 나면 어떤 기분이 들어?

멜트다운 이후에는 내가 혼자인 것 같고, 미안하고, 모두들 나를 싫어하는 느낌이 든다. 겉으로는 내가 차분해진 듯이 보일지 몰라도, 내 머릿속에서는 여전히 전쟁이 벌어지는 것 같다. 나중에 나 자신과 약속을 한다. 진심이 아닌 말은 하지 않겠다고, 그 모든 분노를 꿀꺽 삼키겠다고. 하지만 그때는 악마와 천사가 내 어깨 위에서 싸우는 것 같다. 그리고 언제나 악마가 이긴다.

멜트다운 때는 어떻게 도와주면 좋지?

멜트다운 때는 누가 꼭 필요하다. 보통 엄마가 와서 상황을 진정해 준다. 그렇지만 엄마가 항상 곁에 있는 건 아니다. 그건 나쁘다. 그래서 나는 보통 내 방으로 가서 내가 좋아하는 물건 하나에 몰두한다. 예를 들면 우쿨렐레를 치면서 마음을 가라앉히려고 한다.

이게 정확히 누구를 위한 보고서인지 모르겠다. 언니가 나를 이해하기 어려워할 때, 어쩌면 언니한테 이걸 줄지도 모른다. 어쩌면 아무도 모를지도. 어쩌면 어느 날 내 일기가 책으로 나올지도 모르겠다. 나는 사람들이 자폐증을 지금보다 더 잘 이해할 수 있게 돕는 것으로 유명해지고 싶다. 그러니까 이 글을 읽고 있다면, 모든 사람이 알 수 있도록 전달해 주길. 그러면 내가 테일러 스위프트의 레이더망에 걸릴 수 있을 거다.

6

드디어 비가 멎었다. 보이는 곳은 어디든 깨끗하고 상쾌하고 새롭다. 온 세상이 단장을 한 듯하다. 마당 창고 지붕에서 호랑이가 영역을 확인한다. 아직 축제가 열리고 있지만, 그리 오랫동안 열리지는 않는다. 오늘이 마지막 날이어서 엄마가 가도 된다고 허락해 주었다. 단, 오늘 아무것도 잘못된 일이 없다면 말이다.

호랑이가 허공을 향해 코를 쑥 내밀고는 숨을 깊이 들이마신다. 잘못된 건 없을 거다. 어떻게 잘못되겠어, 이렇게나 완벽한 날에?

"탤리! 나 2분 있다가 나갈 거야. 그때까지 네가 현관 옆에 없으면 나 혼자 갈 거야."

넬의 목소리가 마치 나무에서 떨어진 가을 낙엽처럼 바람을 타고 둥둥 날아다녔다. 실제로는, 아니다. 이 문장은 맞지 않다. 탤리는 영어 수업에서 직유법을 배우고 있는데 이 문장은 전혀 맞지 않다. 탤리는 다시 시도해야 한다.

넬의 목소리가 성난 폭풍처럼 점점 화를 냈다.

탤리는 가면 속에서 혼자 씩 웃었다. 이편이 훨씬 낫다. 탤리는 직유가 좋다. 왜냐하면 직유는 은유와 달리, 그렇지 않은데도 그런 척을 하지 않기 때문이다.

발 구르는 소리만큼이나 넬의 말투에서도 화가 묻어났다.

"진짜라고! 엄마가 그러는데, 너 오늘 축제에 가고 싶으면 내가 학교에 지각하지 않게 해야 좋을 거래."

호랑이가 몸을 한껏 들어 올려 지붕 위에서 균형을 잡으며 키를 높였다.

"상관없어! 나 학교에 가기 싫어. 그리고 나, 축제에도 가기 싫어. 언니처럼 끔찍한 사람하고는 안 가! 넬 고약한 애덤스."

저 아래에서 넬이 어깨를 으쓱하며 말했다.

"너만 손해지. 난 갈 거야. 다들 멋지대. 아마 유령의 집이 최고일걸."

바람이 위로 불어왔다. 탤리에게 어서 오라고 손짓하는 축제 냄새를 허공에서 맡을 수 있었다. 달콤한 솜사탕 냄새 그리고 핫도그 판매대의 연기 냄새. 신비롭고 뜨겁고 위험한 냄새가 났다. 탤리는 그 무엇보다도 축제에 가고 싶다.

"나 학교 갈 준비 됐어!"

탤리는 소리치며 창고 지붕에서 내려와 언니를 쫓아 마당으로 내려갔다.

"그렇지만 언니가 나한테 가자고 해서 가는 거 아니야, 알았어? 내가 가고 싶어서 가는 거야. 그건 완전히 달라."

넬이 뒷문을 열며 말했다.

"그래, 어련하시겠어. 그래도 가기 전에 그 호랑이 가면 벗는 것 좀 생각해야 할걸? 네가 가고 싶다면 말이야!"

탤리는 잠깐 멈추고 머릿속으로 넬의 말을 되새기며, 분명히 자기가 스스로 선택한 일이라는 점을 확인했다.

그러고는 느릿느릿 장화를 벗어 던지며 말했다.

"1분 있다가 갈 거야. 이 닦고 나서."

"너 여태 이도 안 닦았어?"

엄마가 부엌으로 들어서며 꽥 소리쳤다. 중요한 뭐라도 잃어버린 것처럼 두 눈으로 부엌을 미친 듯이 훑었다.

"너 정확히 2분 안에 씻어. 안 그러면 너희 오늘 저녁에 축제 못 가."

가면 속에서 탤리는 눈을 아주아주 작게 뜨고 침착하려 애썼다. 이는 벌써 닦기로 했다. 엄마가 자기한테 그렇게 소리칠 필요는 없었다.

"나 엄마 싫어."

탤리는 엄마가 듣지 않기를 바라며 아주 작은 소리로 중얼거렸다. 엄마가 슬퍼하기 때문에 탤리는 이 말만큼은 하고 싶지 않다. 하지만 일단 그 생각이 머릿속에 떠오르자 그냥 터져 나왔다. 그러지 않으면 탤리 안에서 점점 곪아 끝내는 훨씬 더 나빠진다.

"네가 하고 싶은 대로 해, 탤리. 네가 선택하는 거야. 어쨌든 나는 1분 있다가 간다."

넬이 탤리 바로 옆에 서 있다.

"나 축제에 가고 싶어."

호랑이 가면 눈구멍으로 넬이 눈썹을 들어 올리는 모습이 보였다.

"그렇다면 그걸 선택하라고. 하지만 서둘러, 알았어?"

탤리는 부엌문으로 부리나케 달려가면서 가면을 툭 벗었다. 탤리는 씻는 쪽을 선택했다. 그리고 학교에 제시간에 가서 언니가 지각하지 않게 하는 건 자신의 선택이다. 왜냐하면 정말, 정말로, 오늘 밤 산책을 놓치고 싶지 않으니까.

탤리가 부엌을 나서자 엄마가 말했다.

"고맙다, 넬. 네가 나보다 탤리를 더 잘 다루는구나."

탤리는 손으로 입을 막고 울음을 꾹 삼키려고 했다. 두 사람은 알지 못했다. 엄마와 언니는 탤리를 버거워한다. 두 사람은 이해하려고 애쓰고 있다. 탤리는 그것을 진짜로 잘 안다. 하지만 "네."라고 말하고 싶은데 "아니요."라고 말해야 하는 기분이 어떤지 두 사람이 과연 알까? 그게 탤리를 얼마나 슬프게 하는지 두 사람은 정말이지 모른다.

탤리가 칫솔을 입에 쑤셔 넣고 얼굴에 물을 뿌리는 데 43초쯤 걸렸다. 방으로 달려가서 배낭을 움켜쥔 다음 넬이 기다리고 있는 현관으로 허둥지둥 계단을 내려가자 17초가 남았다.

"나 시간 맞췄어. 시계 꺼!"

탤리가 숨이 차 헉헉거리며 학교 신발을 찾아 손을 뻗었다.

넬은 얼굴을 찌푸린 채 탤리의 머리를 바라보았다.

"너 정말 그 꼴로 학교에 갈 작정이야?"

탤리는 신발을 끌어당겨 신고는 자기 모습을 슬쩍 내려다보았다. 교복도 똑바로 입고 학교 넥타이도 잘 묶었다. 지난주처럼 셔츠 입는 걸 깜빡하지도 않았다. 옷깃이 여전히 목을 꽉 조이긴 했지만.

"응. 내가 뭐 달리 어떻게 보일 것 같아?"

넬이 미처 대답하기 전에 엄마가 도시락 두 개를 들고 현관으로 헐레벌떡 달려왔다.

"여기 도시락 있어. 오늘 하루도 잘 보내, 둘 다!"

탤리는 몸을 일으켜 세워 얼른 자기 도시락을 받고는 미심쩍은 마음에 뚜껑을 열어 안을 들여다보았다. 어제 점심은 바뀌었다. 탤리는 자신의 믿음직한 치즈 샌드위치 대신에 넬의 구역질 나는 참치샐러드를 받았다. 집에 도착했을 때쯤에는 배가 고파 죽기 직전이어서 몹시, 몹시 화가 났다.

"이따 봐요. 참, 오늘 저녁 축제 잊지 마요."

넬이 현관문을 열며 큰 소리로 외쳤다.

엄마가 씩 웃고 탤리를 와락 껴안으며 말했다.

"까먹지 않을게. 너희 둘 다 오늘 잘 보내야 해, 꼭! 알았지?"

탤리는 고개를 끄덕였다. 도시락 안에는 확실히 치즈 샌드위치가 있다. 요구르트(냉장고에서 바로 꺼내 차갑지 않으면 토할 것 같다)라든가 건포도(유통 기한 지난 과일 맛이 나고 이에 낀다)처럼 금지된 음식의 흔적은 없다. 오늘은 확실히 잘 보낼 수 있을 듯했다.

밖에는 비가 내려 도로가 번들거렸다. 큰길을 건널 때까지 둘은 함께 걸어갔다. 이윽고 넬이 휴대 전화를 꺼내 미친 듯이 화면을 두드리기 시작했다. 탤리는 뒤처져서 웅덩이를 펄쩍 건너뛰며 사람들이 축제장에 있는 놀이 기구 자리를 닦아 줄까 궁금해했다. 축축한 자리에 앉고 싶은 사람은 아무도 없을 테니 말이다.

저기 앞쪽에서 넬이 마침내 주머니에 휴대 전화를 넣고는 탤리를 향해 뒤돌았다.

"빨리 와! 수업 시작하기 전에 로사랑 얘기해야 한단 말이야.

서둘러."

"이것 좀 봐! 언니, 이것 좀 봐! 얼른 봐 봐!"

탤리가 손가락으로 인도를 가리키며 우뚝 멈췄다.

넬은 숨을 헐떡거렸다. 그러면 보통 탤리는 크고 못돼 먹은 늑대가 귀여운 돼지 집을 무너뜨리는 듯한 소리를 알아차리곤 했다. 그러나 지금 이 순간, 탤리는 눈앞에 보이는 모습에 너무 정신이 팔려 있었다.

"웩! 징그러워. 얼른 가자."

넬은 탤리와 함께 길에 몸을 웅크렸다가, 탤리가 땅바닥을 들여다보자 코를 찡그렸다.

"징그러운 거 아니야. 살아 있단 말이야."

쭈그려 앉아 물끄러미 지렁이를 내려다보는 탤리의 목소리가 차분했다. 지금까지 본 것 중에 최고로 큰 지렁이가 여기 길 위에 누워 있다. 누가 밟을지도 모른다.

"너 딴 데로 가야 해, 지렁이야."

지렁이는 귀담아듣지 않았다. 아니, 어쩌면 탤리가 시키는 대로 하기 싫을 수도 있다. 탤리는 그게 어떤 느낌인지 이해할 수 있다. 지렁이 기분을 나쁘게 하고 싶지 않다. 하지만 때로는 선택의 여지가 없다. 안전하고 싶다면 선택은 없다. 엄마와 아빠한테는 절대로 협상이 안 되는 목록이 있다. 아무리 비명을 지르고 고함치고 빽빽 울어 대도 탤리가 꼭 해야 한다고 한다.

예컨대 자동차를 타면 안전벨트 매는 것. 왜냐하면 매지 않았다간 죽을 수도 있으니까. 아무리 화가 나도 다른 사람을 때리면 안 되는 것. 왜냐하면 다른 사람을 때리는 짓은 불법이니까. 창고 지붕에 누워 별을 보고 싶어도 한밤중에 집 밖으로 나가면 안 되는 것.

탤리는 지렁이가 좀 더 잘 들을 수 있게 바짝 다가가서 속삭였다.

"이 길 위에 있는 건 절대 협상이 안 돼, 꼬마 지렁이야. 다른 데로 가야 해."

"탤리, 이러다 우리 학교에 늦어. 일어나서 걸어. 안 그러면 엄마한테 전화한다."

넬의 목소리가 다급했다.

탤리는 지렁이에게 간청했다.

"어서 옆으로 기어가. 여기 있으면 밟힌단 말이야. 밟힌 지렁이는 행복하지 않아."

넬이 중얼거렸다.

"밟힌 자매는 행복하지 않아. 움직이지 않으면 너도 그렇게 될 거라고. 어서!"

원하지 않는데 다른 사람이 자기 몸을 만지는 것보다 끔찍한 일은 없다. 탤리는 그걸 안다. 하지만 지금 당장, 선택할 수 있는 방법은 단 하나뿐이다. 그건 자신에게 선택권이 없다는 뜻이다. 탤리는 손가락을 뻗어 지렁이를 조심스럽게 살살 들어 올렸다. 그리고는 자리에서 일어나 도로 옆 풀밭으로 가서 가장 안전해 보이는 곳에 지렁이를 내려놓았다.

"이리로 가. 이쪽에는 쾅쾅 밟는 발도, 씽씽 지나가는 자동차도 없으니까 밟히지 않을 거야."

"드디어……."

넬이 말하려 했지만 탤리는 벌써 저 앞에 있었다.

"어서! 언니가 서두르지 않으면 우린 늦을 거야."

탤리가 어깨 너머로 소리쳤다.

7

공원에 도착하기도 전에 사람들이 보였다. 많은 사람들이 공원 출입구를 지나 축제장으로 들어서려고 마구 밀치며 떠밀어 댔다. 탤리는 아빠 손을 꼭 움켜잡고 뒤에서 졸졸 따라갔다.

탤리가 아빠 손가락을 꽉 쥐며 말했다.

"나 마음이 바뀌었어. 집에 가고 싶어."

아빠가 발걸음을 우뚝 멈추고는 허리를 숙여 말했다.

"좋아. 하지만 너무한다. 왜냐하면 난 정말 왈처* 타러 가고 싶었거든. 엄마하고 넬이 아빠랑 같이 안 가려 하는 거, 너도 알지? 두 사람은 빠른 놀이 기구를 싫어해. 아빠가 같이 타자고

---

*회전목마와 비슷한 놀이 기구. 여러 대의 자동차가 빠르게 돌아간다.

말할 수 있는 사람은 너뿐이야."

탤리는 머뭇거렸다. 사실이다. 엄마와 넬은 회전 컵보다 더 빠른 건 하나도 타지 않겠다고 했다.

아빠가 손을 흔들어 엄마를 부르며 탤리에게 말했다.

"괜찮아, 딸. 너랑 나는 집에 갈 거야. 네가 그럴 기분이 아니라면."

아빠는 축제가 한창 무르익은 울타리 저 너머를 바라보았다.

"다음에 마을 축제가 열리면 그때 와도 돼."

다음. 그건 기다림을 뜻하고, 탤리는 뭐든 기다리는 게 얼마나 힘든 일인지 잘 안다.

탤리는 느릿느릿 말했다.

"우리 조금만 더 가도 될지 몰라. 그냥, 한번 쓱 둘러보게."

아빠가 웃으며 탤리를 내려다보았다.

"그거 근사하겠는데!"

엄마와 넬이 탤리와 아빠가 서 있는 곳으로 돌아왔다.

"괜찮은 거야? 우리 집에 가야 해?"

아빠가 고개를 저었다.

"다 괜찮아. 우리는 축제를 몇 분만 슬쩍 둘러볼 생각이야. 그러고 나서 집으로 갈 거야."

"뭐라고요?"

넬이 사람들을 보던 시선을 아빠에게로 돌리고 빤히 쳐다보았다.

"우리가 아무것도 안 탄다고요? 말도 안 돼!"

아빠가 넬에게 몸을 기울이고는 뭐라고 속삭였다. 보통은 이런 기분 나쁜 태도에 탤리는 기분이 상하곤 하지만, 지금 이 순간만큼은 아빠가 무슨 말을 하는지 신경 쓰는 것보다 걱정할 게 더 많다. 어쨌거나, 모두 다시 걸어갔다. 출입구가 바로 앞에 있다. 그리고 탤리가 미처 다시 생각하기도 전에 가족들은 공원 안 축제장으로 들어섰다.

탤리가 걸음을 멈추자 남자아이 하나가 뒤에서 쾅 부딪혔다.

"계속 가요!"

누가 소리쳤다. 갑자기 탤리는 앞으로 떠밀리고, 손가락에서 아빠 손이 스르르 빠져나갔다.

주위가 온통 시끄러웠다. 탤리는 몸을 휙 돌려 아빠나 엄마, 넬을 찾으려고 했다. 하지만 주위를 둘러싼 낯선 이들의 얼굴을 비추는 조명밖에 보이지 않았다. 탤리는 도와달라고 외치려고 입을 벌렸다. 그러나 어깨 위에 놓인 손 때문에 목구멍에서 소리가 얼어붙어 나오지 않았다. 여기에 온 게 실수였다는 걸 깨달았다. 사람들이 너무 많다. 이제 탤리는 납치당할 테고 아빠는 탤리를 억지로 축제에 데려온 걸 몹시, 몹시도 미안해할 거다. 그리고 평생 동안 축제를 증오할 거다. 어린 딸을 잃어버리고 이 세상에서 가장 나쁜 아빠였던 날이 떠오를 테니까.

어깨 위의 손에 점점 힘이 들어갔다.

"우리 언덕으로 갈까? 저기가 좀 더 조용해서 전부 다 보일 거야."

탤리는 몸을 휙 돌려 아빠를 쳐다보았다.

"아빠가 나 잃어버렸어! 납치나 뭐 그런 거 당한 줄 알았단 말이야. 사람들이 전부 날 보면서 웃었어. 끔찍했다고. 아빠는 신경도 안 써?"

아빠가 탤리에게 미소 짓고는 손을 내밀었다.

"넌 5초 전에 아빠 손에서 빠져나갔어. 아빠는 계속 너를 볼 수 있었고."

탤리는 고개를 저으며 얼굴을 찌푸렸다. 하지만 아빠는 벌써 엄마와 넬을 따라 언덕으로 향했다. 또다시 길을 잃고 싶지 않으면 탤리는 아빠가 이끄는 대로 따라갈 수밖에 없다.

그러나 즐겁지 않았다. 기쁘지도 않았다. 어느 누구도 탤리에게 즐거운 시간을 줄 수 없다. 탤리가 집에 가고 싶다고 하면 가족들이 탤리를 데리고 가야 한다. 그건 가장 중요한 규칙이니까. 탤리한테 억지로 있으라고 하면 어떤 일이 벌어질지 모두 아니까.

"저기 좀 봐!"

넬의 목소리가 흥겨웠다. 그러나 탤리는 고개를 들지도 않았다. 아니, 그게 뭐든 안 볼 거다. 이른바 가족이라는 사람들이 탤리를 잃어버릴 뻔하거나 탤리가 거의 납치당할 뻔해도 걱정하지 않을 만큼 자기를 사랑하지 않을 때는 말이다.

엄마가 불쑥 말했다.

"이런, 엄청 무서워 보이는데!"

엄마가 맞는다. 이 축제에는 엄청 으스스해 보이는 게 많은데 가족들이 무슨 생각을 하는지, 자기를 왜 여기에 데리고 왔는지 모르겠다.

"저거 탈 수 있을 거 같니, 넬?"

그 말에 넬이 까르르 웃음을 터뜨렸다. 탤리는 둘이 무슨 이야기를 하는 걸까 궁금해하면서 바닥의 흙만 벅벅 문질렀다.

"농담해요? 내가 저걸 탈 일은 없어요! 저 놀이 기구가 얼마나 빨리 핑핑 도는지 좀 보라고요!"

아빠도 맞장구쳤다.

"게다가 단숨에 확 떨어져 내리는 것 좀 봐. 고소 공포를 견뎌야 할걸? 그리고 저런 걸 타려면 속도도 참아야 하고."

아빠가 탤리의 손을 힘주어 꽉 잡았다. 탤리는 짧은 순간 저 놀이 기구를 타는 상상을 해 봤다.

엄마가 자기 뜻을 분명히 밝혔다.

"흠, 나는 저런 거 절대로 못 타. 보는 것만으로도 속이 울렁거려."

탤리는 가족들이 뭘 하고 있는지 정확히 알았다. 하지만 더는 참을 수가 없었다. 고개를 들고 가족들이 이야기하는 모습을 보았다. 거기, 바로 앞에 탤리가 난생처음 보는 놀이 기구가 있었다. 밤하늘을 배경으로 불빛을 받아서 탤리 눈에는 이 세상에서 최고로 아름다워 보였다.

아빠가 물었다.

"우리 좀 더 가까이 가서 들여다볼까?"

탤리는 고개를 끄덕이며 말했다.

"그렇지만 이번엔 내 손 놓지 마, 알았지?"

탤리네 가족은 낮은 언덕 아래로 내려가 다시 사람들의 물결 속으로 들어갔다. 탤리는 아빠한테 바짝 매달려서 엄마와 넬을 따라갔다. 두 사람은 사람들을 요리조리 피해 가며 엄청나게 으스스해 보이는 그 놀이 기구 쪽으로 갔다.

넬이 갑자기 멈추어 서서 물었다.

"나 범퍼카 타도 돼요?"

탤리가 아빠 손을 끌어당기며 말했다.

"안 돼. 우린 저리로 가는 거야."

"네가 결정하는 거 아니거든."

넬이 딱 잘라 말하고는 엄마에게 물었다.

"제발! 로사랑 다른 애들이 저기 있어요. 엄마가 탤리 데리고 있는 동안 난 친구들이랑 놀게요."

엄마가 얼굴을 찌푸리면서 마치 질문하는 것처럼 아빠를 향해 눈썹을 치켜올렸다. 그러고는 느릿느릿 말했다.

"그래도 될 것 같은데. 공원에서 벗어나지 않고 우리를 여기서 만난다면. 아, 모르겠다. 시간을 얼마나 주면 될까?"

아빠가 넬을 보며 물었다.

"시간이 얼마나 필요한데?"

넬은 아빠를 향해 웃으며 말했다.

"두 시간 정도?"

아빠가 웃으며 고개를 저었다.

"너무 길어. 두 시간 내내 여기에 너희 둘을 남겨 두면 나는 빈털터리가 될 거야!"

"한 시간 뒤에 회전목마 앞에서 만나면 어떨까? 휴대 전화랑 용돈 있지?"

엄마의 제안에 넬이 고개를 끄덕였다.

"고마워요! 엄마 아빠 최고!"

넬은 부리나케 달려갔다. 남은 가족들은 넬이 친한 친구들과 서로 얼싸안는 모습을 지켜보았다. 좋아라 꽥 질러 대는 소리가 밤공기를 타고 흘러왔다.

아빠가 엄마에게 말했다.

"우리가 최고라니, 맘에 드는걸! 우리가 뭐든 못 하게 말린다고 녀석이 불평할 때는 저 말을 해 줘야겠어."

엄마가 웃음을 터뜨렸다.

"넬은 친구들이랑 한가롭게 시간을 보낼 만도 해."

한가롭게 시간을 보낼 만도 하다……. 탤리는 그 말이 무슨 뜻인지 안다. 자기한테서 떨어져서 보내는 시간. 그걸 아니까 울고 싶다.

아빠가 탤리 손을 놓고 엄마에게 팔을 둘렀다.

"우리는 가서 저 놀이 기구 좀 들여다볼까? 이제 한 시간 죽이게."

엄마 아빠가 발걸음을 옮겼다. 탤리는 넬을 마지막으로 한 번 돌아보았다. 넬은 탤리를 남겨 두었다는 사실을 생각조차 하지 않고 웃고 떠들고 있다.

탤리는 넬을 향해 사나운 표정을 지으며 중얼거렸다.

"그럼 올해는 유령의 집에 안 가겠네. 언니가 친구들이랑 재미있게 보내는 동안 나는 그냥 시간을 죽이면 될 것 같아."

아빠가 소리쳤다.

"얼른 와, 탤리! 이 놀이 기구가 아드레날린을 얼마나 뿜어내는지 보고 싶어! 한 번 정도는 도전해 볼 만큼 나 용감하다고."

탤리는 허둥지둥 엄마 아빠를 쫓아가면서 주위를 둘러싼 소음이며 사람들 그리고 뼛속까지 스며들어 울고 싶게 만드는 냉기를 무시하려고 애썼다.

그러고는 다른 모든 것이 중요하지 않은 듯하게 만드는 두 가지 일이 순식간에 일어났다. 그 놀이 기구가 탤리 앞으로 갑작스레 들이닥치며 누가 탤리 이름을 부르는 소리가 들렸다.

"탤리! 너 여기 왔구나! 진짜 대단하지? 우리 같이 탈래?"

어둠 속에서 라일라의 환하고 행복한 얼굴이 나타나더니 그 뒤로 솜사탕을 마구 뜯어 먹으며 서 있는 아이샤와 루시가 보였다. 아이들은 탤리에게 손을 흔들며 웃었다.

루시가 놀이 기구를 가리키며 외쳤다.

"스카이댄서야. 내 동생이 벌써 타 봤는데, 정말 무시무시하고 대단하대!"

그 이름이 완벽하다.

"우리 저거 탈 거면 얼른 줄 서야 돼."

아이샤가 말했다.

탤리는 보았다. 몇 명은 벌써 줄을 서 있고, 사람들이 시시각각 점점 더 많이 모여들고 있다. 스카이댄서는 확실히 이 축제에서 가장 인기 있는 놀이 기구다.

아빠가 물었다.

"친구들이랑 타고 싶어? 네가 타고 싶다면 괜찮아."

탤리는 아빠와 엄마가 그곳에 있다는 사실조차 잠시 까맣게 잊었다.

탤리는 웃었다. 그런데 뭐가 떠올라 얼굴을 찌푸렸다. 넬이 자신을 잊었다고 해서 탤리가 아빠를 잊어도 되는 건 아니기 때문이다. 탤리는 아빠 손을 콕 찌르며 아무도 듣지 못하게 아빠를 옆으로 끌어당겼다.

"여기에서 제일 빠른 놀이 기구 타고 싶다고 했지? 그건 확실히 스카이댄서야."

아빠가 고개를 저었다.

"나도 그런 줄 알았어. 그런데 알고 보니 내가 진짜로 원하는 건, 무서움을 모르는 우리 사랑스러운 딸이 친구들이랑 재미있는 시간을 보내는 거더라고."

"언니는 저기 범퍼카로 갔어. 아빠가 원한다면 가서 언니를 살펴봐. 아빠가 선택하면 돼."

탤리가 아빠를 쏘아보며 말했다.

웃음을 참으려는 듯 아빠 입이 일그러졌다. 허리를 굽히고는 탤리를 얼마나 사랑하는지 말하려 할 때 그러는 것처럼 탤리의 뺨에 손을 얹었다.

"너를 말하는 거야. 우리 호랑이 소녀."

"아!"

탤리는 한순간 생각에 빠졌다.

"그렇지만 난 무서워하는 게 엄청 많아. 그러니까 나한테 무서움을 모른다고 말하면 안 돼."

아빠가 손을 내려 주머니에서 돈을 꺼냈다.

"좋아. 그러면 너를 용감하다고 말할게. 왜냐하면 그게 너니까, 탤리. 넌 겁을 먹었어. 그래도 너는 계속 앞으로 나아가서 아빠를 아주 자랑스럽게 했어."

아빠는 탤리에게 돈을 건네고 뒤로 물러났다.

"엄마랑 내가 너를 지켜볼게. 우리는 바로 여기에 있을 거야."

탤리는 고개를 끄덕이고 친구들이 줄 서 있는 쪽으로 걸어갔다. 그러다 멈춰서 아빠를 돌아보며 소리쳤다.

"사실 나 이 놀이 기구 안 무서워. 그냥 아빠한테 말해야 하는 줄 알았어. 내가 이걸 타면 아빠가 날 용감하다고 생각할지 모르지만, 난 원래 무시무시한 놀이 기구를 좋아해. 그러니까 내가 용감하다거나 어떻다고 생각하지 마. 왜냐하면 내가 정말로 용감한 건 아니니까."

아빠는 씩 웃으며 탤리에게 장난스레 경례를 보냈다. 탤리는 웃음이 터졌다. 이따금 아빠는 아주 바보스러워서 무슨 말을 하는지 도무지 모르겠다. 아빠는 탤리가 놀이 기구를 라일라와 타든 아빠와 타든 별로 신경 쓰지 않는 것 같았다. 그래서 탤리는 무지 기분이 좋았다. 왜냐하면 탤리는 정말이지 아빠를 슬프게 하고 싶지 않았으니까.

대기 줄은 길었지만 친구들은 아무도 신경 쓰는 것 같지 않았다. 아마도 끔찍한 루크에 대해 그리고 루크가 루시에게 자기도 축제에 올 거라는 메시지를 보냈다는 이야기에 푹 빠져 있기 때문인 듯했다.

루크가 공기총으로 깡통을 맞혀 테디 베어 인형을 뽑아 주겠다고 약속했다는 말을 루시가 하자 아이샤는 숨을 내뱉듯이 말했다.

"엄청 낭만적이다!"

라일라가 숨을 몰아쉬며 말했다.

"정말 그래. 그 애가 아직도 너한테 데이트하자는 말을 안 했다는 게 믿어지지가 않아. 어쩌면 루크가 오늘 밤에 너를 만나려고 기다리고 있을지도 모르겠다."

"진짜 낭만적이다. 어쩌면 그 애가 초콜릿하고 꽃을 사서 너한테 줄지도 몰라. 그건 정말 낭만적이야."

탤리가 최대한 밝은 표정을 지으면서, 뒤에 있는 사람이 팔꿈치로 밀어 대는 걸 모른 체하려고 애쓰며 말했다.

그러자 아이샤가 웃으며 말했다.

"너 제법 많이 아는구나, 탤리! 혹시 누가 너한테 꽃이랑 초콜릿을 줬어?"

탤리는 얼굴을 찌푸렸다.

"아무도."

루시가 쿡 웃음을 터뜨렸다.

"아, 왜 그래? 우리 사이에. 네가 누구를 좋아하는지 우리한테 말해도 돼!"

축제의 소음이 갑작스레 더 시끄러워졌다.

"나 아무도 안 좋아해. 그러니까 입 좀 다물어, 루시. 너 괜히 돌아다니면서 헛소문 내면 안 돼, 알았지?"

루시가 허공에 두 손을 모으고 말했다.

"이런! 알았어, 진정해. 그냥 농담이었어. 유머 감각이라고는 하나도 없는 사람들이 있다니까."

아이샤가 말했다.

"어쨌든, 어쩌면 오늘 밤 루크가 빨간 장미 한 다발을 들고 나타날지도 몰라. 저기 길 아래 주차장에서 사 오는 거야! 얼마나 귀여울까?"

탤리는 친구들이 더는 사실이 아닌 것을 말하지 않으면 좋겠다고 생각했다.

라일라가 킬킬 웃었다.

"상상할 수 있겠어? 사람들 보는 앞에서 너한테 데이트를 신청하는 루크를 말이야!"

루시의 뺨이 살짝 발그레하게 물들었다. 루시는 주위를 힐끗 둘러보고 고개를 저으며 말했다.

"쉿, 애들아! 누가 들을지도 몰라!"

탤리는 누구건 친구들이 나누는 말을 한마디라도 들을 수 있으리라고 생각하지 않았다. 스카이댄서에서 흘러나오는 비명 너머로는 절대.

탤리가 말했다

"루크가 무릎을 꿇고서 너한테 결혼해 달라고 할 것 같아. 바로 여기, 축제 한가운데서!"

탤리가 진짜로 그렇게 생각하는 건 아니었다. 분명히. 그렇지만 이 대화에 끼어들 밑천이 다 떨어졌다. 그리고 친구들이 자기가 좋아하는 다른 남자아이들에 대해 끔찍한 얘기를 하지 않길 바랐다. 왜냐하면 그건 괜찮지 않으니까. 탤리는 루시와 끔찍한 루크에게 계속 집중해야 했다. 그렇게 하는 유일한 방법은 끼어드는 것이다.

그래서 한쪽 무릎을 꿇고 루시를 올려다보았다. 친구들은 탤리를 바라보며 기가 막히다는 듯 입을 쩍 벌렸다.

"루시, 당신은 아플 때나 건강할 때나 영원히 나, 루크를 받아들이겠습니까? 아멘."

이건 정말이지 완전히 역겹다. 탤리는 누가 됐건 아픈 사람은 절대로 받아들이고 싶지 않다. 절대로. 게다가 루크는 확실히 아니다.

루시가 탤리의 팔을 정신없이 끌어당기며 숨죽여 말했다.

"일어나! 여기서 이러면 어떡해?"

"아, 아파. 그렇게 잡아당기지 마."

탤리는 일어서며 팔을 쓱쓱 문질렀다.

라일라가 탤리에게 말했다.

"창피하잖아. 루크가 봤으면 어떡해?"

탤리는 어깨를 으쓱해 보였다.

"안 봤어."

친구들은 다시 재잘거리기 시작했다. 탤리는 잠자코 무릎에 묻은 흙을 털어 냈다. 그냥 장난이었다. 유머 감각이라고는 하나도 없는 사람들이 있다.

드디어 대기 줄 맨 앞에 도착했다. 탤리는 빙빙 돌아가는 놀이 기구를 주의 깊게 지켜보았다. 탤리가 기대한 것이 바로 이거다. 탑승 칸은 두 사람이 탈 만큼 컸고, 옆으로 휙휙 흔들리다 속도를 내며 꼭대기까지 고리 모양으로 원을 그리면서 올라간다. 안에서 흘러나오는 소리로 볼 때, 정말이지 엄청나게 오싹하다.

"자, 거기 두 사람 여기 타요."

놀이 기구를 관리하는 남자가 손짓해서 탤리는 앞으로 걸어갔다. 라일라가 탤리 옆자리다. 둘이 자리에 앉자, 놀이 기구가 천천히 움직이는 동안 남자가 안전벨트 매는 법을 알려 주고 어떤 상황에서도 해서는 안 되는 것을 말해 주면서 출발시켰다. 탤리는 엄마 아빠가 서 있는 곳을 힐끔 건너다보았다. 엄마 아빠가 탤리를 향해 엄지손가락을 번쩍 치켜올렸다. 안전벨트 매는 건 협상할 수 없다. 지금 당장 그걸 맬지 말지 생각할 필요가 없어서 무척 기뻤다.

탑승 칸의 철망이 아래로 내려오더니 탑승 칸이 위로 쓱 움직였다. 그 아래, 루시와 아이샤가 다음 칸에 자리를 잡고 위로 올라왔다. 탑승 칸은 손님들로 다 채워졌다.

라일라가 두 사람 앞에 놓인 금속 막대를 꽉 움켜잡으며 말했다.

"내내 이렇게 덜거덕거리지 않으면 좋겠다. 진짜 싫어."

탤리는 아무 말도 하지 않았다. 축제가 벌어지는 곳을 내려다보느라 정신이 없었다. 눈을 가느다랗게 뜨고 보니 확실히 동네 골목이 보였다. 높이 올라갈수록 머리가 맑고 가벼워지고 고요했다.

이윽고 꼭대기에 다다른 탑승 칸이 서서히 내려가기 시작했다. 바닥에 이르니 남자가 딸깍 하고 스위치를 눌렀다. 테일러 스위프트의 최신 노래가 터져 나오고 놀이 기구는 속도를 내며 출발했다. 탑승 칸이 이리저리 옆으로 흔들리고 위로 슝 올라가다가 반대편으로 휙 다시 움직였다. 탤리는 앞뒤로 몸을 움직여 탑승 칸을 마구 흔들어 댔다.

"으아악! 이거 너무 빨라. 그렇게 너무 흔들지 마!"

라일라가 탤리의 팔을 꽉 잡으며 비명을 질렀다.

탤리가 외쳤다.

"소리치지 마! 너 너무 시끄러워!"

라일라는 고개를 끄덕이며 입을 앙다물었다. 그러더니 눈을 감고는 탤리를 죽어라 움켜잡았다.

탤리는 씩 웃었다. 이래서 라일라가 단짝 친구인 거다. 둘 다 이런 놀이 기구를 서로만큼이나 좋아하니까.

탤리는 이리저리 몸을 흔들면서, 마침내 거의 거꾸로 설 정도까지 탑승 칸을 최대한 멀리 기울였다. 라일라는 탤리 옆에서 소리 죽여 낑낑거렸다. 탤리는 입을 벌리고 있는 힘껏 고함을 질러 댔다.

"좋았어! 우우우!"

탤리의 고함은 멀리 날아가 공원 안에 메아리쳤다.

완벽하다. 정말이지 완벽하다.

놀이 기구가 속도를 내면서 탑승 칸이 한 바퀴 빙 돌자 탤리는 속이 뒤집어지는 것 같았다. 눈을 크게 뜨고 매 순간에 흠뻑 빠져들었다. 땅이 휙휙 지나가고 어두운 밤하늘이 발밑에서 춤을 추었다. 별 사이를 까치발로 걷는 기분이었다.

너무 금방 끝나 버렸다. 놀이 기구가 점점 느려졌다. 탤리는 마지막 순간까지 함성을 질렀다.

놀이 기구가 속도를 더 늦추자 탤리가 말했다.

"대단하다. 우리 한 번 더 타자!"

라일라가 눈을 뜨고 탤리를 향해 끔뻑이며 중얼거렸다.

"못 해. 진짜 너무너무 무서워."

탤리는 고개를 저었다. 얼굴 가득 웃음이 퍼졌다.

"하나도 안 무서워. 이거 이 세상 최고의 놀이 기구야. 우리 한 번 더 타야 해, 알겠지?"

탤리는 친구에게 확인시켰다.

라일라는 두 사람이 어서 결정하기를 기다리고 있는 직원을 훌쩍이며 쳐다보았다.

라일라가 탤리에게 물었다.

"이번에는 그렇게 흔들어 대지 않겠다고 약속해. 안 그러면 내가 또 타고 싶은지 잘 모르겠거든."

탤리는 웃음을 터뜨렸다.

"그건 약속 못 해! 어쨌거나 난 이게 빠르면 좋겠어. 속도가 느려지면 내 속이 바로 뒤집어지지 않을 테니까."

라일라는 직원을 향해 고개를 끄덕이고는 안전 막대를 힘껏 움켜쥐었다. 두 사람은 다시 위로 흔들흔들 올라가기 시작했다.

라일라가 탤리에게 말했다.

"난 진짜 이 우주에서 최고의 친구야. 그리고 넌 진짜 이상해. 이런 놀이 기구를 좋아하다니."

탤리는 씩 웃으며 하늘을 향해 고개를 젖혔다. 겨우 이 정도로 무서워하다니, 진짜로 이상한 사람은 라일라다. 그렇지만 말하지 않을 거다. 한 번 더 타자고 꼬드길 때까지는 말이다.

나의 일기장에게

　엄마랑 아빠는 진심으로 나를 도와주려고 해. 하지만 그게 언제나 쉽지는 않아. 그래서 오늘 밤에는 일기 대신에 자폐아를 돌볼 때 해야 할 것과 하지 말아야 할 것 목록을 적어 봤어. 이걸 냉장고에 붙이고 엄마 아빠가 헷갈릴 때 보여줄 거야.

할 것 이따금 아이의 요구에 맞춰 주기. 싸움도 가려서 하자.
하지 말 것 다툼이 있을 때 끼어들기. 마음을 가라앉히고 다툼에서 빠져나갈 수 있게 해 줘야 한다.
하지 말 것 남과 다르다고 말하는 것, 독특하다고 말하는 것.
할 것 얼마나 사랑하는지 알려 주기. 아이에게 충분한 사랑을 주기는 힘들다 해도 다양하게 사랑을 보여 줘야 할 것이다.
할 것 어려움을 인정하고 긍정적으로 생각하는 방법 찾기.
하지 말 것 눈을 보라고 시키는 것. 자폐증이 있는 많은 아이들이 눈 맞추기를 어려워하기 때문이다. 그 대신에 긴장을 풀어 주자. 그러면 훨씬 더 자연스럽게 할 수 있다.
하지 말 것 뭐를 직접적으로 요구하거나 시키는 것. 이런 요구는 본능적으로 피하는 경향이 있다.
할 것 무슨 뜻으로 하는 말인지 정확하게 이야기하기. 은유라든가 비꼬는 말은 절대 하지 말 것.
마지막으로, 아이들이 입는 옷에 붙은 라벨 전부 떼어 내기.

8

또 비가 온다. 옷을 흠뻑 적시지는 않지만 뼛속 깊이 스며들어서 몸을 부르르 떨게 하는 그런 비다. 복도는 수업 시작 전에 자리를 찾아 앉으려는 아이들로 북적거렸다.

"탤리! 여기야!"

라일라가 손을 흔들며 불렀지만 탤리는 따로 할 일이 있다. 루크가 축제에 나타나지는 않았지만 그 애가 최근에 루시에게 보낸 놀라운 메시지에 관한 수다보다 훨씬 더 중요한 일이다. 탤리는 라일라를 못 본 체하고는 쭉 뻗은 다리와 이리저리 나뒹구는 가방을 넘어 조심조심 길을 내 가며 드디어 계단에 도착해서 다음 층으로 향했다. 여기 위층에는 도서실과 연극반만 있어서 돌아다니는 사람이 아무도 없다.

탤리는 발끝으로 서서 연극반 창문으로 안을 들여다보았다. 교실은 텅 비어 있었다. 연극반 자먼 선생님은 다른 선생님들과 함께 교무실에 있나 보다. 탤리는 문을 쓱 밀어 열고 서둘러 안으로 들어갔다. 시작종이 울릴 때까지 시간이 얼마 없다.

자먼 선생님 책상은 엉망진창이다. 책과 서류 몇 장과 희한한 물건들이 흩어져 있다. 탤리는 가짜 콧수염과 중절모를 물끄러미 바라보며 선생님이 주말에 저걸 쓰는지 궁금했다. 여유 공간이 조금도 없고, 뒤죽박죽 엉킨 물건들 때문에 탤리는 발이 불편했다. 그래서 미처 생각하지도 않고 정리를 하기 시작했다. 책은 책상 한쪽에 쌓고 다른 물건들은 단정하게 다른 쪽에 놓았더니 드디어 말끔한 공간이 생겼다. 그러고는 가방에 손을 넣어 요전 밤에 백만 시간에 걸쳐 만든 상자를 꺼내서 정확하게 책상 한가운데에 놓았다.

그러고 나서 계속 책상을 단정하게 정리했다. 구긴 종이 뭉치는 휴지통에 넣고 서류철은 순서대로 나란히 놓았다. 이제 다 됐다고 생각했을 즈음 연필이 눈에 들어왔다. 연필은 연필통에 가득 차 있었는데 더러 거꾸로 꽂힌 게 있었다. 그걸 꺼내 보니 끝이 무뎠다. 참 어리석다. 연필통 바로 옆에 탤리가 꼭 갖고 싶어 하는, 값비싸 보이는 전자 연필깎이가 있는데 말이다.

"딱 하나만 깎아야지. 잘되는지 보게."

탤리는 문을 힐끔 쳐다보며 혼잣말을 했다.

탤리가 연필깎이 구멍에 연필을 넣자마자 연필깎이가 바로 작동해 연필을 단단히 움켜잡고는 나무를 깎았다. 탤리는 연필을 빼내어 연필심이 잘 깎였는지 살펴보았다. 씩 웃음 짓고 연필통에 다시 꽂았다. 그런데 문제가 하나 생겼다. 나머지 연필과 비교되어 어울리지 않았다. 무딘 연필들이 전혀 마음에 들지 않았다.

그래서 탤리는 다른 연필, 그리고 나서 또 다른 연필을 뽑았다. 윙 하고 돌아가는 연필깎이 소리가 꽤 듣기 좋아서 계속 듣고 싶었다. 탤리는 연필 깎는 데 온통 마음을 빼앗긴 나머지 연극반 문이 열리는 소리도, 누가 걸어오는 발소리도 전혀 듣지 못했다. 자먼 선생님이 큰 소리로 목청을 가다듬을 때까지 누가 그곳에 있으리라고는 전혀 생각을 못 했다. 마침내 그 소리에 탤리는 화들짝 놀라 거의 비명을 지를 뻔했다.

"여기서 뭐 하고 있는 거지?"

탤리는 몸을 휙 돌렸다. 손에는 여전히 연필을 쥐고 있었다. 선생님이 탤리의 이상한 얼굴 표정을 보고 있다. 탤리는 선생님이 돌아올 때까지 여기에 있을 작정이 아니었다. 게다가 선생님한테 무슨 말을 할 준비도 되지 않았다. 그러니까 그냥 즉흥적으로 해내야 할 거다. 그리고 그건 어른들과 이야기를 하게 됐을 때, 탤리가 그다지 좋아하는 상황은 아니었다. 하지만 지금은 둘 다 연극반 교실에 있다. 탤리는 연기를 제법 잘하니, 이번에는 괜찮을 거다.

"어……. 저 연필을 깎고 있었어요, 선생님. 연필이 진짜 뭉툭했어요. 근데 이제 뾰족해요."

탤리는 증거를 흔들며 말했다.

"나도 그건 알 수 있어. 하지만 내가 묻는 건 그게 아니야. 네가 뭘 하는 거냐고. 쉬는 시간에 여기에 들어와서."

자먼 선생님이 두 손을 허리춤에 얹으며 말했다.

탤리는 얼굴을 찌푸렸다. 그런데 어른에게 얼굴을 찌푸리는 건 대개 나쁘게 여겨진다는 게 떠올랐다. 탤리는 표정을 풀고 선생님을 보며 환하게 웃었다.

"연필을 깎고 있어요. 그리고 정리를 좀 하고요."

탤리는 조금 더 큰 목소리로 다시 대답했다.

그러고는 책상 쪽으로 손을 쓱 흔들며 자신이 자랑스럽게 해 놓은 것을 자먼 선생님이 보게끔 옆으로 몇 발짝 물러났다. 선생님은 눈을 깜빡이며 가늘게 떴다.

"내 평가지는 어디에 있지? 내 서류를 어떻게 한 거야?"

선생님이 앞으로 걸어와 책을 들어 올리며 물었다.

탤리는 더 환하게 웃었다.

"괜찮아요. 쓰레기는 전부 쓰레기통에 넣었어요. 여기 있던 지저분한 사과씨도요. 진짜 손대고 싶지 않았지만요. 하지만 괜찮아요. 소맷자락을 걷어 올리고 집었으니까요. 이렇게요."

탤리는 손등 위로 스웨터를 확 잡아당기고 선생님에게 보여 주었다. 선생님이 얼굴을 찡그렸다.

"내 평가지를 버렸다고?"

선생님은 몸을 돌려 흘러넘치는 쓰레기통이 있는 구석 쪽으로 걸어갔다. 숨죽여 뭐라고 웅얼거렸지만 무슨 말을 하는지 탤리는 제대로 알아들을 수 없었다. 아마도 무척이나 고맙다는 말일 거라고 생각했다.

자먼 선생님이 쓰레기통에서 구겨진 종이 몇 장을 꺼낸 뒤 엄한 표정으로 탤리에게 걸어왔다. 입을 열어 무슨 말을 하려다가 책상 위에 놓인 상자를 알아차리고는 멈칫했다. 그러더니 탤리와 상자를 번갈아 바라보며 물었다.

"이건 뭐지?"

선생님은 돋보기가 필요한 걸까? 탤리는 궁금했다. 상자 한쪽에 이름이 큼직하게 적혀 있는데 말이다. 선생님에게 시력 검사를 받아 보라고 제안할까 생각했다. 그러나 자신이 안과 의사를 만나러 가는 걸 끔찍이도 싫어한다는 게 떠올랐다. 안경사는 언제나 탤리에게 무시무시하고 묵직한 금속 안경을 쓰라고 하고는 눈에 엄청나게 환한 빛을 비추었다. 아프지만 탤리는 절대 불평하지 않았다. 그 안경사는 자기 일을 하고 있고, 탤리가 안과에 가는 걸 얼마나 싫어하는지 알면 그 안경사가 기분이 상할지 모르니까. 그래서 그냥 최선을 다해 잠자코 앉아서 눈물을 꾹 참았었다.

자먼 선생님도 아마 그런 기분일 거다. 그래서 시력 검사를 받지 않았을 거다. 선생님이 눈이 엄청 나쁘다는 이야기는 하지 않는 편이 더 나을 거다.

탤리는 선생님을 불쌍히 여기며 말했다.

"꿀팁 상자예요, 선생님. 어떻게 하면 선생님 수업이 더 나아질 수 있는지 생각해서 상자에 넣으라고 선생님이 말했잖아요. 그런데 제 생각에 누가 옛날 상자를 가져간 것 같았어요. 제가 정말 열심히 살펴봤지만 어디에도 보이지 않았거든요."

탤리는 선생님을 쳐다보며 선생님이 얼마나 기뻐할지 가늠하려 했다. 선생님의 입이 천천히 벌어지고 눈이 휘둥그레졌다.

"지금 농담하는 거니?"

탤리가 지금껏 들은 선생님 목소리 중 최고로 조용했다. 그래서 마음이 놓이긴 했지만 왠지 불편했다. 그 말투에 뭔가 위험한 기운이 흘렀다. 밖에 바람이 몰아치기 시작할 때보다 더 강력한 무언가가.

자먼 선생님은 탤리가 주는 선물의 중요성을 분명 이해하지 못한다. 탤리 다리에서 힘이 빠지고 발이 까딱까딱 움직이면서 정말, 정말이지 이 자리를 떠나고 싶지만 자기가 설명을 해야 한다는 걸 알았다.

"제가 새 상자를 만들었어요."

탤리는 팔을 움찔움찔 움직이며 손바닥을 앞으로 내밀었다. 보통은 연극반 선생님들이 그런 걸 좋아하는 것 같았으니까. 그런데 팔이 옆으로 펄럭펄럭 흔들렸다. 탤리가 긴장할 때면 언제나 그런다.

"짜잔! 그리고 제가 첫 번째 꿀팁을 안에 넣었어요. 하지만 선생님이 원치 않으면 읽을 필요는 없어요. 다른 사람이 저더러 뭐를 즉시 읽어야 한다고 말하면 정말 싫거든요. 그러면 글자가 전부 뭉개지면서 이해할 수가 없게 돼요."

침묵이 흘렀다. 창문에 부딪히는 빗방울 소리, 건물에 휘몰아치는 바람 소리만 들려왔다. 하늘에 구름이 잔뜩 끼고 낮이 갑자기 어두워진 것 같았다. 탤리는 두 팔로 몸을 감싸 안고는 자기가 무슨 말을 더 해야 하는 건지, 아니면 멋진 저글링 묘기를 보여 주면 선생님이 그걸 더 좋아할지 궁금했다. 저글링은 확실히 인상적일 거다.

"웃기려고 그러는 거니? 그런 거야?"

탤리는 선생님을 쳐다보며 침을 꼴깍 삼켰다.

"아니요. 하지만 선생님이 원한다면 농담을 해 볼 수는 있어요."

선생님의 눈동자가 이리처럼 춤을 추었다. 마치 불이 붙은 듯하다.

"누가 너한테 이런 걸 하라고 시켰어? 여기에 무례하고 기분 나쁜 내용이 들어 있다면 문제가 될 거야. 누가 너한테 이런 걸 시켰다면 지금 나한테 말하는 게 좋을 거다."

선생님은 꿀팁 상자를 들고 마구 흔들어 댔다.

탤리는 고개를 저었다.

"아무도 저한테 시키지 않았어요. 선생님이 그랬잖아요, 우리가 선생님한테 제안을 해도 된다고요."

자먼 선생님은 멈칫했다. 탤리 머릿속을 들여다보려는 것처럼 눈을 똑바로 바라보았다. 탤리도 엄마가 가르쳐 준 요령대로 선생님을 똑바로 쳐다보았다. 자먼 선생님의 두 눈썹 사이 공간, 코 맨 위를 쳐다보면 탤리는 조금 덜 불편하고, 선생님은 자신을 예의가 없다고 생각하지 않을 거다.

종이 울리자 선생님은 혀로 입천장을 톡 쳤다.

"이제 가도 돼. 하지만 이게 끝은 아니야, 꼬마 숙녀."

탤리는 알았다는 듯 고개를 끄덕이고 가방을 들었다. 이게 끝이 아니라는 걸 알았다. 아직은 선생님에게 하나만 제안했을 뿐이다. 선생님한테 알려 줄 게 정말 엄청나게 많다.

9

 단어가 계단을 타고 올라와 바닥과 방문 사이를 뚫고 들어온다. 탤리는 지금 읽고 있는 책이 아주 재미있는 데다 끝까지 겨우 몇 페이지밖에 남지 않아서 그 단어를 무시하고 싶었다. 하지만 그 단어는 생각이 달랐다. 단어가 머리 위에서 탁탁 소리를 내며 윙윙거렸다. 잠시 뒤, 탤리는 한숨을 푹 내쉬며 어쩔 수 없이 책을 내려놓고 허리를 곧게 펴고 앉았다. 가족들이 귀찮게 굴 때는 책에 집중할 수가 없다. 가족들이 없는 듯이 여겨 봐도 아무 소용이 없다. 그 단어들이 혹시 탤리가 이야기 나누는 걸 듣고 싶어 할지 모른다고 암시하는 동안은 아니다.
 아무 소리도 내지 않고 조용조용, 탤리는 카펫을 밟고 걸어가 문손잡이를 돌렸다. 바깥 층계참에서 단어들이 서로 부둥켜

안으며 한데 뭉쳐 덩어리를 이루었다.

"농담 아니지?"

엄마 입에서 터져 나온 말이다. 마치 딱딱한 나뭇가지 같다. 어느 순간 딱 하고 부러질 것 같다.

"당신 도대체 무슨 생각이었던 거야?"

"제숍 부인이 응급차에 타지 않겠다고 하면 우리는 허리 다친 것보다 더 큰 문제를 다뤄야 할지 모른다고 생각했지."

아빠가 말을 멈추었고, 탤리는 몸을 앞으로 기울였다.

"그 문제가 해결되지 않으면 부인이 절대 병원에 가지 않겠다고 했거든. 다른 해결책이 없었다고."

엄마가 투덜거렸다.

"없었겠지. 당신 말이 맞아. 갑작스레 벌어진 일이니까. 그게 다겠지."

"최선은 아니라는 거, 나도 알아. 하지만 잠시일 뿐이야."

탤리는 자기 방으로 돌아가 발로 문을 밀어 닫았다. 틀린 신호였다. 엄마와 아빠는 중요하지도, 흥미롭지도, 탤리와 관련되지도 않은 얘기를 하고 있었다. 그저 또 다른 지루한 얘기일 뿐, 탤리에 관한 대화 같지 않다. 탤리는 그런 점을 확인할 만큼 감각이 있다. 엄마 아빠는 가끔 어떻게 하면 탤리의 행동을 최선으로 '다룰 수 있는지' 대화를 나눈다. 그러면 탤리는 그걸 들어야 했다.

이른 저녁, 엄마가 한쪽에 다진 햄을 얹은 밥 접시를 건네는 동안 아빠는 비프칠리 수프를 기다란 그릇 세 개에 담아 내놓았다. 수프 냄새는 좋았지만, 탤리는 한 번 맛본 강낭콩의 식감이 영 마음에 들지 않았다. 엄마한테 말하려 했는데 엄마가 귀담아듣지 않았다. 그래서 결국 수프는 바닥으로 떨어졌다. 하지만 그건 오래전의 일이다. 그때 엄마와 아빠는 탤리가 할 수 없는 일을 자꾸 시키려고 했다.

지금은 살짝 나아졌다. 비록 모두 탤리를 쳐다보면서 이야기를 하긴 하지만 말이다.

넬이 밥을 떠먹으며 물었다.

"아까 밖에 응급차가 한 대 보이던데, 무슨 일인지 알아요?"

아빠가 고개를 끄덕였다.

"가엾은 제솝 부인 때문이야. 떨어져서 허리를 다쳤거든. 병원으로 모셔 갔어."

탤리가 부탁했다.

"오렌지 주스 한 잔만 줘. 입이 말랐어."

탤리는 무시무시한 병원 생각은 하고 싶지 않았다.

엄마가 기계처럼 말했다.

"오렌지 주스 마셔도 돼요? 이렇게 말해야지. 그래, 조금 있다가 마시면 돼. 먼저 너희한테 얘기할 게 있거든."

넬은 걱정스러운 표정이었다.

"그 할머니 괜찮을까요?"

"지금 나 목말라."

탤리는 식탁 위에 포크를 내려놓고 엄마를 노려보았다.

아빠가 넬에게 말했다.

"병원에서 제대로 치료받고 있으니까."

"오렌지 주스 마셔도 돼요? 네?"

아빠가 엄마를 힐끔 보았다. 탤리는 이해할 수가 없었다. 아빠는 여전히 음료를 가지러 일어서지 않았다.

넬은 이제 얼굴을 찌푸리며 말했다.

"그래도 그 할머니는 나이가 많잖아요. 나이 든 사람은 넘어지면 안 좋다는 말을 들었어요. 몸이 회복되려면 시간이 한참 걸린대요."

탤리는 넬이 왜 아직도 그 이야기를 하는지 궁금했다.

탤리가 재촉했다.

"나 계속 목말라."

아빠가 말했다.

"제솝 부인이 괜찮아질지 모르겠다. 하지만 부인이 없는 동안 우리가 좋은 이웃이 되어 도와줘야 할 거야. 우리가 할 일을 해야지. 말하자면, 좋은 일을 하자고."

탤리만큼이나 넬도 당황하는 듯했다.

엄마가 목청을 가다듬었다.

"아빠 말은, 우리 집에 손님이 올 거라는 뜻이야. 잠깐 동안만."

좋은 뜻으로 들리지 않았다. 그 할머니는 마주칠 때마다 늘 인사를 하고 직접 구운 케이크를 가끔 가져다주긴 했지만 말이다. 탤리는 그 할머니를 아주 잘 알지 못한다. 집에서 같이 지낼 만큼 충분히 알지 못하는 것은 둘째치더라도.

"나 지금 당장 오렌지 주스 마시고 싶어, 목마르니까. 나 계속해서 말했는데 아빠는 듣지 않아. 나는 마실 게 필요한데 아빠는 가져다주지 않아. 내가 예의 바르게 말했는데도. 내가 두 번이나 부탁했는데도."

"우리 얘기가 끝날 때까지 넌 기다릴 수 있어, 탤리. 우리는 도움이 필요한 부인 이야기를 하고 있어. 당장 필요한 주스가 아니라······."

아빠 목소리가 엄했다. 마치 팽팽하게 늘어난 고무줄 같다.

아빠 얼굴이 신호등처럼 붉어졌다.

이 표정은 멈.춤.을 뜻한다.

시.키.는.대.로.해.

그.만.해.

탤리는 눈을 꾹 감았다. 정말, 정말로 아빠가 그런 말을 하지 않았으면 좋겠다.

엄마가 무슨 말을 했지만 탤리 목소리가 더 컸다.

"이건 불공평해. 알지도 못하는 할머니하고 우리 집을 같이 써야 하는 거. 내가 친절하게, 나한테 그러라고 해서 내가 친절하게 부탁했는데도, 마실 것을 안 가져다줘. 나한테 음료수를 기다리라고 말하면 안 돼. 왜냐하면 난 기다릴 수가 없으니까. 이건 다 아빠 잘못이야!"

탤리는 잠시 숨을 고른 뒤, 의자에 차분히 앉아 있는 아빠를 노려보았다.

"그래서 못되게 굴고 나쁜 말을 하게 되는 거야. 나 아빠 싫어. 그 할머니가 넘어진 건 내 잘못이 아니니까. 그런데 왜 우리가 계속 그 이야기를 하고, 우리 가족도 아닌데 왜 우리가 신경 쓰는 척하냐고?"

탤리는 숨을 쉬려 잠깐 멈추었다. 이제 의자에서 일어나 부엌을 성큼성큼 걸었다. 멈추지 않을 것처럼 말이 입에서 마구 쏟아져 나왔다. 모든 게 약간 흐릿했지만 아빠가 슬퍼 보이는 건 알 수 있었다. 그러니까 더 나쁘다. 화를 내는 건 자신이지 아빠가 아니니까. 잠자코 있지 못하는 건 탤리의 다리이고, 펄럭펄럭 흔들리는 건 탤리의 팔이다. 탤리가 할 수 있는 일은 아무것도 없다. 탤리가 자기 자극 행동을 멈춘다면 자신의 흥분을 감당할 수가 없다.

그래서 탤리는 다리에서 기운이 빠지고 입에서 말이 다 떨어져 나갈 때까지 계속 서성거리며 소리쳤다. 이윽고 탤리는 의자에 다시 털썩 주저앉아서 진정하려고 식탁 위에 고개를 박았다.

마침내, 달그락거리는 소리에 탤리는 고개를 들었다. 식탁 저만치 넬의 그릇은 텅 비었고, 넬은 입을 훔치고 있다. 비프칠리 수프를 조금도 남기지 않고 싹 비웠다.

"네가 모르는 것 같아서 하는 말인데, 제솝 부인은 가족이 없어. 그리고 우리 중 누구는 다른 사람들을 배려하는 척할 필요가 없어."

넬이 탤리에게 나무라는 투로 말했다.

탤리는 넬이 그런 식으로 말하는 게 싫다. 넬은 걱정이 많다. 사실 엄마는 탤리한테 항상 이렇게 말한다. 그럴 필요가 없는데도 때때로 넬이 너무 많이 신경 쓰고 챙기려 든다고. 탤리가 좀 못된 말을 했을지도 모른다는 걸 안다. 하지만 그럴 때 입에서 튀어나오는 말은 언제나 진심이 아니다. 어쨌거나, 나중에는 아니다. 넬은 그걸 알아야 한다. 더구나 탤리의 배려는 다른 사람들의 배려와는 다르다. 사람들은 탤리가 이기적인 데다 동정심이 없고 자기 자신에게만 관심이 있다고 여기지만, 그건 사실이 아니다.

엄마가 아빠를 보며 말했다.

"그렇게나 대단한 게 필요하진 않았어. 당신이 탤리에게 조금 더 차분히 설명할 수도 있었을 텐데."

아빠는 무슨 말을 하려다가 그냥 입을 다물었다. 그러고는 고개를 저으며 반쯤 먹다 만 접시를 밀쳐 두고 눈을 질끈 감았다. 마치 어디 다른 곳에 있는 체하려 애쓰는 것 같았다. 탤리가 스트레스를 받을 때 아빠는 자주 그런다. 아빠가 그러지 않았으면 좋겠다. 아빠가 탤리는 스트레스를 받지 않을 거라고 생각할 때 훨씬 더 힘들어진다. 아빠는 가끔 탤리가 어쩔 수 없다는 것을 이해하지 못한다.

엄마가 자리에서 일어나 싱크대로 걸어가 식구들을 등지고 말했다.

"우리는 제솝 부인을 여기 머무르게 하려는 게 아니야. 그렇지만 그 집 개 루퍼트는 돌봐 줘야 해. 부인이 병원에 입원해 있는 동안 루퍼트를 돌볼 사람이 없어. 그래서 아빠가 루퍼트를 데려오겠다고 말한 거야. 잠깐 동안만. 제솝 부인이 걸을 수 있을 때까지."

엄마가 돌아서서 탤리에게 컵을 내밀었다.

"자, 여기 있어."

탤리는 엄마를 향해 최고로 밝게 웃어 보였다.

"루퍼트는 어디에서 잘 건데? 얼마나 오랫동안 있을 거야?"

탤리가 주스를 한 모금 마시고 물었다.

"제솝 부인이 나아질 때까지."

엄마가 아빠 그릇에 남은 음식을 쓰레기통에 버렸다. 아빠는 이제 눈은 떴지만 엄마를 말리려고 하지 않아서, 탤리는 아빠도 비프칠리 수프를 자기만큼 싫어하는지 궁금했다.

"루퍼트는 이따가 저녁에 데려올 거야. 루퍼트는 여기 다용도실에서 자면 돼."

넬이 의자를 뒤로 밀며 말했다.

"난 그 강아지랑 산책하지 않을 거야. 다리 세 개 달린 개랑 산책하는 걸 남이 보는 게 싫어요."

엄마가 한숨을 푹 내쉬었다.

"아무도 너한테 그 개랑 뭘 하라고 시키지 않아, 넬. 솔직히 너희 둘이 그 개랑 너무 가까워지는 거 별로야. 분명 그 개는 낯선 가족들과 그리 잘 지내지 못할 테니까. 그래서 아빠가 루퍼트를 돌보자고 했을 때 엄마가 좀 놀랐던 거야."

아빠가 투덜거렸다.

"확실히 오늘은 뭐든 제대로 할 수가 없네. 가엾은 노부인을 도와주려 하는 것마저 문제가 되잖아."

엄마가 똑 부러지게 말했다.

"난 지금 그 말을 하는 게 아니야. 그건 또 다른 복잡한 문제야. 지금 당장 그 문제를 말할 필요는 없어."

탤리는 허리를 곧추세우고 앉아 최대한 밝게 웃으며 말했다.

"내가 매일 강아지를 산책시킬게! 난 루퍼트가 복잡한 문제라는 건 신경 안 써. 다리 하나가 없는 것도."

넬이 코웃음 소리를 냈다. 엄마는 잠깐 머뭇거리다가 탤리에게 고개를 끄덕여 보이며 말했다.

"어떻게 될지 두고 보자, 알았지?"

하지만 탤리는 벌써 어떻게 될지 정확히 상상하고 있다. 제솝 부인이 병원에 있는 동안 탤리는 루퍼트를 산책시키고, 좋은 이웃이 하는 일을 전부 다 해 줄 거다. 앞장서서 최선을 다할 거다(앞장서는 게 뭔지는 정확히 모르지만 그래도 알아낼 거다). 탤리는 옳은 일을 할 테고, 그러면 모두들 매우 기뻐할 거다.

날짜 9월 19일 금요일

상황 우리한테 강아지가 생긴다! (기르는 게 아니고, 빌려 오는 거다. 그래도 강아지는 강아지다!)

불안감 정도 10점 만점에 2. 강아지 덕분에 전부 다 좋다. 비록 아빠가 나를 화나게 하고, 슬프게 하고, 끔찍하게 하지만.

나의 일기장에게

    루퍼트가 지내러 온다니까 아주 신이 나. 난 동물을 정말 좋아해. 동물들은 사람을 판단하지 않는 또 다른 친구 같아. 예를 들면…… 어제 공원에서 강아지를 지켜보고 있었는데, 강아지들은 그냥 서로에게 달려가서 금세 친구가 됐어. 사소한 잡담도, 겉치레 빈말도 하지 않았어. 어쩌면 저렇게 쉽게 아는지 질투가 났어. 어떤 강아지는 자기가 상냥하다는 걸 드러내려고 그저 꼬리만 살랑살랑 흔들어도 쉽게 다가갈 수 있다는 걸 나는 알아차렸어. 나도 그럴 수 있다면 얼마나 좋을까. 하지만 난 꼬리가 없어. 그렇게 하려면 인간들은 미소를 보내. 그래서 나는 웃으려고 해. 내가 기억해 낼 때마다 그렇게 해. 강아지들이 친구를 사귈 때 또 어떻게 하더라? 아, 맞아, 서로 엉덩이를 킁킁거려. 나도 내일 한번 해 봐야겠다. 운동장을 뛰어다니면서 다른 아이들 엉덩이를 킁킁대야지. 그러면 친구를 좀 사귀게 될 거야. 하하하, 그냥 해 본 농담이야!

    동물들도 내가 그러는 것처럼 오해를 받아. 오늘 아침에는 끔찍한 행동을 하는 고양이들이 나오는 텔레비전 프로그램을 봤어. 알고 보니 고양이들은 그저 안절부절못해서 오해를 받고 있었어. 고양이가 나쁜 행동을 했을 때 주인이 벌을 주지 않고 좀 더 이해심을 담아 고양이를 친절하게 대하니까 고양이들은 훨씬 나아졌어. 선생님들은 그런 프로그램을 더 자주 봐야 해. 이를테면 그렇다는 얘기야.

탤리의 자폐증 정보 : 자기 자극 행동(stimming)

장점 자기 자극 행동은 나한테는 일종의 대처 메커니즘이다. 나는 몸을 움직이거나 소리를 내거나 꼼지락거린다. 나는 그걸 자기 자극 행동이라고 한다는 것도, 자폐증이 있는 많은 사람들이 스스로 기분이 나아지려고 그런 행동을 한다는 것도 아주 오랫동안 몰랐다. 아무런 해를 끼치는 않는 좋은 자기 자극 행동이 있다. 예를 들면 비트 박스. 비트 박스는 정말로 내가 꼭 해야 하는 거다. 왜냐하면 집중에 도움이 되니까. 스트레스를 받으면 나는 손으로 대충 비트 박스를 한다. 가끔 흥분했을 때도 비트 박스를 한다.

단점 자기 자극 행동의 단점은, 내가 그러는 걸 다른 사람들이 대부분 좋아하지 않는 거다. 사람들을 짜증 나게 하거나 당황하게 한다. 그리고 내가 사람들을 짜증 나게 하려고 일부러 그런다고 생각하는 듯하다. 어떤 선생님들은 내가 흥얼거리거나 꼼지락거리거나 하면 너무 시끄럽다고 한다. 그러면 난 스트레스를 받아서 자기 자극 행동을 더 많이 하고 싶어진다. 무엇보다도 내가 어쩔 수 없다는 것을 알기 때문에 그렇다. 그럴 때 나는 플랜 B로 들어간다. 그건 나쁜 자기 자극 행동이다. 그건 좀 더 정교하기 때문에 다른 사람들은 잘 알아차리지 못한다. 손톱을 물어뜯고, 살갗을 꾹꾹 누르고, 나를 마구 꼬집는다. 사람들은 이런 행동에 별로 신경 쓰지 않는 것 같지만, 나한테는 훨씬 더 많은 해를 끼친다. 그러니 정말 희한하다. 나는 정말로 손가락이 아프고, 멍이 들고, 살갗 여기저기에 흔적이 남는다. 언제 한번은 손가락을 마구 잡아당긴 탓에 내 왼손 가운데 손톱이 빠진 적이 있는데, 그게 세균에 감염돼서 손톱이 시커멓게 변했다. 의사는 염증이 생기면 치명적일 수 있다고 했다. 그러니까 내 생각에 기본적으로 어떤 사람들은 끔찍한 감염 탓에 자기도 모르게 살인을 저지를 수가 있다. 그러니 아무런 해도 끼치지 않고 흥얼거리거나 까딱까딱 움직이게 그냥 내버려 두는 편이 낫다. 달리 말해, 자기 자극 행동이 목숨을 구한다.

사실, 생각하면 할수록, 자폐증의 많은 단점은 자폐증 그 자체가 아니라 다른 사람의 반응 때문에 점점 더 많이 생기는 것 같다. 난 진심으로 그렇게 생각한다.

10

"일어날 시간이야, 탤리!"

엄마가 성큼성큼 방으로 들어와 커튼을 젖히고 또 다른 스산한 잿빛 하루를 훤히 드러내 보였다.

"어서, 우리 딸. 정신 차리고 일어나! 너 학교 늦는 거 싫어하잖아. 아빠는 벌써 출근했어."

탤리는 이불 속으로 파고들어 몸을 더 웅크렸다.

"커튼 닫아! 나 아직 일어날 준비 안 됐어. 너무 밝단 말이야. 엄마가 하루를 망치고 있어!"

이불 때문에 고함이 묻히긴 했지만 엄마가 들을 수 있을 만큼 컸다.

한숨 소리가 들리고, 이어서 커튼 치는 소리가 났다.

엄마가 알려 주었다.

"커튼 닫았어. 이제 눈 떠도 돼."

탤리는 힘주어 눈을 꽉 감았다.

"나 오늘 이불 밖으로 나갈 수 없어. 엄마가 학교에 전화해서 나 못 간다고 말해."

탤리가 중얼거렸다.

침대 매트리스가 푹 꺼졌다. 엄마가 침대에 앉았다. 탤리는 등에 닿는 엄마 손이 느껴졌다. 묵직하고 푸근했다. 오늘 절대 일어나지 않을 거다. 이불 속이 이렇게나 아늑하고 편안한데.

엄마가 차분하게 말했다.

"넌 오늘 학교에 가야 해. 규칙이야. 네가 학교에 가지 않으면 엄마가 난처해져."

탤리는 어깨를 으쓱했다. 전에 이 말을 들어 본 적이 있다. 진짜로 그런지 생각조차 하지 않았다. 왜냐하면 그건 공평하지 않으니까. 엄마는 탤리를 억지로 학교에 보낼 수 없다. 그러니까 탤리가 학교에 가지 않아도 엄마는 벌을 받으면 안 된다.

"나 몸이 안 좋아. 내가 아프면 엄마가 날 학교에 보낼 수 없어. 그게 진짜 규칙이야."

탤리가 말했다. 이불 때문에 말소리가 묻혔다.

엄마가 한숨을 내쉬었다.

"탤리. 너한테는 아무 문제가 없어. 그래도 혹시 모르니 이불 밖으로 머리 좀 내밀어 볼래? 그래야 열이 있나 없나 엄마가 알 수 있지."

충분히 이해가 가는 말이었다. 탤리는 꿈틀거리며 머리를 이불 밖으로 내밀고 엄마를 보았다.

"뎅기열*일지도 몰라. 어제 책에서 읽었어. 나 그거 걸리면 진짜로 학교에 갈 수 없어."

탤리가 눈을 크게 뜨고 말했다.

엄마가 고개를 갸웃하며 물었다.

"피부에 뭐 난 거 있어?"

탤리는 얼른 고개를 숙이고 이불 아래로 배를 들여다보았다. 그러고는 다시 침대에 등을 대고 대답했다.

"아니."

"팔하고 다리는 어때? 아파?"

탤리는 고개를 젓고는 생각에 잠겨 엄마를 보았다.

"흠. 그렇다면 너 아프지 않은 거네. 네가 아팠다면 분명히 엄마를 불렀을 테니까."

엄마는 탤리의 이마에 손등을 얹었다.

"그리고 열도 없는 것 같아."

엄마가 자리에서 일어섰다.

---

*모기를 통해 감염되는 열대 전염병의 일종.

"다행이다! 어쨌든 뎅기열에 걸리지 않았네! 자, 아침 먹기 전에 교복 입을래, 먹고 나서 입을래?"

탤리는 잠깐 생각했다.

"둘 다 안 해."

엄마는 고개를 끄덕였다.

"좋아. 그런데 알지? 제숍 부인네 개가 아래층 다용도실에 있어. 지금 옷을 입으면 네가 학교 가기 전에 루퍼트랑 인사할 시간이 있을지도 몰라."

엄마는 탤리가 어떻게 할지 기다리지도 않고 몸을 돌려 밖으로 나갔다.

탤리는 부리나케 이불을 걷어차고 교복을 입었다. 그런 다음 욕실로 들어가 얼굴에 물을 살짝 묻혔다. 이제 7학년이니까 좀 더 노력하라고 엄마가 계속 말했으니까. 머리빗은 빗을 사 온 날처럼 거의 손대지 않은 상태 그대로 선반에 있다. 탤리는 그 머리빗이 무엇보다 싫다. 머리에 섬뜩하게 닿는 감각이 누가 바늘 천 개로 콕콕 찌르는 듯한 느낌을 준다. 가끔 엄마가 머리를 빗으라고 하는데, 닿는 그 순간부터 눈물이 찔끔 나온다.

자신에게 그런 고통과 비참함을 안겨 주는 걸 해야만 하는 타당한 이유는 없다. 넬이 엄마에게 말하는 소리가 들렸다. 머리에 새집을 지은 탤리와는 학교에 함께 가기가 창피하다고 했다. 넬이 좀 쌀쌀맞게 구는 걸 탤리는 안다. 어쨌거나, 다른 사람 머리가 어떤지 누가 굳이 신경 쓰나? 탤리는 신경 안 쓴다. 확실하다.

수건으로 손을 닦은 뒤 탤리는 욕실에서 나와 계단을 달려 내려갔다. 엄마는 부엌에서 토스트에 버터를 바르고 있다. 그 냄새에 탤리는 입에 침이 고였다.

"땅콩버터가 좋아, 꿀이 좋아?"

탤리가 의자에 앉자 엄마가 물었다.

탤리는 잠시 생각했다. 땅콩버터가 좋다. 그런데 지난주에 엄마는 평소 먹던 것과 다른 상표를 샀다. 그 안에는 덩어리가 있어서 탤리는 토하고 말았다. 그 결과, 새 땅콩버터 병이 부엌을 날아가서 벽에 쾅 부딪혔다. 가까이 가서 보면 하얀 페인트 위로 여전히 얼룩이 보인다. 지금 엄마가 손에 들고 있는 병은 제대로 된 그 상표다. 하지만 왠지 땅콩버터가 약간 미덥지 않았다. 어쩌면 땅콩버터가 영원히 싫어질지도 모르겠다.

탤리가 엄마를 올려다보며 말했다.

"꿀 주세요. 이제 강아지 봐도 돼요?"

엄마가 탤리를 향해 웃으며 대답했다.

"아침 먼저 먹고 나서."

엄마가 탁자 위에 토스트를 놓자 탤리는 곧장 접시를 향해 손을 뻗었다.

"지금 강아지 보고 싶어."

탤리의 목소리는 차분했다. 탤리는 정말로 그 말을 하고 싶지 않았다. 그렇지만 선택의 여지가 없었다. 정말 없었다. 옷을 입고 준비를 다 끝내면 루퍼트를 볼 수 있다고 엄마는 말했다. 엄마가 이런 식으로 자꾸 규칙을 만드는 건 괜찮지 않다.

"봐도 돼. 네 토스트 다 먹으면."

엄마가 몸을 돌리며 말했다. 대화가 끝났다는 걸 알았다.

"나, 강아지, 보러, 가고, 싶어, 지금. 엄마는 내 말을 들어야 해."

입술 사이로 말이 터져 나왔다. 목소리가 점점 커졌다.

"엄마는 네가 그 토스트 다 먹어 치우기 전에 도시락 다 쌀 수 있어!"

엄마 목소리는 명랑했다. 마치 놀이처럼. 한순간, 탤리는 하도 피곤해서 빠져나가는 쉬운 방법을 선택할까 생각했다. 그러나 넬이 쿵쾅대며 부엌으로 들어오는 탓에 때를 놓치고 말았다.

"엄마, 내 체육복 봤어요? 어젯밤에 세탁 바구니 안에 넣어 놨는데."

탤리가 속삭였다.

"나 강아지 보고 싶어."

"그럼 세탁 바구니 안을 확인해 봤어? 네가 마지막으로 본 곳?"

엄마가 치즈를 잘라서 빵 위에 놓았다.

넬이 투덜거렸다.

"엄마! 나 그거 오늘 필요해요! 어젯밤에 세탁기 안 돌렸단 말이에요?"

"나 지금 강아지 보러 갈 거야. 나 말릴 수 없어!"

탤리는 의자를 뒤로 밀고 자리에서 일어나려 했다. 하지만 엄마가 말렸다.

"그만해라, 너희 둘 다!"

엄마는 소리치지 않았지만 목소리가 딱딱했다. 탤리는 자리에 다시 주저앉았다. 배가 점점 배배 꼬였다.

엄마가 샌드위치 한가운데를 깔끔하게 자르고 두 사람을 바라보았다.

"토스트 먹으면 강아지 볼 수 있어, 탤리. 그건 규칙이야. 그리고 넬, 엄마 말 잘 들어! 그리던 그림 마무리하고, 장 보고, 가족들 저녁 식사 준비하고 숙제 도와주느라 엄마는 정말이지 세탁 바구니 내용물을 확인할 시간이 없었어."

엄마는 잠시 말을 멈추고 숨을 골랐다.

"더구나 넌 열네 살이야. 세탁기 돌릴 수 있잖아. 네가 스스로 할 수 있을 거라고 생각했어."

넬이 뺨을 붉히며 속삭였다.

"미안해요. 버릇없이 굴 생각은 아니었어요. 다만 오늘 정말로 체육복이 필요했어요."

엄마가 샌드위치를 종이에 싸서 탤리의 도시락에 넣었다.

"알았어. 그래도 오늘 학교 다녀오면 자기 빨래는 어떻게 할지 너하고 나하고 얘기 좀 하자."

넬은 고개를 끄덕이고 부엌을 가로질러 가서 엄마를 꼭 껴안았다.

"정말 미안해요, 우리를 위해 엄마가 전부 다 하는 거 알아요. 그게 쉽지 않다는 것도요."

탤리는 의자에 등을 기댄 채 앞발을 바닥에서 뗐다. 엄마와 넬이 서로 껴안는 모습을 지켜보았다. 이윽고 엄마는 넬이 가져갈 샌드위치를 준비하면서, 넬에게 체육복을 세탁 바구니에서 꺼내 와 땀 냄새가 가려지게 탈취제를 뿌리라고 말했다. 그 말에 왠지 두 사람은 웃음을 터뜨렸다.

넬에게는 그렇게나 쉽다. 넬은 잘못을 저지르고 미안하다고 말하면 다시 전부 괜찮아진다. 탤리도 미안하다고 말할 수 있다. 그러나 가끔은 제대로 소리가 나지 않는다. 그래서 그냥 말하기보다는 미안하다는 것을 직접 보여 주려고 한다.

탤리 앞에 놓인 접시 위에서 토스트가 식어 간다. 이제는 썩 맛있어 보이지가 않는다. 그러나 탤리를 위해서 만들었는데 탤리가 먹지 않는다면 엄마는 슬프고 화가 날 거다. 탤리는 천천히 아주 조금 한 입 씹고는 억지로 넘겼다. 한 입 먹을 때마다 뒤틀리는 배 속으로 소용돌이를 일으키며 빙글빙글 무겁게 내려갔다. 마치 넬의 체육복이 세탁기 안에서 돌아가는 것 같았다. 그래도 탤리는 계속 먹었다.

넬이 식식거리며 탁자에 앉았다.

"미안하다고 말해도 네가 죽지는 않을 텐데."

토스트 위에서 점점 굳어 가는 꿀을 바라보며 탤리는 토하지 않으려고 애썼다. 탤리는 미안하다고 말하고 있는 거다. 넬이 보지 못하는 건 탤리 잘못이 아니다.

드디어 아침을 다 먹고 식탁을 말끔히 치웠다.

엄마가 말했다.

"이제 가서 루퍼트하고 인사해도 돼. 다용도실에 있어. 너희가 옛날에 쓰던 울타리 그물망, 주차장에서 꺼내다 놨어. 그러니까 루퍼트가 너희한테 가까이 갈 수 없을 거야. 그래도 너무 가까이 가진 마. 낯설어서 제멋대로 굴 수 있으니까."

다용도실은 부엌 옆에 있는데, 거기에는 마당으로 이어지는 뒷문이 있다. 넬과 탤리가 다가가자 헉헉대는 숨소리에 이어 발을 내딛는 소리가 들렸다. 루퍼트가 터벅터벅 가로질러 와서 두 사람을 맞았다.

탤리가 곧장 문으로 걸어가며 부드럽게 말했다.

"안녕, 루퍼트! 어젯밤에 잘 잤어?"

넬이 뒤에서 주의를 주었다.

"더 가까이 가지는 마. 엄마가 한 말 기억해."

탤리는 넬의 말을 못 들은 체하고 이어 말했다.

"우리 집에서 분명 잠을 설쳤을 거야, 그렇지? 전에 내 친구 라일라 집에 자러 갔다가, 내 침대가 아니어서 마음을 바꿨어. 내 침대에서 자는 게 최고야. 냄새가 좋아."

"냄새 말이 나왔으니 말인데, 이 개 냄새 지독해!"

넬이 코 밑으로 손을 휘휘 내저으며 투덜거렸다.

"왜 우리가 다리 세 개 달린 이 징그러운 개를 맡아야 하는지 난 그걸 알고 싶어. 로사네는 최고로 귀엽고 사랑스러운 스패니얼이 있는데 진짜 예뻐. 이 멀대 같은 동물처럼 안 생겼다고."

탤리가 루퍼트에게 말했다.

"언니 말 듣지 마. 난 절대 그렇게 생각하지 않으니까."

탤리는 몸을 좀 더 바짝 기울이고 울타리에 손을 얹었다.

"여기에 갇혀 있는 거 안 좋아할 거야. 그렇지, 아가야? 마음껏 뛰고 싶을 텐데!"

"탤리! 너 꿈도 꾸지 마. 그럴……."

넬이 입을 열었다. 그러나 넬이 채 말을 끝맺기도 전에 루퍼트가 갑자기 울타리에 달린 문으로 몸을 던졌다. 넬은 탤리를 움켜잡고 개가 다가오지 못하게 끌어당겼다. 개는 금속 막대에 머리를 부딪치고는 큰 소리로 으르렁거렸다.

"엄마!"

부엌에서 나오는 엄마 발걸음 소리가 들렸다.

엄마가 소리쳤다.

"물러서, 얘들아! 도대체 무슨 일이야?"

넬이 여전히 탤리를 꽉 잡고서 소리쳤다.

"저 끔찍한 개가 우리를 공격하려고 했어! 봐요! 밖으로 나와서 우리를 물려고 해요!"

엄마가 뭐라고 중얼거리며 아이들을 문밖으로 이끌었다.

"너희 둘 다 괜찮아? 안 다쳤어?"

엄마가 두 딸을 살펴보며 물었다.

탤리는 고개를 저으며 입을 열어 무슨 말을 하려고 했다. 하지만 넬이 더 빨랐다.

"뜨거운 입 냄새가 팔뚝에 확 느껴졌어. 맹세하건대, 저 개는 광견병이나 뭐에 걸렸어. 주둥이에서 나오는 거품을 내가 분명히 봤단 말이야."

엄마가 얼굴을 찌푸렸다.

"광견병에 걸리진 않았어, 넬. 어쨌거나 우리는 이 집에 위험한 개는 두지 않을 거야. 너희 둘 다 얼른 학교에 가. 내가 아빠한테 전화해야겠다. 루퍼트를 데려오겠다는 건 아빠의 잘난 생각이었으니 아빠가 다룰 수 있겠지. 저 개는 살 곳을 딴 데서 알아봐야 할 거야."

11

밖은 추웠다. 넬은 여느 때처럼 앞서 걸으며 휴대 전화를 만지작거리고, 탤리는 뒤처져 따라가며 장갑을 끼고 올걸 하고 후회했다. 엄마는 루퍼트에 대해서 적당히 결정을 내리고는 탤리에게 준비할 시간을 충분히 주지도 않은 채 문밖으로 떠밀었다. 엄마는 까다로운 남자와 까다로운 개 그리고 까다로운 아이들을 다루지 않아도 이미 충분히 바쁘다며 투덜거렸다. 오늘 아침에 넬이 무슨 짓을 했는지 확실하지 않지만, 분명 뭔가 잘못을 저질렀다고 탤리는 확신했다. 그렇지만 별로 놀랍지는 않다. 최근에 넬은 날이 갈수록 기분이 안 좋으니까.

아마도 넬이 사춘기여서 그럴 거다.

넬은 탤리가 횡단보도에 도착할 때까지 기다렸다가 물었다.

"너 지금보다 더 천천히 걸을 수도 있어? 달팽이가 너 따라 잡는 거 내가 분명히 봤어."

초록불이 들어왔다. 넬은 씩씩하게 길을 건넜다. 탤리는 일단 넬을 따라 앞으로 나아갔지만, 맞은편 인도에 안전하게 도착하자 우뚝 멈췄다.

"나 조금 더 천천히 걸을 수 있을 것 같아. 이렇게 하면 말이야."

탤리는 달 위를 걷는 것처럼 한쪽 발을 땅에서 들어 올렸다. 그러고는 걸음을 과장되게 옮기면서 균형을 잡을 수 있는 만큼 최대한 오랫동안 허공에서 발을 흔들어 댔다.

"나 어쩌면 거북이 경주에 참가해도 될 것 같아. 안 그래, 언니? 거북이 경주는 정말로 있어. 결승선에 맨 마지막으로 도착하는 사람이 우승자야. 그런데 언니는 절대 잠자코 있지 못할걸? 언니는 쉬지 않고 계속 움직이잖아."

탤리는 한쪽 발을 내려놓고 다른 쪽 발을 아주 조심조심 신중하게 들어 올렸다.

"난 거북이 경주에서 달팽이도 이길 수 있을 거야. 그치, 언니? 달팽이 한 마리 찾아보자. 그러면 내가 보여 줄게."

넬이 끙 앓는 소리를 냈다.

"나 심각해, 탤리. 우리 늦을 거야. 늦으면 우리 둘 다 문제가 생겨. 너 학교에 남아 있는 벌 받고 싶지 않지, 그렇지?"

이 말이 탤리의 관심을 끌었다. 탤리가 가장 무서워하는 게 바로 수업이 끝난 뒤 학교에 남는 벌이다. 탤리는 고개를 절레절레 젓고는 땅바닥에 발을 쿵 내려놓았다.

"가자. 우리 시간 얼마나 남았어?"

넬이 휴대 전화를 보았다.

"8분. 그러니까, 우리 진짜 망했어. 우리 달려야 해."

탤리는 배낭끈을 단단히 움켜잡았다.

"알았어. 너무 빨리 가지는 마. 내가 달리기 좀 느린 거 언니도 잘 알잖아."

넬은 고개를 끄덕이고 긴 다리로 성큼성큼 출발했다. 탤리는 숨을 깊이 들이쉬고는 팔을 흔들어 털었다. 그런데 앞으로 막 달려가려는 순간, 땅에서 뭐가 얼핏 보였다.

"잠깐만!"

그 소리가 어찌나 큰지 넬이 발걸음을 끽 멈추고 탤리를 향해 얼굴을 휙 돌렸다.

"왜 그래? 왜 안 움직여?"

넬은 소리치며 탤리가 한쪽 발을 허공에 든 채 부들부들 떨고 서 있는 곳으로 돌아갔다. 탤리가 손가락으로 뭔가를 가리켰다. 넬은 의심스러운 듯 아래를 내려다보았다.

"너 지금 장난하는 거지? 그렇지?"

탤리는 얼굴을 찌푸렸다.

"아니, 나 장난하는 거 아니야. 저기 봐 봐. 지렁이야. 지렁이가 돌아왔어. 하마터면 내가 밟을 뻔했어."

넬이 매서운 얼굴로 딱 잘라 말했다.

"확 밟아 버렸으면 좋았겠다. 그러면 그런 문제가 계속 생기지도 않을 텐데."

탤리는 언니를 미심쩍은 눈빛으로 바라보았다.

"어쩜 그렇게 냉정할 수가 있어? 진짜 못됐네, 넬 애덤스. 우선 가엾은 루퍼트에게 못되게 굴었어. 루퍼트가 아무 잘못도 안 했는데 엄마가 내보낼 거야. 그리고 이제 이렇게 작아서 아무것도 못 하는 지렁이가 밟혀 죽는 것도 신경 안 쓰잖아."

넬이 버럭 소리를 질렀다.

"그냥 지렁이라고! 내가 왜 끔찍한 지렁이를 신경 써야 해?"

"언니가 끔찍한 지렁이야! 나 너 싫어!"

넬의 얼굴이 굳었다.

"아, 그럼 그렇지 뭐. 너는 네가 원하는 걸 얻지 못하면 생떼를 쓰고 마구 난리 법석을 떨며 성질을 부려 대. 그거 알아? 난 이제 지긋지긋해."

방금 넬은 해서는 안 될 말을 했다. 탤리는 난리 법석을 부리지 않는다. 버릇없는 아이들이나 그렇게 한다. 그러니까 선택의 여지가 있는 거다. 하지만 탤리는 백만 년이 지나도 자신의 말과 행동을 스스로 통제할 수 없을 만큼 두렵고 초조해지는 것을 선택하지 않을 거다. 그렇게 해 봤자 탤리는 기분이 좋아지지 않는다. 정확히 반대다. 넬은 그 점을 알아야 한다.

넬이 한 발짝 다가와 탤리의 얼굴 쪽으로 몸을 기울였다.

"언제나 이렇게 내키는 대로 꼬마처럼 행동하는 거 지겨워. 우리는 모두 살금살금 숨죽여 걸어 다녀. 널 흥분시켜서 네가 감각 붕괴 현상을 겪으면 어떡하나 겁나니까. 네가 분명 남들과 다르기 때문이야. 그리고 넌 일을 진짜 어렵게 만들어. 네가 우리한테 상처 주는 말을 하거나, 네가 버럭 화를 내 가족들의 하루를 망치려 할 때마저 우리는 모두 너를 이해해 줘야 해."

탤리는 뒤로 살짝 물러났다. 넬의 숨결이 피부에 닿는 게 싫었다. 위타빅스 시리얼 냄새가 났다. 넬이 아침 먹고 나서 이를 제대로 닦지 않은 게 아닐까 탤리는 생각했다. 바로 이런 게 엄마가 까다로운 아이들에 관해 중얼거리게 만드는 행동이다. 넬은 다음에 치과에 가면 후회할 거다. 이를 몽땅 뽑아야 할지도 모르니까. 치과에 가서 이를 뽑는 건 탤리가 늘 두려워하는 일 중 하나다. 그래서 탤리는 역겹고 따끔따끔한 칫솔로도 자주 양치질을 한다.

탤리는 흥얼거리며 넬의 고약한 말을 못 들은 체하려 했다. 그런 말을 들으면 그 말이 되살아나고 자꾸 생각나기 때문이다. 집 밖에서 자제력을 잃는 위험을 감수할 수는 없다. 밖에서는 사람들이 탤리를 보니까.

"넌 다르다는 이유로 네가 원하는 걸 뭐든 할 수 있다고 생각해. 음, 너한테 알려 줄게, 동생아. 난 할 만큼 했어. 엄마 아빠한테 벌을 받겠지. 그래도 엄마 아빠는 날 좋아해. 네 베이비시터 역할, 더는 안 할 거야. 너 혼자만 중요한 사람이 아니야. 그러니 이제 정신 차리고, 가족들 좀 힘들게 하지 마."

넬의 말은 아직 끝나지 않았다.

자동차 한 대가 쌩하고 지나갔다. 타이어가 도로에 긁히는 소리가 요란하게 들렸다. 저 앞에서 한 엄마가 공원 쪽으로 유아차를 밀고 있다. 탤리는 유아차에 탄 아기가 우는 소리를 들을 수 있었다. 어쩌면 벨트에 묶여 있는 게 싫어서 우는지도 모르겠다. 어쩌면 공원에 가고 싶지 않은지도 모른다. 하지만 아무도 아기한테 왜 우는지 물어볼 생각을 하지 않는다. 왜냐하면 그냥 아기니까. 그리고 아무도 아기들이 무슨 생각을 하는지 관심이 없는 듯하다.

"난 이제 학교에 갈 거야. 날 따라오든가, 아니면 여기 그냥 이대로 있다가 수업 끝나고 학교에 남는 벌을 받든가."

넬이 경고했다.

탤리는 어떤 선택을 해야 하는지 이해했다. 이 선택은 정말 공정하지 못하다. 만약 넬과 함께 학교에 가면 지렁이는 죽을 거다. 그러나 지렁이를 구하면 학교에 늦을 거다. 엄마가 선택하라고 할 때는 항상 괜찮은 대안이 있었다. 하지만 넬이 요구

하는 선택은 나쁠뿐더러 제대로 된 대안이 있는 것도 아니다.

"난 곤란해지고 싶지 않아."

탤리가 속삭였다.

넬은 알겠다는 듯 고개를 끄덕였다.

"좋아. 힘껏 뛰어가면 제시간에 도착할 거야. 어서 가자."

"그렇지만 발에 밟혀 죽는 건 정말로, 진짜로, 끔찍해."

탤리는 바닥을 응시하며 입술을 꽉 깨물었다.

"이제 셋 세고 나서 나는 갈 거야. 네가 가든 말든 상관없이. 하나."

넬이 탤리를 노려보았다.

탤리는 발을 꼼지락거렸다.

"둘."

인도에는 탤리가 예전에 알아차리지 못한 틈이 있었다. 만약 지렁이가 저 틈으로 떨어진다면 영원히 길을 잃어버릴 거다. 다시는 지렁이 가족한테로 돌아가지 못할 거다. 그러면 아주 슬플 거다. 만약 야비하고 소름 돋고 동생을 돌보지 않는 지렁이 언니가 있다면, 그 언니는 어쩌면 별로 신경 쓰지 않을지도 모르지만.

"둘 반. 나 정말 심각해, 탤리. 너 혼자 두고 갈 거야. 널 돌봐 줄 사람이 아무도 없으면 네가 얼마나 겁을 먹는지 너도 잘 알잖아."

넬의 목소리는 엄청 딱딱했다. 말끝에 걱정하는 기색이 살짝 묻어 있었다.

그건 사실이다. 탤리는 밖에서 혼자 있는 걸 정말 몹시 싫어한다. 밖에는 위험한 게 너무 많다. 쌩쌩 달리는 자동차. 무서운 낯선 사람들. 탤리가 걷는 길에 누가 폭탄을 곧장 떨어뜨린다면? 나무가 바람에 쓰러져 탤리의 머리를 곧장 내리친다면? 지난주에 폭풍이 칠 때 뉴스에서 그런 이야기를 들었다. 누가 강아지를 데리고 산책하러 나갔는데, 나뭇가지가 둘 위로 떨어져서 헬리콥터를 타고 병원으로 긴급 후송 되었다고 했다. 감사하게도, 강아지만큼은 무사했다.

"둘하고 사분의 삼. 마지막 기회야. 나야 아니면 저 멍청한 지렁이야?"

넬이 톡 쏘아붙였다.

탤리는 쭈그리고 앉아 지렁이를 보았다. 지렁이는 착해 보였다. 평생 남한테 해코지 한번 하지 않은 것처럼 보였다. 맞다, 아주 똑똑해 보이지는 않았다. 왜냐하면 인도 위로 다시 돌아왔으니까. 여기에서는 무슨 일이든 일어날 수 있다. 하지만 가끔은 자기가 무슨 말을 하려고 했는지, 어떻게 행동하려고 했는지 까먹을 때가 있다. 그저 머릿속에 떠오르는 대로 할 수밖에 없는 때도 있다.

게다가 넬은 자신과 지렁이 둘 중에서 하나를 선택하라고 한다. 그 선택은 어렵지 않다. 지렁이는 탤리에게 고약한 말을 퍼붓지 않았다.

"셋! 난 간다. 이 일은 엄마 아빠한테 입도 뻥긋하지 마. 엄마 아빠가 나를 탓할 테니까."

넬은 뒤돌아 걸어갔다.

"엄마 아빠는 언니를 혼내야 해. 언니는 정말 못된 사람이니까. 내가 뭐에 짓눌려 찌그러지거나 폭탄이 터져 폭발하면 다 언니 탓이야."

탤리가 중얼거렸다. 넬은 학교 방향으로 서둘러 달려가고 있었다.

이윽고 탤리는 콩닥콩닥 뛰는 가슴으로 지렁이를 집어 들어 풀밭 가장자리 안전한 곳으로 옮겼다.

"제발 거기 그대로 있어. 힘들다는 거 나도 알아. 하지만 넌 규칙을 따라야 해, 알겠어? 앞으로는 인도 위에서 꿈틀꿈틀 돌아다니지 마. 여기에서 다시 너를 보고 싶지 않아. 무슨 말인지 알겠어?"

탤리가 지렁이를 바닥에 내려놓으며 지렁이에게 일렀다.

그런 다음, 평소 달리기를 무지 싫어하고 운동을 안 하려 온갖 핑곗거리를 찾곤 하던 탤리는 있는 힘껏 쏜살같이 달려갔다. 종이 울리기 전에 학교에 도착하겠다고 결심했으니까.

12

탤리는 두둥실 흘러가는 구름을 지켜보고 있다. 수학 시간에 누릴 수 있는 유일한 즐거움이다. 탤리 자리는 창가 바로 옆에 있어서, 수업 시간 내내 무덥고 답답하고 퀴퀴한 이 교실이 아니라 저 밖을 상상하며 얼굴에 불어오는 바람을 느꼈다.

종이 울리자 탤리는 몸이 뻣뻣해진다. 지금껏 몇 주 동안 킹스우드 아카데미에 다녔지만, 귀청이 찢어질 듯 요란하게 울려 대는 학교 종소리에 익숙해질 수 있을지 확신이 서지 않는다. 곧 종이 울릴 거라고 아무리 여러 번 마음의 준비를 해도, 종소리는 늘 탤리를 깜짝깜짝 놀라게 한다.

"별종 애덤스는 종소리를 무서워해! 저기 보라고. 저러다 오줌 싸겠다!"

뒷자리 루크의 목소리가 탤리의 귀에 흘러들어 왔다. 근처 아이들이 킥킥 웃는 소리도 들려왔다.

탤리는 몸을 돌리지는 않았지만 두 뺨이 빨갛게 물들었다. 루크는 수업 시간마다 그런다. 매번 목소리가 점점 더 커지는 듯하다.

"나갈 때 잊지 말고 과제 제출해라. 과제 안 한 사람은 점심시간에 남아 있을 각오 하고. 너희들, 규칙은 잘 알고 있지?"

수학 선생님이 말했다.

탤리는 배낭에 손을 넣어 지난주에 받은 수학 문제지를 꺼냈다. 어젯밤에 과제를 다 했다. 하고 싶지는 않았다. 엄마가 한참을 옆에 붙어 앉아 탤리가 연필을 쥐게 시켰다. 과제를 하는 데 시간이 오래 걸린 건 전부 엄마 탓이다. 저녁 먹기 전에 과제를 하라고 시키지만 않았어도 아무 문제가 없었을 거다. 엄마는 분명 피곤했을 거다. 왜냐하면 보통은 그런 어리석은 실수를 좀처럼 하지 않으니까.

교실 밖 복도는 아이들로 북적였다. 탤리는 시간표를 확인해 보고 다음 수업이 체육이라는 걸 알았다. 탤리는 체육관 가는 길을 알고 있어서 마음이 편했다. 루크의 모욕적인 말 때문에 오늘 수학 수업을 함께 들은 아이들과 뒤섞여 체육관으로 가기가 정말 싫었으니까.

모두 탤리가 가야 하는 곳과 반대 방향으로 가는 듯이 보였다. 탤리는 벽에 몸을 바짝 붙인 채 아이들이 우르르 몰려가는 모습을 지켜보았다. 아이들을 보면 물고기 떼가 떠오른다. 모두 어디로 가야 하는지 또는 그곳에 가서 무얼 해야 하는지 아무 생각도 하지 않고 그저 우두머리를 따라간다. 여자아이들이 서로 낄낄대고 소리치며 탤리 곁을 지나갔다. 아주 편안해 보였다. 다른 아이들과 같다면, 어쩌면 삶은 아주 단순할 거다. 어쩌면 저 아이들은 모든 걸 미리 계획할 필요가 없을지 모른다. 수백 가지 질문에 뭐라고 대답할지, 흥분하거나 행복하거나 놀랍거나 겁을 먹었을 때 어떤 표정을 지어야 할지 미리 생각할 필요조차 없을 거다.

어쩌면 절대로 겁을 먹지 않을지도 모른다.

아이들이 점점 줄어들었다. 복도를 걸어 다가오는 라일라가 보였다. 탤리는 평소처럼 손을 흔들어 보이며 이름을 부르려 했다. 하지만 손을 부리나케 내리고는 사물함 쪽으로 몸을 바짝 붙였다. 라일라가 어떤 여자아이와 수다에 푹 빠져 있었기 때문이다. 체육 시간에 본 적이 있지만 누군지는 모르는 아이였다. 라일라가 그 아이를 알고 있는 줄은 몰랐다.

두 사람이 지나가자 탤리는 사물함에서 떨어져 뒤를 따라갔다. 두 사람이 무슨 대화를 나누는지 들리지는 않았지만, 라일라의 웃음소리가 복도에 크게 울려 퍼졌다. 탤리는 이를 악물고 벽에 걸린 포스터에 집중하려고 했다. 그러나 머릿속에 둥둥 떠다니는 생각을 멈출 수가 없었다.

라일라에게 새 친구가 생겼다. 라일라가 탤리보다 저 아이를 더 좋아할지도 모른다. 아무도 라일라를 탓할 수는 없다. 어느 누구도 저 여자아이를 별종 애덤스라고 부르지는 않을 테니까. 탤리는 앞으로 어떻게 될지 분명히 알았다. 마치 영화처럼 머릿속에 그 모든 게 보이는 듯했다. 라일라와 새 친구는 더 많은 시간을 함께 보낼 거다. 처음에는 라일라가 탤리도 함께 끼워 주려 할 거다. 루시와 아이샤까지 포함해 여럿이 다 함께 놀러 가자고 말할 거다. 하지만 그것은 거짓말이 될 거다. 결국 라일라와 저 아이가 자기들끼리만 뭔가를 할 거고, 베프가 될 거다. 탤리는 혼자 남아 외톨이가 될 거다. 다섯이라는 숫자는 홀수고, 그건 짝이 맞지 않는다. 누구나 다 아는 사실이다.

만약 라일라가 탤리의 베프가 되고 싶어 하지 않는다면, 탤리도 라일라와 아무것도 하고 싶지 않다. 라일라에게 친구가 되어 달라고 매달리지 않을 거다. 라일라는 분명히 배신자이자 배반자이고, 탤리를 신경조차 쓰지 않는다면 절대 매달리지 않을 거다. 만약 라일라가 멍청한 여자아이와 신나게 놀러 다니고, 저 애가 탤리를 우정의 둥지에서 밀어 내고 라일라를 자기 친구로 만들려 한다면 절대 매달리지 않을 거다.

"탤리! 너 여기 있었구나! 한참 찾았잖아. 오늘은 하키 수업이야. 얼른 해 보고 싶어!"

라일라가 탈의실 입구에서 걸음을 멈추고 복도를 힐끔 돌아보았다. 얼굴에 웃음이 가득했다.

옆에 있던 그 여자아이는 아무 말 없이 탈의실 안으로 사라졌다. 탤리는 라일라를 조심스레 살피며 물었다.

"우리가 같은 편이면 나랑 짝할 거야?"

라일라가 웃으며 대답했다.

"당연하지! 우리는 언제나 함께하잖아, 안 그래?"

"아까 같이 있던 애는 누구야?"

탤리는 자기 목소리가 딱딱하게 들린다는 걸 안다. 라일라에게 냉정하게 굴 생각은 없었지만, 라일라는 알아야 한다.

라일라는 잠시 당혹스러운 표정으로 탤리를 바라보았다. 그때 라일라가 미처 대답하기도 전에 복도에서 발소리가 들리더니 퍼킨스 선생님이 모퉁이를 돌아 성큼성큼 다가왔다.

"얘들아! 빈둥거리며 잡담하는 시간 아니야. 안으로 들어가 옷 갈아입어. 얼른!"

탤리는 킹스우드 아카데미 선생님들 중에서 체육 선생님이 제일 무섭다. 퍼킨스 선생님은 젊고 세련되었다. 그리고 운동을 좋아하는 아이들을 아주 좋아한다. 만약 축구공을 뻥 찰 수 있고 달리기를 엄청 잘한다면, 아무리 못된 아이라도 상관하지 않고 엄청 좋아할 거다. 이 말은 선생님이 탤리를 좋아하지 않는다는 뜻이다. 눈곱만큼도. 퍼킨스 선생님은 운동을 싫어하는 사람과는 알고 지낼 필요가 없다고 생각한다. 선생님을 아인슈타인이나 미켈란젤로나 모차르트나 심지어 테일러 스위프트와 한방에 넣어 두어도, 그 사람들이 농구를 못하면 선생님은 얼굴을 찌푸리거나 공간 낭비라고 말할지 모른다. 그러고 나서 선생님은 그 사람들을 다른 멍청한 아이들과 함께 벤치에 앉혀 두고 엉킨 줄넘기 줄을 풀라고 시키고, 그러는 동안 인기 있는 아이들만 데리고 경기를 할 거다.

여학생 탈의실은 탤리가 이 세상에서 제일 싫어하는 곳이다. 하지만 방과 후에 남는 벌을 받지 않으려면 시키는 대로 하는 수밖에 없다. 심호흡을 하며 신선한 공기를 최대한 들이마신 뒤, 선생님 시선을 피해 라일라를 따라 안으로 들어갔다.

탈의실 안은 언제나 똑같다. 여자아이들은 구석에 우르르 몰려 옷을 벗었다. 누가 속옷을 봐도 전혀 신경 쓰지 않는 것 같다. 바닥에는 가방이 나뒹굴었다. 탤리가 마침내 폐에서 숨을 내쉬고 다시 숨을 들이마시자 곰팡이와 습기와 땀 냄새가 한꺼번에 훅 밀려왔다.

너무 환하고 너무 시끄럽고 너무 더럽다.

정말이지 너무 지나치다.

라일라는 아이들을 밀치고 한쪽 구석으로 갔다. 거기 두 사람 사이를 비집고 앉을 만한 공간이 있다. 그중 한 아이가 아까 라일라와 함께 오며 얘기를 나누던 애라는 걸 알아차리고 탤리는 이마를 찌푸렸다. 그 애는 벌써 체육복으로 갈아입었다. 탤리가 자리에 앉자 그 애가 팔을 뻗어 자기 가방을 집어 들었다. 그 순간, 그 애의 다리가 탤리의 팔을 스쳤다. 탤리는 움찔했다. 그 아이가 알아차리지 못했으면 했다. 탤리는 벌써 스트레스를 받았다. 예상치 못한 순간에 누가 자기 몸에 닿는 게 탤리는 끔찍이 싫다.

"나 병에 안 걸렸어. 너도 알잖아!"

그 애는 분명 조심스럽게 말하지 않았다.

"무슨 말 하는 거야? 무슨 병?"

저쪽에 있는 여자아이 하나가 이쪽을 보며 물었다.

"나 병 안 걸렸다고 했어. 내 다리가 그냥 저 애 팔에 닿았을 뿐인데, 저 애가 팔을 문지르지 뭐야! 나한테 무슨 병균이 있는 것처럼."

탤리 옆에 있던 아이가 목청을 높였다.

"음, 그거 좀 매너가 없네."

다른 아이가 말했다. 탤리가 고개를 들어 보니, 수백 개의 눈동자가 자신을 노려보는 것 같았다.

"아, 저 애잖아. 난 저 애가 하는 말에 신경 안 써, 재스민. 나랑 수학 수업 같이 듣는 애야. 쟤는 언제나 희한한 소리만 한다니까!"

누가 말했다.

"난 희한한 소리 하지 않았어······."

탤리가 더듬거렸다. 하지만 모두 서로에게 눈을 치켜뜨고는 시선을 돌렸다.

"그냥 놔둬. 이 수업 끝나면 모두 아무 일 없었다는 듯이 다 잊어버릴 거야."

라일라가 속삭였다.

문이 벌컥 열리더니 퍼킨스 선생님이 탈의실로 들어왔다.

"서둘러라, 얘들아!"

선생님은 탈의실을 둘러보다가 옷을 갈아입지 않은 채 벤치에 앉아 있는 탤리를 발견하고 눈살을 찌푸렸다.

"오늘부터 새로운 규칙을 시작한다. 3분 안에 모두 밖으로 나가지 않으면 너희 모두 점심시간에 남아 있는 벌을 받을 거야."

아이들 사이에서 바로 반응이 터져 나왔다.

"불공평해요! 우리는 거의 다 준비했단 말이에요."

누가 소리쳤다.

"굼뜬 아이 때문에 다 같이 벌을 받을 수는 없어요. 우리가 아니라 그 아이가 벌을 받아야죠······."

또 다른 누가 덧붙였다.

퍼킨스 선생님은 고개를 절레절레 저었다.

"그게 바로 팀워크다, 얘들아. 친구가 느리면 너희 모두 느린 거다. 너희 모두 3분 안에 밖으로 나가야 한다. 지금부터 시간

쟀다."

선생님은 느릿느릿 밖으로 나갔다. 탈의실 안은 분주해졌다.

"알렉산드라! 내 운동화 좀 건네줄래?"

"내 체육복 윗도리 본 사람? 방금까지 여기 있었는데……. 아, 여기 있다!"

"몇 분 남았어? 서둘러, 모두!"

탤리는 가만히 앉아 있었다. 아이들은 모두 옷을 바닥에 내동댕이치고 체육복을 머리 위로 뒤집어썼다. 신발이 벤치 아래 툭 던져지고, 가방 안에 든 물건들이 바닥에 나뒹굴었다. 마치 빠르게 지나가는 영화를 보는 듯했다. 탤리는 머리를 벽에 기댄 채 눈을 감았다. 소음이 파도처럼 자신을 쓸고 가게 내버려 두었다. 익사할 것 같은 기분에 빠지지 않으려고 안간힘을 썼다.

아까 그 아이가 탤리더러 희한한 소리만 한다고 한 건 무슨 뜻일까? 탤리는 언제나 다른 사람들이 하는 말만 하려고 애쓴다. 하지만 아무도 그 사람들을 희한하다고 하지는 않는다.

"서둘러, 탤리! 선생님 말 너도 들었잖아. 우리 모두 시간에 맞춰 밖으로 나가야 돼."

라일라가 서서 반바지를 입으며 씩씩거렸다.

탤리는 눈을 깜빡거렸다. 탈의실이 이제 눈에 들어왔다. 퍼킨스 선생님의 지시를 따르고 싶지 않았다. 그러나 해야 한다는 걸 안다. 체육 가방을 열어 반바지를 꺼낸 다음 일어서서 치마 안에 입었다.

반바지를 다 입고 나서, 치마와 점퍼와 타이를 벗고 셔츠 단추를 풀었다. 맨 위 단추는 언제나 아주 빡빡해서 손가락을 더듬어 겨우겨우 구멍으로 빼냈다. 단추를 푸느라 소중한 시간을 다 썼지만 드디어 해냈다. 단추를 모두 푼 다음, 몸을 앞으로 숙여 체육복 윗도리를 머리 위로 잡아당겼다. 다른 아이들은 옷 갈아입는 모습을 남이 보든 말든 신경 쓰지 않는 것 같지만 탤리는 신경이 쓰였다.

"빨리! 1분도 안 남았어!"

재스민이 소리쳤다.

탤리는 소매 밖으로 두 팔을 빼내고 위를 올려다보았다. 아이들은 대부분 벌써 문밖으로 뛰어 나갔다. 아직 남아 있는 아이들은 모두 탤리를 노려보는 듯했다.

"네가 늦으면 우리 모두 곤란해진다고. 제발 좀 서둘러!"

재스민이 일어서서 허리춤에 두 팔을 올렸다.

"탤리는 안 늦어. 봐 봐! 이제 운동화만 신으면 돼. 너희 모두 밖으로 나가. 우리가 금방 따라갈게."

라일라가 도와주러 오며 말했다.

재스민은 탤리를 노려보고 탈의실 저쪽을 힐끔 보았다. 남아 있는 아이들과 눈을 마주칠 때, 탤리는 그 아이들 얼굴에 스쳐 지나간 표정을 보았다. 탤리는 그게 무슨 의미인지 잘 안다. 아이들은 탤리 때문에 늦을 거라고 생각한다. 만약 자기들이 벌을 받게 되면 모두 탤리 탓일 거라고 생각한다.

"나 금방 가! 봐! 다 준비됐어! 얼른 가서 하키 하자! 어서 하고 싶어!"

탤리는 최대한 빨리 운동화 한쪽을 신고 다른 한쪽을 마저 신었다. 그러고는 벌떡 일어나서 몸을 빙글 돌렸다.

재스민이 뒤돌아서 탤리에게 미소를 지어 보였다. 아주 희미한 미소였지만 그 정도면 충분했다. 어쩌면 저 아이는 라일라를 빼앗아 가지 않을지도 모른다.

"빨리 가자!"

라일라는 탤리를 밀며 밖으로 나간 다른 아이들을 뒤쫓아 탈의실 문을 향해 갔다.

"서둘러, 탤리! 이제 20초 정도밖에 안 남았어."

라일라가 소리쳤다.

탤리는 앞으로 한 발 내디뎠다. 그러다 갑자기 멈춰 섰다. 운동화 안에 뭐가 있었다. 뭐가 발을 콕콕 찌르는 상태에서는 도저히 걸어갈 수 없다.

"탤리! 10초밖에 안 남았어!"

밖에서 외치는 소리가 들렸다.

탤리는 한 걸음 내디뎠다. 발이 아팠다. 정말, 정말 엄청 아팠다.

"얼른!"

라일라의 목소리에 실망감이 묻어 있었다. 어쩌면 조금 화가 났는지도 모르겠다. 탤리의 심장이 쿵쿵 뛰기 시작했다.

한 걸음. 또 한 걸음. 온몸이 활활 불타는 느낌이었다. 무언가가 부드러운 발바닥을 콕콕 찔러 댔다. 바늘 아니면 핀 아니면 몹시 날카로운 가시 같았다.

탤리는 울고 싶었다. 그러나 눈물을 흘리고, 또 눈물을 감출 시간이 없었다. 눈물을 흘려서는 안 된다. 눈물이 고이면 앞을 제대로 볼 수 없다.

"다른 아이들이 모두 벌을 받게 할 수는 없어. 절대로 그럴 수는 없어."

탤리는 절뚝절뚝 걸어가며 혼잣말처럼 속삭였다.

문을 밀어 열자 햇살이 쏟아져 들어와 탤리는 눈을 깜빡거렸다. 탤리 앞에 아이들이 팀별로 줄을 서 있었다. 퍼킨스 선생님은 하키 스틱을 나눠 주고 있어서 탤리가 몇 초 늦은 걸 알아차리지 못했다.

"이리 와. 내 뒤에 서."

라일라가 손을 살며시 흔들며 속삭였다.

"먼저 운동장을 두 바퀴 돈다! 하키 스틱은 들고 뛰어라. 8분 안에 돌아오지 못하는 사람은 점심시간 동안 체육관 창고를 정리하며 보낼 거다."

퍼킨스 선생님이 소리쳤다.

탤리는 체육관 창고 안을 본 적이 있다. 정말 엉망진창이었다. 첫날 케네디 선생님이 한 말이 생생하게 기억난다. 7학년 학생 하나가 그곳에서 한 시간 동안 길을 잃은 적이 있다는 그 말. 선생님이 농담했다는 건 안다. 탤리는 멍청하지 않으니까. 하지만 그 말을 아직도 잊을 수가 없다. 꿈에 체육관 창고가 나온 적도 있다.

퍼킨스 선생님이 호루라기를 불었다. 앞줄에 선 아이들이 달리기 시작했다. 탤리는 앞으로 나아가 선생님이 건네주는 하키 스틱을 잡았다. 그러고는 뛰었다. 한 발 한 발 걸음을 옮길 때마다 고통스러웠다. 발이 점점 더 아팠다. 아픈 것 말고는 아무 생각도 나지 않았다.

그러나 탤리는 멈추지 않았다. 울지도 않았다. 한 번도. 왜냐하면 아이들은 탤리가 제시간에 옷을 갈아입었을 때 기뻐했으니까. 그러면 탤리가 희한하다는 생각을 잊을 거다. 탤리가 계속 뛰면, 탤리는 다른 아이들과 똑같아진다. 사람들은 다른 사람이 자신과 똑같이 행동할 때 좋아한다.

그것이 말할 수 없을 만큼 끔찍이 아프더라도.

13

탤리와 넬이 집에 돌아왔을 때 엄마는 아빠한테 소리치고 있었다. 오늘 아침에 싸웠기 때문에 탤리는 넬이 기다릴 거라고 생각하지 못했다. 하지만 넬은 지렁이 일도 그리고 탤리가 얼마나 화가 났었는지도 까맣게 잊은 게 분명했다. 집으로 오는 길에 그 얘기는 한마디도 하지 않았으니까. 그렇지만 탤리는 잊어버리지 않았다.

문을 열고 들어가자 엄마가 소리쳤다.

"난 싫다니까! 제솝 부인이 퇴원할 때까지 그 녀석을 돌봐 줄 사람이 분명히 있을 거야."

아빠가 현관으로 걸어왔다. 피곤해 보였다.

"다른 사람은 없어."

아빠가 어깨 너머로 소리치고는 물었다.

"왔구나! 오늘 하루 잘 지냈어?"

넬은 대답으로 뭐라고 알아듣지 못할 말을 투덜거렸다. 그러고는 코트를 걸고 부엌으로 향했다. 탤리는 가만히 서서 아빠를 물끄러미 쳐다보았다. 아빠가 뭐라고 물어본 거지?

"잘 지냈느냐고? 내가 학교에 가야 했다는 걸 알면서 어떻게 그렇게 물어봐?"

탤리가 배낭을 바닥에 툭 던지며 아빠에게 되물었다.

아빠가 부드럽게 웃으며 탤리에게 말했다.

"학교에서도 얼마든지 잘 지낼 수 있어. 가끔은 그럴 수 있다는 거 알아."

탤리는 두 눈을 살짝 감았다. 그리고 다시 눈을 떴을 때, 탤리의 눈은 분노로 이글거렸다.

"아빠는 아무것도 몰라! 학교가 어떤지 아빠는 하나도 몰라. 그리고 아빠는 신경 쓰지도 않아! 그저 멍청한 농담이나 하려 하고, 모든 게 다 괜찮은 척만 해!"

탤리가 아빠한테 으르렁거리듯 말했다.

"이런, 이런! 무슨 일이야?"

엄마가 수건으로 손을 닦으며 현관에 나타났다.

엄마 코에 물감이 묻어 있었다. 여느 때 같으면 탤리는 그 모습을 보고 웃었을 테지만, 오늘은 마음속에 웃음이 하나도 남지 않았다. 그 모든 일을 겪고 나면 웃을 수가 없다.

탤리는 아빠를 가리켰다.

"아빠가 문제야."

아빠는 목소리를 가다듬었다.

"자, 잠깐만 멈춰 봐. 난 그저 오늘 하루를 잘 보냈는지 물었을 뿐이야. 그게 나를……."

"오늘 나한테 무슨 일이 있었는지 알지도 못하잖아!"

탤리가 신발을 내동댕이치고 바닥에 털썩 주저앉으며 꽥 소리를 질렀다.

"아, 또 시작이군. 또 짜증 내네."

아빠가 중얼거렸다. 아빠는 조용히 말했지만 탤리는 들었다. 누가 자신을 두고 하는 말은 항상 들리는 것처럼. 탤리는 귀가 있고, 소리를 아주 잘 들으니까.

"나 짜증 내는 거 아니야, 멍청이! 왜 나를 이해 못 해? 난 못되게 구는 것도 아니고 아기도 아니야. 아빠는 이제 그걸 알아야 해! 그리고 모를까 봐 하는 말인데, 난 오늘 아침에도 신경질 부린 거 아니었어. 난 지렁이를 구해 주려고 했을 뿐이란 말이야. 그런데 아빠 딸 넬이 신경 쓰지도 않고 날 혼자 내버려 둔 채 달아나 버렸다고! 난 그 애가 싫어!"

탤리가 소리쳤다.

엄마 얼굴이 확 굳었다.

"넬이 널 혼자 내버려 뒀다고? 그 문제는 엄마가 곧 처리할 게. 그것 때문에 이렇게 화가 난 거야? 아니면 다른 문제가 또 있었어?"

"전부 다 문제야! 그리고 나 화난 거 아니야! 난 상처받았어. 그건 다른 거야. 하지만 아무도 몰라. 그리고 만약 넬이 상처 입었다면, 넬은 동정을 받을 거야. 그리고 사람들은 넬한테 미안해할 거야. 그리고 넬은 담요를 덮고 소파에 눕겠지. 그리고 사람들이 돌봐 줘. 하지만 내가 상처 입으면 모두 이렇게만 말해. 아, 탤리가 짜증을 내면서 흥분한 거라고. 하지만 난 흥분하지 않았어."

탤리가 고래고래 악을 썼다.

그러고는 말을 멈추고 숨을 크게 들이쉬었다.

"나. 상처. 받았어."

"우리가 도와줄게. 그러니까 이제 그만 소리쳐."

아빠가 벽에 몸을 기대며 말했다.

탤리의 머릿속이 근심으로 넘쳐났다. 아빠는 탤리가 해야 할 일을 알려 주고 있지만 이제 탤리는 그럴 수 없다. 그건 탤리가 밤새도록 소리칠지도 모른다는 뜻이다.

"난 아빠가 하라는 대로 할 이유가 없어! 다들 내가 별종이라고 여겨도 난 내가 하고 싶은 말을 할 수 있어. 왜냐하면 난 목소리가 있고, 내 목소리로 말을 할 수 있으니까!"

탤리는 신발을 집어 들어 내동댕이치며 울부짖었다.

"아무도 너더러 별종이라고, 네 목소리를 낼 수 없다고 말하지 않았어. 지금 네 목소리를 내고 있다는 거, 우리 모두 고통스럽게 알고 있다고 생각하는데. 옆집 사람은 네 목소리가 제대로 나오고 있다는 걸 아마 의심하지 않을걸."

아빠는 당혹스러운 표정이었다.

"네가 상처 입었다니 정말 안됐구나. 네가 오늘 정말 힘들었나 보다. 담요 덮고 소파에 좀 누울래?"

엄마가 아빠를 향해 고갯짓을 하며 말했다. 그러고는 탤리 옆에 쭈그려 앉았다.

탤리는 무릎을 턱 쪽으로 바짝 당겨 두 팔로 다리를 감쌌다.

"싫어."

엄마가 다시 달래 주었다.

"그럼 따뜻한 음료랑 과자 좀 줄까? 그것도 괜찮을 거야."

탤리는 고개를 가로저었다.

"그냥 내버려 둬. 의사 선생님 말 기억하지? 혼자 있게 놔둘 필요도 있다고."

아빠가 중얼거렸다.

엄마는 쭈뼛쭈뼛 일어서서 말했다.

"난 가서 부엌 좀 정리할게. 그림을 여기저기 그냥 내버려 뒀어. 정말 엉망이야. 엄마 필요하면 불러. 우리 딸, 엄마 어디 있는지 알지?"

탤리는 얼굴을 무릎에 파묻고 기다렸다. 마침내 부엌문이 닫히는 소리가 들렸다. 탤리는 최대한 재빨리 위층으로 살금살금 올라가 방에 들어갔다. 호랑이 가면이 침대 끝에 걸려 있었다. 탤리는 가면을 쓰고 그 익숙한 냄새를 흠뻑 들이마셨다.

그러고는 방을 가로질러 거울 앞에 섰다. 앞에 있는 강인하고 힘센 동물을 물끄러미 바라보았다. 용감하고 당당한 호랑이 소녀. 고통을 느끼지도 않고 상처 입지도 않고 다른 사람들이 자신을 어떻게 생각할까 걱정하지도 않는 호랑이 소녀. 언제나 이렇게 호랑이 소녀가 될 수만 있다면, 탤리가 곁에 있을 때면 항상 그러는 것처럼 사람들이 불쾌한 말을 하거나 서로 눈빛을 주고받지는 않을 거다. 그 표정과 눈빛은 탤리가 또 무슨 잘못을 저질렀다는 뜻이다. 어떤 잘못을 저질렀는지, 다음번에는 어떻게 하면 되는지 탤리는 알지 못하는데 말이다.

탤리는 거울에 비친 자기 모습을 들여다보고 또 들여다봤다. 마침내 호랑이 소녀가 흐릿하게 사라졌다. 탤리는 아래층으로 내려가 다용도실 문 앞에 이르렀다. 루퍼트는 계단 문 뒤에 누워 있었다. 뭔가 달라 보였다. 주둥이에 입마개가 있었다. 오늘 아침에는 보지 못했던 거다.

"겁내지 마. 나 보이지?"

탤리가 소곤거렸다.

어릴 적, 가면을 쓰고 있을 때마다 이런 질문을 자주 던졌다. 탤리는 자신이 어떤 대답을 원하는지 한 번도 확신하지 못했다. 안 보이는 게 좋은 건지, 보이는 게 좋은 건지. 호랑이 소녀가 더 좋은 건지, 탤리가 더 좋은 건지…….

루퍼트는 입마개 위로 탤리를 물끄러미 바라보았다. 그러더니 느릿느릿 일어나 호랑이한테서 어느 정도 거리를 두고 물러섰다. 한동안 둘은 서로 물끄러미 바라보았다. 둘 다 가면 뒤에 숨어 있었다.

아빠가 탤리 뒤로 다가와 말했다.

"우리 집에 좀 더 오래 있게 됐어. 그래서 입마개를 씌웠지. 확실히 안전하게 해 둬야 하니까. 너도 알 수 있겠지만, 엄마도 이 아이를 썩 내키지 않아 해."

"저 애는 위험하지 않아."

탤리가 울타리 위에 두 손을 얹고 대답했다.

"그래. 이제는 위험하지 않아. 하지만 여전히 종잡을 수가 없어. 그러니 제발 저 안에 들어갈 생각은 하지 마. 아, 음료수 좀 갖다줄까?"

아빠가 물었다.

탤리는 고개를 끄덕였다. 음료수를 마시고 싶지는 않았지만 루퍼트와 할 중요한 얘기가 있었다. 아빠가 그 얘기를 듣는 게 싫었다.

아빠가 부엌으로 가자 탤리가 말했다.

"오늘은 발이 정말 아팠어. 그런데 아무도 신경 쓰지 않았어. 하지만 넌 이해하지, 그렇지? 왜냐하면 넌 다리가 세 개뿐이잖아. 그건 꽤 아플 거야."

눈물이 고였다. 탤리는 눈에 힘을 주었다. 호랑이는 울지 않으니까. 루퍼트가 다리 하나를 잃은 게 얼마나 끔찍한 일인지 생각하면 더더욱 울어서는 안 된다. 루퍼트가 얼마나 슬플지를 생각하면 더더욱 울어서는 안 된다.

"사람들은 이해하지 못해. 모두 네가 화가 나 있고 위험하다고만 생각해. 하지만 나는 네가 그렇지 않다는 사실을 알아. 넌 그냥 겁이 났을 뿐이야, 안 그래?"

탤리가 부드럽게 말했다.

루퍼트는 하나밖에 없는 뒷다리로 껑충 뛰어서 앞으로 주춤주춤 한 발 내디뎠다.

"입마개는 아주 잠깐 동안만 할 거야. 너무 불편하지 않으면 좋겠다. 네가 나쁜 강아지가 아니라는 걸 내가 가족들한테 보여 줄게. 약속할게."

탤리가 루퍼트한테 말했다.

루퍼트가 으르렁거렸다. 가슴속 깊은 곳에서 나오는 소리였다. 탤리는 호랑이 가면 속에서 웃음 지으며 눈을 깜빡여 눈물을 훔쳐 냈다. 둘은 서로를 완벽하게 이해하게 될 거다.

날짜 9월 30일 화요일

상황 끔찍한 체육 시간. 그리고 집에서 멜트다운.

불안감 정도 9.

나의 일기장에게

난 자야 해. 하지만 지금 당장은 잠을 잘 수 없어. 머릿속에서 모든 게 뒤죽박죽인 상태로는 안 돼.

오늘 또 끔찍한 하루를 보냈어. 운동화 속에서 압정이 쿡쿡 찌르는 것처럼 고약한 느낌이었어(알고 보니 그건 사과씨였어). 억지로 운동장을 돌아야 할 때 그게 발바닥을 후벼 팠어. 게다가 나만의 '베프'는 나를 남몰래 버렸어.

그리고 끔찍한 생각도 잠깐 했어. 내가 오늘 아침에 구해 준 지렁이가 천진난만하게 인도 위로 다시 미끄러져 왔는데, 조심성 없는 어떤 사람이 밟아 버린 거야. 그 생각을 하니 내 몸이 정말 몹시 아팠어.

이따금, 정말 이따금, 내가 다른 사람들과 같다면 얼마나 좋을까 생각해. 신발에 뭐가 들어갔어도 대수롭지 않게 생각하고, 베프를 잃어도 쉽게 극복하고, 지렁이 생각도 쉽게 털어 버릴 수 있는 사람(애초에 지렁이를 봤다고 해도 그러지 않을 거야). 난 상자 안에서 곰팡이 핀 블루베리 같아. 나 때문에 블루베리 전체가 다 나빠 보여서 다른 사람들 눈총을 받고 싶지는 않아. 난 그 무엇과도, 그 누구와도 어울리지 않아. 자물쇠에 맞지 않는 열쇠 같은 기분이야.

어쨌든, 넌 분명 내가 라일라와 어떻게 될지 궁금할 거야. 솔직히 말하면 나도 궁금해. 난 자기 친구가 다른 아이들과 어울려 논다고 질투하는 그런 친구가 되고 싶지 않아. 다만 라일라가 나를 잊었다는 생각이 들어. 만약 나를 잊었다면? 내가 지겨워졌다면? 라일라와의 우정은 내게 전부를 뜻해.

새 친구들을 사귀기 위해 그 끔찍한 과정을 다시 거쳐야 한다는 생각을 하면 난 정말 두려워. 오늘 밤에는 절대 잠들지 못할 거야.

탤리의 자폐증 정보 : 수면

자폐증을 경험하는 많은 사람은 잠을 제대로 자지 못한다. 나는 잠드는 게 끔찍이 싫다. 내가 자는 동안 세상에 흥미진진한 일이 일어나는데 그걸 놓치는 기분이 든다. 엄마 아빠가 아래층에서 텔레비전을 보고 있는 것처럼 사소한 일로도 내 세계의 일부는 멈추고 다른 사람들은 계속 살아가는 것 같은 느낌을 받는다. 가끔은 그것 때문에 나는 몹시 외롭다. 그러면 나는 온갖 것을 걱정하기 시작한다.

때로는 잠들기 위해 내 인형을 그 아이들 생일에 따라 정리한다. 그리고 인형들에게 알파벳 순서에 따라 잘 자라는 인사를 건넨다. 나는 이것을 '특별한 임무'라고 부른다. 모든 게 괜찮은지 확인하기 위해 내가 해야 할 일이다. 그러다 문득 인형 세 개를 아래층에 놓고 온 걸 깨닫기도 한다. 내 포근하고 따뜻한 침대에서 나오려면 정말 싫다. 인형 세 개를 밖에 두고 온 불편함을 무시하려 하지만, 그럴 수가 없다. 그래서 침대에서 기어 나와 아래층으로 가서 인형을 가져온다. 모두 다시 제대로 정리한다. 그런 다음 잘 자라는 인사를 처음부터 다시 시작한다.

14

"왜 너 혼자 학교까지 걸어갈 수 없는지 난 도무지 모르겠어. 난 7학년 시작하자마자 혼자 걸어가야 했는데."

넬이 길을 걸으며 투덜댔다.

탤리는 신경 쓰지 않았다. 넬이 매애 하고 우는 한 마리 양처럼 푸념하는 소리가 들렸지만 한 귀로 듣고 한 귀로 흘렸다. 아주 오래전부터 탤리는 언제든 이렇게 할 수 있었다. 듣고 싶지 않으면 듣지 않는다. 그건 꽤 요긴한 기술이다.

탤리는 인도를 내려다보았다. 바닥 틈새를 폴짝 뛰어넘으며 지렁이가 있는지 살펴봤다. 오늘은 지렁이가 보이지 않을 거다. 비가 그쳤으니 지렁이들은 모두 땅속 터널 안에서 무사하다. 그래도 탤리는 조심조심 관찰했다. 게다가 고약한 넬을 바라보는 것보다 땅을 보는 편이 훨씬 흥미진진하다.

"넌 독립심을 길러야 해. 평생 동안 내가 널 돌봐 주기를 바라면 안 돼. 정말 말도 안 돼. 사람들은 네가 마치 유리로 만들어지기라도 한 것처럼 널 대하잖아."

넬이 연한 파란색으로 칠한 손톱으로 보행 신호등 버튼을 눌렀다.

탤리는 고개를 들고 위를 보았다.

"유리로 만들어졌다면 정말 끔찍할 거야. 누구와 부딪치거나 넘어졌다고 생각해 봐. 온몸이 산산조각 날걸. 절대 다시 붙이지 못할 거야."

신호등에 초록불이 들어온 걸 보며 탤리가 말했다.

"다리 세 개 달린 그 끔찍한 개랑 살짝 비슷해. 네가 그 개를 좋아하는 것도 당연해."

넬이 중얼거렸다.

시간이 멈추었다. 탤리도 충격을 받고 멈추었다. 이번에는 넬이 지나쳤다. 탤리가 걱정하는 일은 매우 많지만, 이건 탤리가 정말 두려워하는 것이다. 아무리 애써도 사라지지 않을 두려움이다. 탤리가 마당 지붕 위에 올라가 있든, 밤에 침대에 누워 있든 상관없다. 사람들이 탤리에게 '그 표정'을 보일 때마다 두려웠다. 일이 잘못됐는데 모든 게 탤리 탓이었을 때. 탤리가 고장 났다는, 머릿속에서 맴돌기만 했던 그 목소리가 오늘만큼 확실히 넬의 목소리로 들린 적이 없었다. 탤리는 지금 그리고 영원히 그러리라는 것을 안다.

"사실이 아니야. 난 고장 나지 않았어. 루퍼트도 마찬가지고. 난 고장 나지 않았어, 넬! 그 말 취소해!"

탤리는 길 한복판에 우뚝 멈춰 섰다.

"거기 그렇게 서 있지 마! 자동차에 치인단 말이야!"

넬이 탤리의 팔을 잡고 길 건너편으로 끌어당겼다.

"이거 놔! 언니는 며칠 동안 기분이 안 좋았어. 언니가 날 학교 가는 길에 버려두고 가서 내가 학교에 혼자 걸어갔다는 걸 엄마가 알고 난 다음부터. 하지만 그걸 내 탓으로 돌리면 안 돼. 왜냐하면 그건 내 잘못이 아니니까. 그리고 난 고장 나지 않았으니까!"

탤리가 팔을 뿌리치며 소리쳤다.

넬의 입이 쩍 벌어졌다.

"엄마가 알아차린 게 아니야, 탤리. 네가 일러바쳤잖아!"

"같은 거야. 그리고 언니는 아이패드 뺏겨도 싸. 왜냐하면 내가 납치당할 뻔했으니까. 내가 납치당했으면 언니는 외동딸이 됐을 거야. 그러면 기분이 어떨 것 같아?"

탤리가 넬을 노려보았다.

"마음 푹 놓였겠지. 이제 서둘러. 난 오늘 지각하고 싶지 않거든."

넬이 주머니에서 장갑을 홱 꺼내 끼었다.

탤리는 두 발을 벌리고 섰다.

"난 아무 데도 안 가. 아까 그 말 취소하기 전까지는."

넬은 씩씩거렸다. 차가운 공기에 입김이 하얗게 나왔다.

"좋아. 어떻든. 취소할게, 됐지? 이제 만족해?"

탤리는 고개를 가로저었다.

"전혀 만족하지 않아. 왜냐하면 나한테는 심술궂고, 불쾌하고, 사악한 언니가 있으니까. 그 언니는 자기가 하고 싶은 말은 나에게 뭐든 해도 괜찮다고 생각하니까. 언니는 날 기분 나쁘게 했어."

탤리가 넬한테 알려 줬다.

넬이 어깨를 으쓱해 보였다.

"기분 나빴다면 미안해. 그런데 뭐라고 했지? 사악하다고?"

"내 기분은 하나뿐이 아니야. 나한테는 엄청 여러 가지 기분이 있는데, 언니가 그 기분에 아주 많이 상처를 입혔어."

탤리가 넬한테 일깨워 주었다.

둘은 조용히 길을 걸었다. 탤리는 느릿느릿 발을 질질 끌었다. 탤리도 늦고 싶지 않았지만 넬이 이겼다고 생각하게 내버려 둘 수는 없었다. 저 앞, 교문 옆 벽에 선배 여학생 둘이 기대어 있었다. 두 사람은 가까이 다가오는 넬과 탤리를 째려보았다. 두 사람이 발로 벽을 툭툭 차는 소리 때문에 탤리는 걸음을 더 늦췄다. 넬이 가까이 가자 두 여학생은 몸을 똑바로 세웠다. 그 중 하나가 옆에 있는 아이를 슬쩍 바라보더니, 둘이서 넬을 막아서고는 뭐라고 말하기 시작했다. 탤리는 뒤에 있어서 무슨 말인지 알아들을 수 없었지만 두 사람이 깔깔거리며 웃는 소리가 바람에 실려 왔다. 탤리는 두 사람이 넬이 메고 있던 가방을 낚아채 내팽개치는 모습을 보았다. 그러고는 둘은 뒤돌아서 아무 일 없었다는 듯 학교 안으로 어슬렁어슬렁 걸어갔다.

넬은 한동안 꼼짝 않고 있다가 가방을 집어 들고 뒤를 힐끔 바라보았다.

"어쩌다 가끔은 평범하게 보이려고 노력할 수 없어? 그게 너한테 그렇게나 어려운 일이야?"

탤리가 다가가자 넬이 눈을 흘기며 물었다.

탤리는 당황하며 자기 몸을 내려다보았다. 옷이나 외투 어디에도 평소와 다른 점은 아무것도 없어 보였다. 신발에는 진흙이 조금 묻었다. 오늘 아침에 마당으로 나와 창고에 기어오르다 묻은 거다. 그것 말고는 완벽하게 평소 모습 그대로다.

아이들이 우르르 다가왔다. 탤리는 옆으로 비켜섰다. 어떤 남자아이가 좀비 그림이 그려진 배낭을 멨는데, 좀비 입에서 피가 뚝뚝 떨어지고 팔은 앞으로 쭉 내민 그림이었다. 탤리는 눈을 돌렸다. 탤리는 좀비를 무지 싫어한다. 작년까지 탤리는 페파 피그(Peppa Pig)* 배낭을 멨다. 하지만 그 배낭을 이곳 킹스우드 아카데미에 메고 와도 괜찮다고 생각할 만큼 어리석지는 않다. 그걸 메고 학교에 나타나면 분명 화장실 변기에 머리가 처박힐 거다. 넬이 그렇게 말했었다.

"그런 얼굴 좀 하지 마! 사람들이 널 빤히 쳐다보잖아."

넬이 한 발짝 다가서며 쉭쉭거렸다.

"어떤 얼굴? 이건 그냥 내 얼굴이야."

"아니야. 넌 희한한 얼굴을 하고 있어. 멍청해 보여. 그냥 평범하게 좀 굴어, 제발."

넬은 이제 정말 화가 났다.

여자아이 하나가 자전거를 타고 씽 지나갔다. 하마터면 탤리가 넘어질 뻔했다. 탤리는 지겹고 평범한 빨간색 배낭을 힘껏 쥐었다. 라일라와 루시도 똑같은 배낭을 메고 다닌다.

"이건 내 얼굴이야. 난 이 얼굴로 태어났어. 난 이 얼굴을 달라 보이게 할 수 없어."

탤리가 넬에게 기회를 한 번 더 주며 말했다. 그러니 아무도 탤리가 용서를 모르는 아이라고 말해서는 안 된다.

"너는 왜 평범하게 굴 수 없어? 단 하루만이라도 말이야."

넬이 애원하듯 말했다.

"내가 이런 표정 지으면 언니가 더 좋아할까?"

---

*돼지 가족이 주인공으로 나오는 영국의 아동용 애니메이션.

탤리가 다정한 목소리로 물었다. 탤리는 두 손을 앞으로 들었다가 내리면서 입을 한껏 양옆으로 넓게 찢었다.

"짜잔! 이게 내 행복한 얼굴이야! 이게 더 나아?"

"탤리, 제발 좀 그만해. 학교에 들어가자."

넬은 안절부절못하며 주변을 둘러보았다.

탤리는 다시 두 손을 들어 올려 잠깐 얼굴을 가렸다가 휙 하고 새로운 표정을 드러냈다.

"아니면 이건 어때? 난 이걸 슬픈 표정이라고 불러. 이건 언니가 아주 불행하거나 상처받았을 때 보여 줘야 할 얼굴이야. 이런 얼굴을 보여 주지 않으면 언니가 기분이 안 좋다는 걸 어떻게 알겠어? 속으로는 슬픈데도 이런 표정을 짓지 않으면, 세상 사람들은 언니가 아무 일도 없다고 생각해. 그건 다 언니 잘못이야."

"탤리, 네가 지금 무슨 장난 하는지 모르겠지만, 하나도 안 웃겨. 알겠어? 난 이제 학교에 들어갈 거야. 넌 네가 짓고 싶은 표정이나 실컷 지어."

넬이 탤리를 노려보았다.

탤리는 넬이 혼자서 정문으로 걸어가는 모습을 지켜보고 서 있었다. 겉보기에 탤리 표정은 차분하고 고요했지만, 속으로는 몹시 떨렸다. 넬이 이렇게 쌀쌀맞게 굴 필요는 없다. 넬이 아무 이유도 없이 탤리에게 못되게 굴고 싶어 하는 게 분명하다.

첫 시간은 연극 수업이었다. 탤리는 교실로 들어갈 때도 여전히 기분이 좋지 않았다. 그리고 그 끔찍한 루크와 대화에 푹 빠져 있는 아이샤와 루시가 보였다. 아침 시간은 이제 완벽하게 끔찍해졌다.

루크가 여름 방학 동안 좀 멋진 아이가 되었으면 좋겠다는 탤리의 바람은 오래전에 물거품이 되었다. 루크가 변한 것은 맞지만, 좋은 방향은 아니었다. 녀석은 머리를 자르고, 분명 디오더런트를 뿌리기 시작한 것 같다. 교실 건너편에서도 그 냄새를 맡을 수 있으니까. 루크는 키가 훌쩍 자랐고 움직이는 모습도 달라졌다. 정말이지 더는 평범하게 걷지 않았다. 마치 뽐내며 학교를 돌아다니는 것 같았다. 그 모습을 보니 탤리는 닭이 떠올랐다.

완전히 기괴한 이유로 모든 여자아이들이 너무나 매력적이라고 생각하는 닭 말이다.

"자, 7학년! 이제 수업 시작하자!"

자먼 선생님이 문으로 불쑥 들어오며 두 눈으로 교실 안을 살폈다. 탤리에게 잠시 눈길을 멈추고 살짝 웃음 짓더니 곧 책상 쪽으로 걸어갔다. 책상을 보고 탤리는 조금 실망했다. 요전 주에 책상을 깔끔하게 정리하려고 했는데 책상은 도로 엉망진창이 되어 있었다. 그래도 꿀팁 상자는 여전히 책상 위에 놓여 있었다. 종이 뭉치와 책 아래로 그 상자가 보였다. 자먼 선생님이 자신의 첫 번째 꿀팁을 읽었는지 안 읽었는지는 모르겠다. 탤리는 선생님이 읽었기를 바랐다. 왜냐하면 정말 중요한 내용이었으니까.

꿀팁 1. 소리치거나 불쑥불쑥 큰 소리를 내거나 화난 목소리로 말하지 마세요. 걱정이 앞서거나 두렵거나 당혹스러운 생각이 머릿속에 가득하면, 선생님이 무슨 말을 하는지 이해하기 힘들거든요.

"벽 쪽에 가방 내려놓고 자리를 잡아라."
선생님이 소란스러운 교실을 향해 소리쳤다. 그러고는 두 손을 요란하게 부딪쳤다.
탤리는 참을 수가 없다. 소리가 교실 안에 울려 퍼졌다가 벽에 튕겨 바로 머릿속으로 들어왔다. 탤리는 자기도 모르게 두 손으로 귀를 감싸고 벽을 바라보며 주변에서 들려오는 소음을 차단했다. 자먼 선생님이 탤리의 꿀팁을 읽었는지 안 읽었는지에 대한 의문은 곧장 풀렸다.
"저 별종 화나게 하지 마요!"
루크가 소리쳤다. 어찌나 크게 말하는지 탤리도 들을 수 있었다. 탤리는 두 눈을 꼭 감았다. 교실에 웃음소리가 둥둥 떠다녔다.

"그만하면 됐어!"

자먼 선생님이 톡 쏘아붙였다. 선생님은 이어서 뭐라고 했는데, 탤리는 무슨 말인지 알아듣지 못했다. 웃음소리는 좀 더 이어지다가 곧 그치고 교실이 잠잠해졌다.

탤리는 눈을 뜨고 손을 내리고 벽에서 천천히 몸을 돌렸다. 바로 앞에서 자먼 선생님의 입이 움직이고 있었지만 입술에서 나오는 소리는 거의 들리지 않았다. 탤리는 선생님이 뭐라고 하는지 들으려고 한 발짝 앞으로 걸어갔다. 아이들은 어리둥절한 표정으로 서로 바라보더니, 선생님에게 시선을 고정한 채 침묵 속에서 탤리를 흉내 내며 발끝으로 조용히 교실을 가로질렀다.

"훨씬 낫네. 조금 전에 내 목소리가 커서 미안하다. 여기는 표현과 창조의 공간이야. 우리가 연극반에서 우리 목소리를 들려주기 위해 소리치거나 비명을 질러 댈 필요는 없어. 때때로, 가장 강한 목소리는 가장 조용하게 말하는 사람의 목소리다. 나도 가끔 나 자신에게 그걸 상기시키려고 하지."

아이들이 선생님 쪽으로 살금살금 움직이는 동안 자먼 선생님이 속삭였다.

"정말 멍청한 짓이야."

루크가 말했다. 루크는 분명 자기가 작게 말했다고 생각한 듯했다. 그렇지만 자먼 선생님의 독수리 같은 감각에 들키지 않을 만큼 작지는 않았다.

"내게는 투 스트라이크 아웃 규칙이 있어, 학생. 그런데 정말 놀랍게도 너는 이 수업이 시작하자마자 처음 2분 동안 네 스트라이크를 모두 사용했구나."

선생님이 루크를 매섭게 바라보며 중얼거렸다.

"제가 뭘 어쨌는데요? 전 아무 짓도 안 했어요!"

루크가 당당하게 따져 물었다.

"아니. 넌 학급 친구들과 나, 모두에게 무례하게 굴었어. 너는 지금 이 수업에 아무 도움도 되지 않아. 그러니까, 당장."

자먼 선생님이 앞으로 한 걸음 나서며 문 쪽을 가리켰다.

"여기서 나가 교장실로 곧장 가도록. 네가 이 반에 뭔가 도움이 될 때까지 연극반에 들어갈 수 없다고 말씀드리렴. 이 교실에서는 더 이상 무례함도, 불친절함도 그리고 당연히 고함치는 일도 분명히 없을 거다."

루크는 충격을 받아 얼떨떨한 표정으로 선생님을 빤히 쳐다보았다. 탤리는 몸속에서 행복이 거품처럼 톡톡 터지는 느낌이 들었다.

"난 아무 짓도 안 했다고요……."

루크가 입을 열었지만 자먼 선생님은 들어 주지 않았다.

"아니, 넌 했어. 그러니 그 결과를 기꺼이 받아들여야지."

선생님이 루크한테 말했다.

그러고는 문 앞에서 손을 흔들었다. 아이들은 루크가 가방을 들고 연극반을 서둘러 나가는 모습을 지켜보았다. 루크는 너무 창피한 나머지 뽐내며 걷던 평소 모습은 잊은 듯했다.

이윽고 선생님이 아이들을 바라보았다.

"소리치거나 화난 목소리로 말하지 않고 우리가 무슨 말을 하고 싶은지 상대방을 이해시키지 못한다면, 분명 올바른 방식으로 말하지 않은 것인지도 모른단다. 최근에 누가 내게 그걸 일깨워 줬지."

선생님이 다시 한번 탤리에게 눈길을 주었다.

"자, 이제 두 사람씩 짝을 짓도록. 몸 풀기 연습부터 시작한다. 그걸 '근사한데'라고 부르자. 오늘 수업은 그게 적당하겠다. 입으로 말하는 것보다는 그게 스스로를 더 잘 표현하는 방식이니까."

탤리는 꼼짝 않고 서 있었다. 주변 아이들은 짝을 찾아 자리를 잡고 앉았다. 아이샤와 루시가 짝이 되었다. 탤리는 아는 아이가 없었다. 그래서 짝을 할 친구가 없었다. 그래도 신경 쓰지 않았다. 탤리는 자신이 적어 낸 꿀팁을 자먼 선생님이 분명 읽었다는 것만 생각했다. 그러자 생각보다 학교가 좋아졌다.

15

"밤에 껴안고 자는 네 인형, 정말 안 가져갈 거야?"

엄마가 백만 번째 물었다.

탤리는 눈을 흘기며 잠옷을 갰다.

"벌써 말했잖아. 인형 가져가는 사람 아무도 없어. 인형 가져가면 어린애처럼 보일 거야."

탤리가 잠옷을 가방에 넣으며 말했다.

엄마는 미덥지 않은 눈치였다.

"침낭 맨 밑에 넣으면 돼. 그럼 거기에 인형이 있는지 아무도 모를 거야."

엄마가 넌지시 말했다.

탤리는 잠시 머뭇거렸다. 그렇게 나쁜 생각은 아니었다. 빌리를 데려갈 수도 있다. 지난달에 빌리 생일을 까맣게 잊었으니, 빌리는 그런 대접을 받을 만하다. 탤리와 함께 그곳에 가면 꽤 즐거워할 거다.

"아니. 라일라네 잠옷 파티에는 인형 안 가져갈 거야. 난 이제 열한 살이야, 엄마. 내가 아직 어린 것처럼 다루지 마."

탤리는 고개를 단호하게 저었다.

엄마는 가방 지퍼를 닫고 탤리에게 웃어 보였다.

"나도 그건 알아, 우리 딸. 넌 이제 중학교에 다닐 만큼 다 컸어. 아빠하고 엄마는 정말로 네가 자랑스러워. 지금 넌 이렇게 첫 잠옷 파티에 가잖아!"

엄마는 탤리의 머리카락을 헝클어뜨리며 꼭 안아 주었다.

"자, 그럼 다 준비된 것 같은데. 뭐 껴안고 있을 거 확실히 안 가져가는 거지?"

엄마가 가방을 들고 문 쪽으로 몸을 돌렸다.

탤리는 침대를 훑어봤다. 침대 위에 놓인 인형 한 무더기 때문에 이불이 보이지 않을 정도다.

"확실해. 난 이제 어린애가 아니야."

탤리는 숨을 크게 들이쉬며 말했다.

엄마는 라일라네 집까지 얼마 안 되는 거리를 차로 데려다주었다. 가는 내내 탤리는 가만히 앉아 있을 수 없었다. 하도 흥분해서 다리가 후들거리고 팔이 들썩거렸다. 엄마가 걱정스러운 표정으로 탤리를 자꾸 힐끗힐끗 돌아봐서 탤리는 엄마한테 앞을 보라고 했다. 사고가 나기를 바라지 않는 이상, 운전하는 사람은 항상 길을 단단히 살펴야 하니까.

자동차가 멈추자마자 탤리는 문밖으로 튀어 나갔다.

"물건 다 챙겨 왔지? 뭐라도 깜빡하고 안 가져왔으면 엄마가 언제든 다시 올 수 있어. 그리 멀지 않으니까 뭐든 필요하면 엄마한테 전화해도 돼. 알았지?"

엄마가 트렁크를 열며 말했다.

탤리는 자기가 잠옷 파티에 있을 동안 엄마가 괜찮을지 궁금했다.

두 사람은 침낭과 배낭을 차에서 함께 꺼냈다. 엄마가 문을 똑똑 두드렸다.

"탤리! 왔구나!"

라일라가 탤리 팔을 잡고 집 안으로 이끌었다. 아이샤와 루시가 계단 아래 서 있었다. 탤리는 아이들이 여기에 오랫동안 있었는지 궁금했다.

"이번에 네가 와서 정말로 기뻐! 엄마는 네가 또 안 온다고 할지 모른다고 그랬거든. 하지만 난 네가 이번엔 꼭 오겠다고 약속했다고 엄마한테 말했지."

라일라 엄마가 현관에서 딸을 향해 얼굴을 찌푸렸다.

"어서 와라, 탤리. 네가 와서 참 좋구나."

"안녕하세요. 아주머니도 여기에 와서 정말 좋아요."

탤리는 갑자기 어색함을 느꼈다.

잠시 침묵이 흘렀다. 탤리는 머릿속으로 인사말을 되풀이해 보고는 자기가 틀렸다는 걸 뒤늦게 깨달았다. 라일라 엄마한테 그렇게 말하다니, 도대체 무슨 생각이었지? 물론 라일라 엄마는 이곳에 있었다. 자기 집이니까. 탤리는 주먹에 불끈 힘을 주었다. 손톱이 손바닥을 파고들었다. 아무 소용 없는 말을 자꾸만 내뱉는 자신의 목소리가 들렸다. 탤리는 오늘 완벽하기를 바랐다. 그런데 벌써 망쳐 버렸다.

"우리 딸을 초대해 줘서 고마워요. 딸아이가 정말 오고 싶어 했어요. 그리고 물론, 무슨 문제라도 생기면, 그러면……."

엄마가 안으로 발걸음을 옮겼다.

"괜찮을 거예요, 탤리 엄마."

라일라 엄마가 말을 뚝 끊었다. 몹시 무례했다. 하지만 탤리는 자기가 인사를 엉망으로 했기 때문에, 라일라 엄마의 무례한 태도를 지금 당장 말해서는 안 된다고 생각했다.

"집에 가서 남편과 멋진 저녁 시간 보내며 쉬도록 해요."

라일라 엄마는 뒤돌아서 아이들을 가리키며 말을 이었다.

"아이들은 아주 재밌게 놀 거예요!"

"탤리, 네 짐은 내 방으로 가져가자! 간식은 이따 늦게 먹을 거니까 우리 시간 엄청 많아!"

라일라가 탤리의 팔을 잡고 계단 쪽으로 당기며 말했다.

탤리는 어깨 너머로 엄마를 재빨리 쳐다보며 라일라가 이끄는 대로 따라갔다.

"내일 보자."

엄마가 말했다. 그러고는 탤리가 얼굴을 돌리기 직전, 입 모양으로 사랑한다 말하고 키스를 날렸다. 아무도 알아차리지 못한 것 같아서 탤리는 마음이 놓였다. 탤리가 남의 집에 묵는다는 사실 때문에 엄마가 바보처럼 굴 필요는 없으니까.

라일라의 방은 무슨 폭탄이라도 맞은 것처럼 보였다. 옷이 여기저기 사방팔방 내던져져 있고, 옷 위에는 화장품과 머리 장식 그리고 액세서리가 널려 있었다. 향수 냄새가 진동을 했다. 안으로 들어갔을 때 탤리는 분홍색 바다에 풍덩 빠진 기분이 들었다.

"네 짐은 저기에 두면 돼. 그러고 나서 우리가 너 화장해 줄게!"

라일라가 드디어 탤리의 팔을 풀며 말했다.

탤리는 라일라가 가리킨 곳을 바라보았다. 거기에는 조그만 카펫이 깔려 있었는데, 아이샤와 루시는 아직 앉지 않았다. 그래서 탤리는 침낭을 꺼내 그곳으로 밀어 넣었다.

"이제 여기 앉아. 그럼 우리 시작할게!"

루시가 라일라의 화장대를 손으로 가리켰다. 탤리는 자신이 정말로 거기에 앉고 싶은지 확신이 서지 않았지만 고분고분 의자에 앉았다. 잠옷 파티에 대해 벌써 충분히 조사를 마쳐서 화장 놀이가 평범한 일이라는 걸 알았다. 그래서 앞으로 18시간 30분 동안 탤리가 평범하게 구는 건 매우 중요했다.

"네가 예뻐 보이게 해 줄게."

라일라가 탤리 옆에 서서 장담했다. 그러고는 거울에 비친 자기들 모습을 바라보며 생각에 잠겨 고개를 갸웃거렸다.

"눈에는 스모키 화장을 하고 뺨은 도드라지게 칠하면 근사해 보일 거야. 어떻게 생각해, 아이샤?"

아이샤가 맞은편 탤리 옆쪽으로 다가와 허리춤에 손을 얹었다. 그러고는 탤리 얼굴을 뚫어지게 바라보며 느릿느릿 말했다.

"아마도. 하지만 입술은 좀 창백해 보이게 해야 할 거야. 그래야 균형이 맞아. 그리고 아이섀도를 정말 튀게 하려면 눈꺼풀에 흰색 아이라이너를 발라야 할걸? 음, 그리고 속눈썹을 좀 연장하면 어떨까 싶어. 탤리 속눈썹이 짧은 편이잖아. 넌 어떻게 생각하니, 탤리?"

탤리는 아이들이 무슨 외계어로 말하는 것 같았다. 하지만 무례하고 굴고 싶지는 않았다.

그래서 탤리는 최대한 활짝 웃으며 말했다.

"전부 근사하게 들려! 특히 튀게 하는 거! 그리고 한쪽 눈에 스모키 화장 하는 거, 날 판다처럼 보이게 만들 거니?"

아이샤와 라일라는 깔깔 웃음을 터뜨렸다. 탤리는 행복이 파도처럼 밀려드는 느낌이 들었다. 친구들을 웃게 만들 때마다 늘 그렇다. 탤리는 그렇게 할 수 있다. 정말로 해낼 수 있다.

창가 쪽에서 루시가 휴대 전화를 톡톡 두드리자 갑자기 테일러 스위프트의 목소리가 방 안에 가득 찼다. 아주 멋진 징조처럼 느껴졌다. 탤리는 의자에 편안히 앉았다. 그러는 동안 라일라는 화장품을 고르고, 아이샤는 카펫 위에 앉아 매니큐어 병에 적힌 이름을 큰 소리로 읽으며 죽 늘어놓았다.

"이거 블루문이야. 나 이 색깔 마음에 들어. 이거 스파클 팁이라고도 해."

라일라가 손에 뭔가를 짜내며 말했다.

"크리스마스에 받았어. 멋지지, 그치?"

"탤리가 이 노란색을 바르면 멋있어 보일 것 같은데. '토성의 분출'이라고 적혀 있네. 이름이 정말 멋지다."

아이샤가 말했다. 아이샤가 손에 든 병을 보고 탤리는 바나나가 떠올랐다.

"난 내 손톱에 무슨 토 같은 걸 분출하는 건 싫어."

탤리가 말했다. 하지만 아주 작게 말한 탓에 테일러 스위프트의 노래에 묻혀 아무도 알아듣지 못했다.

"자, 이제 정말 꼼짝 않고 가만히 있어야 해."

라일라가 탤리 얼굴을 바라보며 말했다. 그러고는 이제 손등에 쭉 짜낸 것을 스펀지로 톡톡 두드리며 말했다.

"이건 그냥 잡티를 가려 주는 비비크림이야. 그래도 이게 눈에 들어가지 않길 바라. 정말 따갑거든. 정말이야, 내가 알아!"

탤리는 겁이 나서 두 눈을 질끈 감았다. 라일라가 혀를 찼다.

"아니! 그러면 안 돼! 그러면 라인이 쭈글쭈글해져. 우리는 널 근사해 보이게 하려고 하는 거야. 늙은이가 아니라."

스펀지가 얼굴에 닿자 탤리는 움찔했다. 뜻밖에도 차가웠다. 라일라가 스펀지를 탤리 얼굴에서 빙글빙글 움직이자 탤리의 피부가 굳어지면서 불편해졌다. 탤리는 머릿속으로 숫자를 셌다. 10까지 세고 나면 엄마가 가르쳐 준 대로 다시 0부터 시작했다. 하지만 그렇게 해 봐도 상황은 나아지지 않았다.

드디어 라일라가 옆으로 물러나고 탤리가 눈을 떴다.

"이제 다 했어? 이제 간식 먹을 시간이야?"

탤리가 물었다.

라일라가 웃음을 터뜨렸다. 창가 쪽에서 코웃음 소리가 들려왔다.

"아직 시작도 안 했는걸. 여기까지가 제일 지겨워. 이제부터가 진짜 재미있지!"

라일라가 말했다.

탤리는 이제 더는 이 의자에 1분도 앉아 있을 수 없다고 라일라에게 말하려 했다. 그러다 입을 닫았다. 뭐라고 적당히 둘러

대야 할까? 화장실에 가고 싶다고 말할 수는 없다. 왜냐하면 그건 좀 창피하니까. 만약 화장을 좋아하지 않는다고 말한다면, 아이들은 탤리를 초대한 걸 후회할 거다. 그러면 탤리가 모든 걸 망치게 될 거다. 탤리는 자기 자극 행동을 하지 않도록 몸을 최대한 꼿꼿이 하는 것 말고는 달리 뾰족한 수가 없었다. 이 애들은 친구들이지만, 이 잠옷 파티에서 탤리의 진짜 모습이 나오면 친구들이 대처할 수 없다는 것을 탤리는 분명히 알았다.

이제 휴대 전화에서 테일러 스위프트의 목소리 대신에 다른 남자 목소리가 흘러나왔다. 그 남자는 아주 요란하게 소리를 질러 댔다. 여자 친구가 자기를 화나게 했다고, 그러니까 미안하게 생각해야 한다는 그런 내용이었다.

"아, 나 이 노래 좋아! 볼륨 좀 높여 봐!"

아이샤가 꽥 소리쳤다.

루시가 볼륨을 높이고 탤리에게 다가왔다. 루시가 휘두르는 물건을 보고 탤리는 너무 두려워 배가 뒤틀렸다.

"제가 오늘 당신의 머리 담당입니다."

루시가 머리빗을 허공에 흔들어 대며 탤리한테 말했다. 꾸며 내는 목소리가 텔레비전에 나오는 사람과 완전히 똑같았다. 무슨 문제가 있는 사람들에게 늘 이래라저래라 대장 노릇을 하고, 인간으로 살려면 더 좋은 일을 해야 한다고 말하는 그런 사람 말이다.

"그리고 이 말도 해야겠군요. 아주 오랫동안 제가 당신의 머리를 만지고 싶었다고 말입니다, 고객님!"

아이샤는 깔깔 웃으면서 발을 질질 끌며 다가왔다. 마침내 탤리의 다리 옆에 무릎을 꿇고 앉아 명령했다.

"손을 주십시오. 손톱칠을 끝내주게 해 드리지요!"

탤리는 루시와 그 머리빗에서 잠시도 눈을 뗄 수 없어서, 아이샤가 팔을 잡아당겨 탤리 손을 의자 손잡이 위에 걸쳐 놓아도 가만히 있었다.

"정말 멋지지 않아? 네가 우리랑 같이 여기 있어서 무지 좋아, 탤리! 정말 최고의 잠옷 파티가 될 거야!"

라일라가 연필처럼 보이는 물건을 집어 들며 말했다.

그러고는 활짝 웃었다. 탤리도 웃어 보였다. 탤리가 거울을 보고 연습한 그 웃음. 자신이 멋진 시간을 보내고 있다고 말하는 웃음. 이곳에 있어서 정말 좋다고 알려 주는 웃음을…….

아이들이 일제히 탤리를 공격했다.

탤리를 지나치게 밀어붙인 건 머리를 콕콕 찌르는 작은 바늘이 아니다. 손톱으로 파고들어 어쩔 수 없이 두 눈에 눈물이 솟게 하는 날카로운 막대기도 아니다. 라일라가 몸을 앞으로 숙일 때마다 푹푹 찔러 대는 입 냄새도 아니다. 그 어떤 것도 죽을 만큼 아프지는 않았다. 친구들이 모두 차례대로 손끝을 벗겨 낼 때, 이 모든 게 탤리한테 절벽에 매달린 느낌을 주긴 했지만 말이다.

그래도 탤리는 친구들이 알아차리지 못하게 했다. 몇 주 동안 빗지 않은 헝클어진 머리카락 사이로 루시가 빗을 찔러 넣을 때의 고통을, 아이샤가 큐티클 위 피부를 밀어 낼 때의 통증을, 라일라가 아이라이너를 바를 때 이따금 미끄러지며 눈을 찔러 대는 아픔을.

탤리는 친구들이 자기를 얼마나 아프게 하는지 알지 못하게 했다. 아이들은 내내 아무것도 아닌 걸로 수다를 떨면서 노래를 따라 부르고 낄낄댔으니까. 나중에 탤리가 자기 모습을 보고 무슨 말을 할지 킥킥거렸으니까. 탤리는 친구들이 지금 친절을 베풀고 있다는 걸 알았다. 친구들은 화장하는 게 멋지다고 생각하니까 자신을 화장해 주기로 했다는 것을 알았다. 토요일 오후에 친구들과 어울려 노는 것보다 더 평범한 일은 없다는 것도 탤리는 알았다. 설령 그것 때문에 자신이 산산조각 찢어지는 느낌이 들지라도.

친구들이 다 마치고 탤리에게 눈을 뜨라고 했을 때, 탤리는 마침내 절벽 끝에서 떨어졌다.

"어떻게 생각해? 새로운 모습 마음에 들어?"

아이샤가 팔짝팔짝 뛰며 꽥꽥 소리쳤다.

탤리는 눈을 깜박였다. 거울 주변의 밝은 빛 때문에 집중하기가 쉽지 않았다. 이윽고 거울에 비친 자신의 모습이 서서히 나타났다. 탤리는 몸을 앞으로 기울였다. 눈앞에 보이는 모습을 도저히 믿을 수 없었다.

"우리가 너 멋져 보이게 만들어 준다고 했잖아! 너 완전히 딴 사람처럼 보여."

라일라가 씩 웃으며 자랑스럽게 말했다.

그건 사실이었다. 탤리의 머리카락은 뒤로 대충 질끈 묶은 말 꼬리 머리가 아니었다. 대신, 머리에 반듯하게 붙어 있고 반짝반짝 빛나 보였다. 그리고 얼굴은 거의 알아볼 수 없었다. 눈은 커 보였다. 그걸 보니 크고 벌레 같은 파리가 떠올랐다. 분명 스모키 화장이 사람을 판다처럼 보이게 하지는 않았다.

"여러분, 우리가 정말 멋지게 해냈습니다. 완벽한 변신입니다! 더는 애벌레가 아닙니다. 이제 아름다운 나비가 되었습니다!"

루시가 텔레비전에 나오는 목소리처럼 말했다.

"마음에 들어? 네가 직접 하는 방법을 우리가 알려 줄 수 있어. 그러면 넌 학교에 갈 때 좀 더……."

아이샤가 탤리를 유심히 들여다보며 말했다.

"아이샤! 이제 그만해, 알았지?"

라일라가 말을 싹둑 자르며 끼어들었다.

아이샤가 얼굴을 붉히는 모습이 거울에 비쳤다.

"미안, 그런 뜻으로 말하려던 게 아니었어."

아이샤가 웅얼거렸다.

"좀 더 뭐? 무슨 말 하려고 했는데?"

탤리가 거울 속에 비친 자기 모습에서 눈을 떼며 물었다.

라일라가 아이샤를 노려보았다. 시끄러운 노랫소리가 방 안에 가득 찼다. 화장대는 화장품으로 뒤덮여 있고, 병 하나에서 매니큐어가 화장대 위로 흘러나왔다. 지저분하고 혼란스러웠다. 탤리는 충분히 견딜 만큼 견뎠다.

"무슨 말 하려고 했어? 직접 화장하는 방법을 알려 주면, 내가 좀 더 뭐 어떻게 학교에 갈 수 있는데?"

탤리는 의자를 뒤로 밀고 일어나며 다시 물었다. 그러고는 방을 가로질러 가 음악을 껐다.

"어서 말해 봐."

"좀 더 평범해 보이게. 그렇게 심각한 말은 아니야, 탤리. 우리는 그저 네가 우리와 좀 더 비슷하면 좋겠다고 생각했어. 무슨 말인지 너도 알잖아. 우리랑 딱 어울리는 거."

루시가 어깨를 으쓱해 보이며 말했다.

탤리는 앞에 있는 세 친구를 빤히 바라보며 가라앉은 목소리로 말했다.

"내가 너희랑 달라 보이는 줄 몰랐어."

"네가 원하면 우리가 다 지워 줄게. 그냥 재미로 한 거야, 탤리."

라일라가 걱정스럽게 말했다. 그러고는 당황하며 다른 아이들을 바라보았다.

"우리, 너 화나게 하려고 한 거 아니야."

탤리는 저 깊숙한 곳 어디에서 마지막 힘이 불끈 솟구치는 걸 느꼈다. 잠시 눈을 감았다가 눈을 떴을 때, 탤리는 절벽 위로 다시 올라갈 준비가 되어 있었다.

"나 화나지 않았어! 음, 어쩌면 조금 화가 났을지도 몰라. 너희가 나를 판다가 아니라 따분하고 평범한 아이로 보이게 만들어서. 하지만 신경 쓰지 마. 다음에는 그렇게 해 줄 수 있겠지!"

탤리는 최대한 밝게 말했다.

"그래! 동물을 주제로 한 잠옷 파티를 해서 페이스 페인팅을 해도 좋겠다. 난 얼룩말 할래! 너는 어때, 루시?"

라일라가 안도하며 말했다.

"아, 그래. 그거 정말 대단하겠다. 그러니까, 우리가 여섯 살이었다면, 아마도."

루시가 눈을 굴리며 콧방귀를 뀌었다.

라일라는 탤리에게 걸어가 팔에 손을 얹고 조용히 물었다.

"이거 지우고 싶어? 지워도 괜찮아."

탤리는 지금 이 우주에서 다른 어떤 일보다도 먼저 화장을 지우고 싶었다. 화장 때문에 피부가 따끔거리고, 이상한 냄새가 나고, 또 거울에 비친 자신의 모습을 견딜 수 없었다. 자기가 아닌 것 같았으니까. 그리고 사실 탤리는 거짓말과 속임수로 자신이 뭔가 대단한 척하는 나비를 엄청 싫어한다. 그냥 애벌레로 있는 게 뭐가 그렇게 잘못된 거지?

그러나 지금 탤리는 분명 평범해 보인다. 라일라와 아이샤와 루시처럼 보인다.

"지우고 싶지 않아."

탤리는 거짓말을 했다. 악의 없는 거짓말이다. 그래도 괜찮다. 그게 친구들의 기분을 다시 좋아지게 한다면. 그리고 잠옷 파티가 잘못되지 않게 한다면.

그러나 루시는 여전히 얼굴을 찌푸리고 있고, 아이샤는 매니큐어 병을 분주하게 정리하며 탤리를 쳐다보지도 않았다. 모든 걸 제대로 돌려놓기에는 탤리가 충분한 말을 하지 못한 게 틀림없다. 더 노력해야 한다.

"이거 맘에 들어. 내 변신은 완벽해. 새로운 내 모습이 정말 좋아. 나를 나비로 변신시켜 줘서 정말 고마워."

탤리가 로봇처럼 들리지 않게 노력하며 말했다.

"얘들아! 내려와서 뭐 좀 먹어라!"

위층으로 들려오는 라일라 엄마 목소리가 어색한 분위기를 깨 주었다.

"아, 잘됐다. 배고파 죽겠어! 피자랑 과자를 준비했어. 너희

다 배고프면 좋겠다!"

라일라가 문 쪽으로 몸을 돌리며 말했다.

"나 피자 엄청 좋아하는데! 특히 페퍼로니 피자!"

아이샤가 매니큐어 병을 내려놓고 몸을 빙글 돌렸다.

"무슨 소리야. 햄이랑 파인애플이 최고지! 과일이랑 고기가 조합을 이뤄야 완벽해."

루시가 말했다. 찡그린 얼굴이 좀 누그러졌다.

"음, 아무도 걱정할 필요 없어. 엄마가 피자를 세 판 사 왔거든. 페퍼로니, 채소 슈프림, 햄이랑 파인애플이 있으니까 모두 실컷 먹을 수 있을 거야."

라일라는 문을 열고 나가자고 손짓했다.

탤리는 피자를 무지 싫어한다. 매콤한 페퍼로니를 싫어한다. 마치 붉은 개미 군단의 공격을 받은 것처럼 혀가 얼얼하다. 탤리는 햄과 파인애플이 같이 든 음식을 싫어한다. 그건 서로 완전히 다른 식품군이라서 섞여선 안 되니까. 채소는 그냥 말할 것도 없이 싫다.

"나 피자 엄청 좋아하는데! 배고파 죽겠어!"

탤리는 거울을 보지 않으려고 몸을 살짝 돌리며 말했다.

16

 마당 창고 위는 추웠지만 탤리는 신경 쓰지 않았다. 바닥이 안전한지 찬찬히 확인한 다음, 지붕에 누워 별을 올려다보았다. 엄마 아빠는 탤리가 침대에 누워 있는 줄 안다. 하지만 오늘 저녁, 그 모든 일이 일어난 뒤로 도저히 잠을 잘 수 없었다.
 하늘은 어두웠지만 모두가 늘 생각하는 것처럼 까맣지는 않다. 검푸른 파랑이다. 탤리는 저 먼 곳을 응시했다. 드디어 별이 희미하게 보이고, 탤리 위로 하늘이 아주 묵직한 담요처럼 다가왔다.
 엄마가 챙겨 준 반들거리는 침낭 대신에 자신의 특별하고 두툼한 담요를 가져갔다면, 잠옷 파티는 괜찮았을지도 모른다. 탤리는 힘겹게 저녁을 먹었다. 피자에서 파인애플 조각을 골라내 과자 무더기 아래 숨기고 햄과 치즈만 먹었다. 그런 다음 위층으로 올라가 라일라 침대에 앉아 루시가 괜찮다고 추천한 영화를 보았다. 그렇지만 그 영화는 애초에 18세 이상 관람 가라고 표시되어 있었다. 탤리가 다른 영화를 보는 게 어떠냐고 묻자 모두 웃음을 터뜨렸다. 루시가 무서워서 그러느냐고 묻기에 탤리는 짐짓 태연한 척했다. 어릿광대가 배수구에서 밖으로 나와 기괴한 웃음을 짓는 장면 때문에 머릿속이 끔찍하게 소용돌이쳤지만 말이다.

드디어 영화가 끝나고 모두 욕실에 가서 이를 닦을 때까지도 머릿속이 계속 빙글빙글 돌았는데, 라일라 오빠가 화장실 문 뒤에서 기다리고 있다가 아이들이 화장실 안으로 들어가자마자 불쑥 나타났다. 루시와 라일라가 엄청나게 비명을 질러서 그 뒤로 한참 동안 귀가 먹먹했다. 아이샤는 울음을 터뜨렸다. 탤리는 이상한 기분이 들고 당혹스럽고 불편했다. 탤리도 울고 싶었지만 친구들 앞에서 울 수는 없었다. 그래서 그 감정을 깊숙이 밀어 넣고 루퍼트라든가 마당 창고 지붕처럼 행복한 것을 생각하려 애썼다.

결국 아이들은 다시 침착해지고, 라일라 엄마가 쿵쾅대며 올라와 라일라 오빠한테 소리치고, 보면 안 되는 영화를 봤다고 아이들을 혼냈다(그건 정말 불공평했다. 왜냐하면 탤리는 아예 그 영화를 보고 싶지 않았으니까). 그리고 아이들이 침낭에 들어가 자리를 잡았을 때, 탤리는 아이들 손에 뭐가 들려 있는 걸 보았다. 아이들은 저마다 자기가 좋아하는 인형을 꼭 안고 있었다. 루시는 테디 베어를, 아이샤는 병원에 가야 했을 때 받았다는 낡은 펭귄을 안고 있었다. 그리고 라일라는 침대 위에 인형이 엄청 많았다. 탤리 침대에 있는 것보다는 적었지만, 그래도 많기는 많았다.

그때 모든 게 엉망이 되었다. 너무 엉망이어서 탤리는 멈출 수가 없었다. 탤리는 애착 인형을 가져가지 않아도 된다고 엄마한테 말했다. 그건 잠옷 파티의 규칙을 깨는 행동일 테니까. 그런데 아이들은 모두 인형을 갖고 있었다. 탤리만 아무것도 없었다. 그건 괜찮지 않았다.

라일라가 불을 끄자 아이들은 도란도란 이야기를 나누었다. 끔찍한 루크에 대해, 라일라를 좋아할지도 모르는 아이에 대해, 아이샤가 연극반 수업을 같이 듣는 아이한테 사귀자고 말할 만큼 용감했다는 것에 대해. 그러나 탤리는 아이들이 하는 말을 한마디도 귀담아들을 수 없었다. 빌리는 탤리의 방 침대에 누워 있고, 자기는 라일라의 방에 누워 있다는 것 그리고 그 거리가 생각보다 훨씬 멀다는 생각밖에 나지 않았다.

탤리는 너무 불편해서 꿈틀거렸다. 침낭 끝에서 발이 꼬이고 더웠다. 그리고 베개에서는 이상한 냄새가 났다. 아이들 목소리는 너무 커서 귀를 찌르는 듯했다. 그리고 아래층 텔레비전에서 나오는 소리가 여전히 탤리 귀에 들어왔다. 그런 소음 속에서 잠들 수 있는 방법은 없었다.

처음에는 탤리가 아주 조용히 속삭여서 아무도 듣지 못했다. 아이들은 데이트 첫날 맥도날드에 가는 게 더 로맨틱한지 아니면 버거킹에 가는 게 더 로맨틱한지 얘기하면서 낄낄거리느라 정신이 없었다. 그래서 탤리는 좀 더 큰 소리로 말했지만 아이들은 여전히 듣지 못했다. 세 번째는 약간 고함처럼 흘러나왔다. 그제야 다들 곧장 대화를 멈추었다.

라일라는 가지 말라고 탤리를 설득하려 했다. 이대로 가 버리면 잠옷 파티를 망칠 거라고 했다. 하지만 탤리는 자신을 평범해 보이게 만들어 주고 싶었다는 루시의 말밖에 들리지 않았다. 라일라는 탤리가 집에 간다면 자기 엄마가 자기한테 정말로 화를 낼 거라고, 무서운 영화를 봐서 그러는 거라며 자기를 나무랄 거라고 울먹였다. 하지만 탤리 머릿속에는 자신의 새로운 모습을 보며 꽥 비명을 질러 댔던 아이샤의 목소리밖에 들리지 않았다. 탤리는 새로운 모습을 바라지 않았다. 탤리는 자신의 옛 모습이 좋았다.

라일라 말이 맞았다. 라일라 엄마가 화를 냈다. 그러는 한편으로 탤리에게는 자고 가라고 했다. 하지만 탤리는 터무니없이 작은 그 가방에 침낭을 애써 밀어 넣으려 연신 끙끙댔고, 결국 넣지 못하자 한 손에 침낭을, 다른 한 손에 배낭을 들고 아래층으로 내려갔다. 침낭이 바닥에 질질 끌렸다. 엄마가 도착할 때까지 탤리는 현관 앞 계단에 앉아 있었다. 라일라 엄마는 탤리 옆에서 초조하게 서성이고, 라일라 아빠는 문이 열려서 찬 바람이 들어온다며 투덜댔다.

  그러나 이제 탤리는 집에 왔다. 엄마 아빠 방문이 닫히는 소리가 들리자마자 탤리는 빌리를 낚아채 마당으로 나갔다. 화장은 아까 엄마가 지워 주었다. 차 안에서 흘린 눈물 때문에 벌써 다 씻겨 나갔지만 말이다. 탤리는 탤리처럼 보인다. 원래 자신처럼 느껴진다. 그리고 이곳 창고 지붕 위에서, 탤리는 하루 중 처음으로 제대로 숨을 쉴 수 있었다.

날짜 10월 12일 일요일

상황 지옥에서 열린 잠옷 파티

불안감 정도 의심할 여지없이 10.

안녕, 또 나야. 악몽 같은 이야기가 또 있어. 내 생각에 이게 최악이야. 어젯밤에 내 평생 최악의 날을 보냈어. 창고 지붕에 앉아 있어도 평소와 달리 행복하지 않았어. 행복하기는커녕 내가 전부 다 놓친 기분이었어. 라일라와 친구들은 모두 나 빼놓고 분명 멋진 시간을 보냈을 거야.

나는 그 일을 잊으려고 계속 애썼지만, 모두 성난 말벌 떼처럼 내 주위로 몰려드는 장면이 떠올랐어. 내 얼굴을 보며 웃고, 내 머리카락을 잡아당기고, 내 얼굴에 떡칠을 했어. 그 생각 때문에 나는 너무 스트레스를 받았어. 나는 방 안을 이리저리 돌아다니며 마음을 가라앉혀야 했어. 나는 왜 이렇게 불안해하고 스트레스를 받을까? 다른 사람들은 전혀 신경 쓰지 않는 일에 말이야. 나는 내가 그냥 그런 사람이라는 걸 알아. 그저 세상을 보고 느끼는 방법이 남들과 다를 뿐이야.

난 파리와 비슷해. 그러니까, 수많은 렌즈로 세상을 바라봐. 그리고 누가 느닷없이 다가오면 나는 날아가 버려. 파리처럼. 사람들은 언제나 내게 공감하지 못해. 정말 수수께끼 같아. 사람들은 바로 내가 공감 능력이 떨어진다고 생각하거든.

탤리의 자폐증 정보 : 불안

장점 주변에 대해 몹시 예민하다. 위험에서 나 자신을 보호하려고 한다. 왜냐하면 다른 사람들보다 위험을 더 잘 느낄 수 있기 때문이다. 어쩌면 내가 다른 사람들보다 훨씬 오래 살지도 모른다는 뜻이다. 나는 이게 정말 우습다. 어떤 사람들은 마치 질병처럼 자폐를 막으려고 필사적인 듯한데, 솔직히 나는 우리가 정상인들보다 훨씬 능력이 뛰어나다고 생각한다. 그래서 정상인들은 항상 우리를 '치료'하려고 노력하는 것 같다! 아빠는 이게 훌륭한 영화 줄거리가 될 거라고 말한다. 여기서 정상인이란 세상이 평범하다고 여기는 방식대로 생각하고 행동하는 사람을 말한다. 때때로 이 사람들은 자신의 방식이 유일하게 옳다고 생각한다. 하지만 누구나 곰곰이 생각해 보면 그건 정말 어처구니없는 말이다. 난 생각을 엄청 많이 한다. 여러분도 분명 알아차릴 수 있을 거다. 어쨌든, 내가 아는 대부분의 자폐아는 자폐증이 없어지기를 바라지는 않는다. 자폐는 우리 자신의 일부다. 비록 그렇게 사는 게 이따금 정말, 정말 힘들긴 하지만 말이다.

단점 불안은…… 휴.
아, 내가 설명하겠다. 음, 불안을 느끼면 늘 최악의 시나리오를 생각하게 된다. 그리고 모든 게 다급해진다. 예를 들어, 엄마가 쇼핑하러 나가면서 한 시간 뒤에 오겠다고 말했는데 한 시간하고 7분 뒤에 돌아왔다. 7분! 나는 엄마가 납치당했다고 생각하고 한없이 운다. 내가 말하려는 건, 내가 많은 일에 지나치게 걱정을 한다는 거다. 마치 미치광이 뇌에 갇힌 듯한 느낌이 드는데, 그렇게 되면 나는 정확하지도 않은 극단적인 생각을 믿게 된다.

17

잠옷 파티 다음 날은 상태가 좋지 않았다. 엄마가 탤리를 그냥 온종일 침대에 있게 내버려 두었다면 그런 일은 없었을 거다. 그런데 엄마가 다 함께 공원으로 멋진 가족 산책을 가자며 고집을 부렸다. 그러나 집으로 돌아오는 길에 엄마는 그것을 멋진 가족 산책이라고 부르지 않았다. 엄마는 군인이라도 된 것처럼 입을 꾹 다물고 걸었다. 두 팔은 옆구리에 딱 붙이고 다리는 체육 시간에 행진 연습을 하는 것처럼 들어 올렸다 내렸다. 다른 한편으로 탤리는 몹시 피곤했다. 엄청난 멜트다운 뒤에 느끼는 피곤함이었다.

"그럼 그렇지. 네가 가족 나들이를 또 망쳤어."

넬이 탤리 옆에서 뚜벅뚜벅 무겁게 발걸음을 옮기며 중얼거렸다.

"내 잘못 아니야. 엄마가 어제 배낭에 빌리를 챙겨 줘야 했어. 내가 빌리랑 같이 있었다면 잠옷 파티는 괜찮았을 거야."

탤리가 어깨를 으쓱했다.

앞에서 엄마가 걸음을 뚝 멈추고는 뒤돌았다. 얼굴이 일그러지고 시뻘겠다.

"챙겨 가라고 엄마가 말했지? 그것 때문에 한참 얘기했잖아. 그런데 네가 데려가지 않겠다고 했어."

탤리는 엄마를 노려보며 말했다.

"하지만 난 몰랐단 말이야. 엄마잖아. 엄마가 알았어야지!"

엄마는 고개를 절레절레 저으며 입을 열었다. 소리를 지르려는 것 같았다.

"그냥 집에 가면 안 돼요? 이미 충분히 창피하단 말이에요."

넬이 재빨리 끼어들었다.

엄마는 빠르게 눈을 깜빡이며 넬에게 고개를 끄덕였다.

"미안해, 넬. 이건 네 잘못이 아니야."

엄마가 중얼거렸다.

그 말은 이 모든 일이 탤리 잘못이라는 뜻이었다. 탤리는 그걸 알기에 머리가 비명을 질러 대고 배가 뒤틀리고 다리가 후들거렸다.

이렇게 속에서 계속 다리가 후들거리고 배가 뒤틀리고 머리가 비명을 질러 대도록 내버려 두면 안 된다.

밖으로 나와야 한다. 어떡하든.

나쁜 날이 훨씬 더 나빠졌다.

그 이튿날도 썩 좋아지지는 않았다. 아침 내내 탤리는 라일라와 친구들을 보지 못했다. 친구들은 수학 수업을 탤리와 같이 듣지 않는다. 쉬는 시간에 평소 모이던 곳에 가 봤지만 아무도 없었다. 탤리는 혼자 과자를 먹으며, 오늘은 다른 곳에서 만나자고 했는데 혹시 자기가 까먹었나 생각했다.

점심시간을 알리는 종이 울리자 탤리는 덜컥 겁이 났다. 탤리는 엄청난 소음과 음식 냄새 가득한 학생 식당을 싫어한다. 탤리는 라일라가 곁에 있을 때만 학생 식당에 갈 수 있다. 선택은 하나뿐이다. 되도록이면 얼른 아이들을 찾아야 한다.

텅 빈 복도를 따라 걸으며 교실마다 힐끔힐끔 들여다보았다. 프랑스어 교실은 조용했다. 영어 교실도 마찬가지였다. 모퉁이를 돌아 역사 교실로 향하는데, 그때 소리가 들렸다. 낄낄거리면서 끼이익 탁자를 미는 소리. 아주 희미했지만 탤리는 그게 누구 웃음소리인지 금세 알아차렸다. 탤리는 얼굴 가득 반가운 미소를 띠고서 성큼성큼 걸음을 재촉해 교실 문을 열었다.

"안녕! 어떻게 여기 너희 다……."

말을 채 끝맺지 못했다. 아이샤와 체육 시간에 본 재스민 옆

탁자에 라일라가 앉아 있었다. 루시는 교실 앞 선생님 책상 바로 옆에 있고, 그 옆에는 루크가 있었다. 루크의 두 손은 열린 서랍 안쪽에서 얼어붙었다.

루시가 처음으로 입을 열었다.

"아, 깜짝이야! 간 떨어지는 줄 알았어, 탤리! 킹 선생인 줄 알았잖아."

"뭐 하고 있어? 왜 쉬는 시간에 나 기다리지 않았어?"

탤리가 라일라를 쏘아보며 물었다.

"쟤 좀 없앨 수 없어? 우리 시간 별로 없어. 쟤가 망치는 거 싫어."

루크가 톡 쏘아붙였다.

탤리는 루크를 살펴보았다. 루크는 책상 너머로 몸을 기울여 서랍에서 누런 종이 한 장을 꺼내고, 거기에 아주 중요한 게 적혀 있는 것처럼 꼼꼼히 살펴보고 있었다.

"어서 가, 탤리."

라일라가 자기 신발을 내려다보며 중얼거렸다.

탤리는 알았다고 고개를 끄덕였다.

"너도 가야 해. 점심시간이야. 우리 학생 식당에 가서 샌드위치 먹어야 해."

루크는 고개를 들어 탤리를 노려보았다.

"쟤 왜 저래? 어서 꺼지기나 해, 별종 애덤스."

탤리도 루크를 노려보고는 라일라 쪽으로 한 걸음 다가가 물었다.

"너도 갈 거지? 얼른 가지 않으면 자리 없어."

라일라가 재스민과 아이샤를 향해 눈을 깜빡였다. 그러고는 조용히 말했다.

"난 여기 있을 거야. 하지만 넌 가는 게 좋을 것 같아, 탤리."

"그래. 꼬마는 어서 꺼져. 가서 너랑 비슷한 별종들이나 찾아봐. 걔들은 너랑 같이 놀면 무지 기뻐할 거야."

루크가 무시하듯 허공에 손을 흔들며 말했다.

"날 별종이라고 부르지 마. 알았어?"

탤리가 똑바로 서서 톡 쏘아붙였다.

탤리는 몸을 돌려 친구들을 한 명 한 명 바라보았다. 그러나 아무도 탤리와 시선을 마주치려 하지 않았다. 루시는 이상한 표정으로 루크를 바라보았다. 아이샤는 창밖을 물끄러미 내다보았다. 라일라가 무슨 말을 하려는 듯 입을 열었다. 그러자 재스민이 라일라의 팔에 손을 얹고 고개를 살짝 가로저었다. 탤리는 전혀 상상조차 못 한 것을 보게 되었다. 자신의 베프가 눈을 흘기며 '그 표정'을 지은 것이다.

얼굴을 정통으로 한 대 맞은 기분이었다.

"아무도 신경 안 써, 별종. 이제 제발 우리 모두에게 호의 좀 베풀어 꺼져 주시지."

루크가 누런 종이를 자기 가방에 구겨 넣으며 말했다.

교실은 쥐 죽은 듯 조용했다. 탤리는 돌아서서 문 쪽으로 비틀비틀 걸어갔다. 문을 어떻게 열었는지도 모른다. 눈앞이 너무 흐릿해서 손잡이조차 보이지 않았으니까. 가까스로 교실을 나와 화장실로 들어갔다. 맨 구석 칸이 비어 있었다.

탤리는 불쾌한 변기를 마주 보지 않게 몸을 돌려 문을 잠그고 문에 기대어 두 눈을 질끈 감았다. 잡담 소리와 고함 소리, 쉼 없이 윙윙대며 돌아가는 핸드 드라이어 소리가 들리지 않게 귀를 막았다. 그렇게 꼼짝 않고 그곳에 서 있었다. 그때 누가 문을 두드리는 바람에 몸이 덜컹 흔들렸다. 탤리는 꼼짝하지 않았다. 밖에서 아이들이 욕을 해 댔다. 두 손으로 귀를 꽉 막고 있었지만 다 들렸다. 마침내 종이 울렸다. 서둘러 움직이는 발소리에 모두 나갔다는 걸 알았다. 조용히 화장실 문을 열었을 때 배에서 꼬르륵 소리가 났다. 도시락에는 오늘 아침에 엄마가 만들어 준 샌드위치가 그대로 있었다. 하지만 지금은 아무것도 먹을 수 없었다. 전부 그냥 버려야 할 거다.

오후 첫 수업은 연극이었다. 탤리는 계단 쪽으로 갔다가 사방에서 몰려드는 아이들 틈에서 길을 잃었다. 소음이 너무 커서 온갖 몸과 목소리와 의견과 감정과 생명으로 빙 둘러싸인 느낌이었다. 자신을 구해 줄 라일라가 없으면 탤리는 감당하기 버거웠다.

연극반 교실 문이 열렸다. 탤리는 안으로 들어가려고 서 있는 아이들 맨 끝에 섰다. 저 앞에 루시와 아이샤가 있었다. 둘은 루크와 대화에 푹 빠져 있었다. 탤리는 머뭇거렸다. 아이들에게 끼려고 하면 자신을 받아 줄지 확신이 서지 않았다. 점심시간에 아이들이 탤리에게 딱히 못된 말을 한 건 아니었다. 못된 말을 한 사람은 루크였다. 그건 전혀 놀랍지도 않다. 그렇지만 탤리는 아이들을 보자 심장이 평소보다 조금 빨리 뛰었다. 머릿속이 자꾸 윙윙거려서 걱정스럽고 불안했다.

"오늘 재미있는 수업을 위해 모두 준비되어 있기를 바란다."

자먼 선생님이 문으로 어슬렁어슬렁 들어오며 말했다. 목소리는 크지 않았고, 탤리가 매우 싫어하는 요란한 박수 소리도 내지 않았다.

"먼저 워밍업으로 '진실 두 개와 거짓 하나 게임'을 할 거야! 모두 이리 나와 둥글게 모여 앉아라."

탤리는 배낭을 내려놓고 주춤주춤 아이들 옆으로 갔다. 머릿속이 윙윙대는 소리가 점점 더 요란해졌다. 탤리는 눈을 감으며 모든 걸 무시하고 자신이 숨 쉬는 느낌과 머릿속 엄마 목소리에 집중하려 했다.

천천히 숨을 들이마시고 내뱉었다. 다섯까지 세고, 손바닥을 엄지손가락에 대고 누른다. 다시 숨을 들이마신다. 압력을 느낀다. 더 세게 누른다. 숨을 내쉰다. 반복. 반복. 반복.

"내가 먼저 시작하지. 자, 첫째, 난 해마다 남아메리카에서 휴가를 보내. 둘째, 내게는 아이 다섯 명에 강아지가 한 마리 있어. 그리고 셋째, 나는 학생들한테서 끊임없이 새로운 걸 배운다. 자, 어떤 게 거짓말일까?"

자먼 선생님이 물었다.

"너무 쉬운데요, 선생님. 우리가 선생님한테 배우는 거예요. 그 반대가 아니라요! 그러니까 세 번째가 거짓말이에요."

어떤 남자아이가 말했다.

자먼 선생님이 방긋 웃었다.

"내가 너희한테 꾸준히 배우지 않았다면 나는 교사가 될 수 없었을 거야. 비록 내가 배운 게 요즘 아이들은 뭐가 패션 테러인지 전혀 모른다는 거라 해도 말이야."

선생님은 그 남자아이를 뚫어져라 바라보며 말을 이었다.

"네 바지가 신발에서 7센티미터는 위로 올라와 있다는 거 알고 있니?"

남자아이가 선생님을 보고 씩 웃었다.

"이런 걸 스타일이라고 하는 거예요, 선생님. 선생님이 원한다면 저희가 좀 가르쳐 드릴 수 있어요."

자먼 선생님은 고개를 절레절레 저었다.

"아니, 됐어. 난 그런 특권 없이 지내겠다. 좋아, 그럼 나머지 두 개 중에서 어떤 게 거짓말일까?"

"첫 번째요. 해마다 남아메리카에 갈 만한 여유는 아무도 없어요. 휴가를 그렇게 보내려면 돈이 엄청 많이 들거든요!"

아이샤가 소리쳤다.

"그렇다면 선생님이 아이가 다섯이나 된다고요?"

누가 소리쳐 물었다. 탤리는 진저리를 쳤다. 한집에서 넬과 함께 지내는 것만으로도 이미 충분히 별로다. 그런데 형제자매가 다섯이나 된다면 정말 끔찍한 일이다.

자먼 선생님은 고개를 저었다.

"아니, 난 아이가 없단다. 강아지도 안 키우고. 그래서 휴가를 보낼 여유가 있는 거야. 그러니까 내가 이 게임에서 이겼다! 다음엔 누가 해 볼래?"

여기저기에서 아이들이 손을 번쩍번쩍 올렸다. 자먼 선생님은 아이들을 훑어보더니 루크를 가리켰다.

"네가 해 봐라. 진실 두 개와 거짓 하나."

루크는 루시를 향해 씩 웃어 보이고는 두 손으로 머리를 매만졌다.

"네. 먼저, 난 포트나이트 게임을 엄청 잘해. 만약 너희 루저들이 나를 이기려고 한다면, 내가 경고하는데, 너희 모두 박살 날 줄 알아!"

아이들 사이에서 웃음이 파도처럼 번져 갔다. 그러나 탤리에 이르러 그 파도가 뚝 멈추었다.

"음, 그건 처음부터 거짓이야. 왜냐하면 어젯밤에 우리가 게임할 때 내가 널 완전히 박살 내 버렸으니까."

아미트가 끼어들자, 그 말에 아이들이 또 웃음을 터뜨렸다.

"두 번째는 포트하버 풋볼 클럽에서 나한테 주니어 리그 입단 테스트를 받아 보라고 제안했어."

루크는 혼자 뭐라고 구시렁대는 아미트를 우쭐한 표정으로 바라보면서 말을 이었다.

"그리고 세 번째는, 난 이 교실에 있는 사람들은 한 명도 빠짐없이 죄다 아주 정상이고 대단하다고 생각해!"

이 말을 하면서 루크는 탤리를 흘깃 바라보았다. 루크의 입꼬리가 살짝 올라갔다. 그 모습을 보고 탤리는 넬이 가끔 짓는 표정이 떠올랐다. 엄마는 그런 표정을 느끼하다고 했다.

머릿속에서 윙윙대는 소리가 더 커졌다. 말벌 천 마리가 머릿속을 공격하는 듯했다.

"너를 이 교실에서 또다시 내쫓는 일은 없었으면 좋겠다, 학생."

자먼 선생님이 루크를 강렬한 눈빛으로 바라보며 말했다.

루크는 선생님을 바라보며 어깨를 으쓱 올렸다. 어리둥절해하는 표정이었다.

"아니요, 선생님. 난 선생님이 하라는 대로 했을 뿐이에요. 진실 두 개와 거짓 한 개를 말했을 뿐이라고요."

"흠."

자먼 선생님이 미덥지 않은 표정으로 루크를 바라보았고, 탤리는 엄지와 집게손가락을 꼬아 십자가를 만들며 지금 당장 선생님이 루크를 내쫓기를 바랐다.

"그래, 누가 점수를 딸까? 루크의 거짓말이 뭔지 알 것 같은 사람?"

교실 안은 조용했다. 모두 어떤 게 거짓말인지 알고 있다. 하지만 그 말을 해서 문제를 일으키고 싶은 사람은 아무도 없었다. 자먼 선생님만 빼고 모두 루크가 탤리를 바라보는 눈빛을 보았다. 그런 일은 늘 있었다. 루크 같은 아이들은 선생님의 시선을 피하는 데 달인이니까. 탤리도 그걸 알고 있었다.

"자, 누가 맞혀 볼래?"

선생님이 재촉했다.

"포트나이트 이야기가 거짓말 같아요. 내가 루크보다 순위가 높다고요."

아미트가 중얼거렸다.

루크는 씩 웃으며 고개를 가로저었다.

"틀렸어!"

"그렇다면, 넌 이 교실 안에 있는 아이들이 모두 정상이라고 생각한다고 거짓말을 했어. 그건 정말 고약한 거짓말이야."

알렉산드라가 눈을 흘기며 말했다.

"나도 그렇게 생각해. 그 말은 정말 야비하고 멍청해."

루시가 조그맣게 말했다.

"그게 거짓말이니?"

자먼 선생님이 조용히 물었다. 목소리에 담긴 경고는 크고 분명했다.

루크는 엄청 놀란 표정을 지어 보였다.

"아니에요, 선생님! 거짓말은 포트하버 풋볼 클럽에서 저한테 입단 테스트를 제안했다는 거예요. 사실은 로버스 풋볼 클럽에서 입단 테스트를 제안했어요. 그리고 물론 저는 이 교실 안에 있는 아이들이 다 정상이라고 생각해요."

루크는 씩 웃고 탤리를 똑바로 쳐다보며 덧붙였다.

"그렇게 생각하지 않을 이유가 뭐가 있겠어요?"

"넌 나랑 따로 얘기 좀 해야겠구나."

자먼 선생님이 말을 꺼냈다. 그러나 뭐라고 더 말하기 전에 어떤 선생님이 교실 문을 두드리고 안으로 들어왔다.

그 선생님이 자먼 선생님에게 고갯짓을 하며 물었다.

"수업 도중에 죄송합니다만, 교장 선생님이 작년 데이터에 관한 정보를 달라고 하네요. 분명 어제 필요하다고 했다는데요."

자먼 선생님은 고개를 끄덕이며 아이들에게 말했다.

"너희는 새로운 연극 1장을 읽고 있어. 다음 시간에 그 부분을 할 테니까. 알렉산드라, 네가 자료 좀 나눠 줄래?"

그러고는 책상 쪽으로 가서 그 선생님과 무슨 이야기를 활기차게 나누었다. 자먼 선생님은 두 팔을 이리저리 흔들어 댔다. 마치 무슨 일로 엄청 흥분했을 때 탤리의 팔이 그러는 것처럼.

탤리는 그 부분을 세 번이나 읽었지만 대본에 적힌 글이 무슨 말인지 이해가 가지 않았다. 그래서 읽기를 포기하고, 대신에 종이 한 장을 꺼내 자먼 선생님을 위한 새로운 꿀팁을 적어 교실 저쪽에 놓인 상자에 몰래 넣었다. 아무도 알아차리지 못했다. 그건 놀라운 일도 아니다. 7학년 아이들은 루크가 무슨 잔인한 말을 할 때만 자신을 쳐다본다는 사실을 탤리는 이미 잘 알고 있었으니까.

나머지 시간에는 탤리는 눈에 보이지 않는 사람이었다.

18

첫 시간은 역사 수업이었다. 탤리가 모퉁이를 돌자 저 앞에 떼 지어 우르르 모여 있는 여자아이들이 보였다. 그 아이들이 "그 애가 말하면 어쩌지?", "비밀 안 지킬 거야." 이렇게 속닥대는 말이 복도를 따라 두둥실 내려왔다. 이윽고 라일라는 탤리가 다가오는 걸 보고는 재빨리 웃음 지었다.

"괜찮아? 어제 점심시간에 학생 식당 갔니? 거기 가서 내가 너 찾아봤는데 아무 데도 없더라."

탤리가 가까이 가자 라일라가 물었다.

탤리는 고개를 저었다.

"안 갔어. 다른 거 했어."

"연극 수업 때는 왜 우리 옆에 안 앉았어? 네 자리 맡아 놨었는데."

아이샤가 물었다.

루시는 탤리 어깨에 팔을 두르고 아이들 틈으로 탤리를 밀어 넣으며 말했다.

"우리는 서로를 돌봐 줘야 해. 잊지 않았지? 서로 의지해야 하잖아. 우리가 친구인 걸 아무도 방해하지 못해."

어쩌면 탤리가 잘못 생각했는지 모른다. 아이들이 탤리를 피하지 않았던 건지도 모른다. 어제 탤리가 가 주기를 바라는 것처럼 보였을 때 탤리가 뭘 오해했는지도 모른다. 저 아이들은 아주 오랫동안 탤리와 친구였다. 루시 말이 맞다. 아이들은 모두 서로를 지켜 주겠다고 약속했었다.

탤리 머릿속에서 목소리가 윙윙거렸다. 탤리가 고장 났다고 말하는 넬의 목소리. 탤리는 루크가 자신을 별종이라고 불렀을 때 이른바 친구라는 아이들이 탤리를 위해 그곳에 있었던 게 아니라는 사실이 불현듯 떠올랐다. 아이들은 루크를 막았어야 했지만 어느 누구도 한마디도 하지 않았다. 탤리는 넬의 목소리를 멀리 떨쳐 내기 위해 눈을 깜빡이며 집중하려 했다. 저 아이들은 친구들이다. 저 아이들이 탤리를 버릴 일은 절대 없다. 탤리가 실수를 저지른 게 분명하다. 탤리가 실수하는 게 처음은 아니다.

"미안해. 내가 너희 옆에 가서 앉아야 했는데, 머리가 좀 아파서 잠시 혼자 있어야 했어."

탤리가 아이들에게 한껏 웃어 보이며 말했다.

그건 거짓말이 아니었다. 그 윙윙거리는 느낌이 정확히 두통과 똑같지는 않았지만, 그것 때문에 탤리는 머리가 터질 것 같았다. 그래서 자먼 선생님의 꿀팁 상자에 두 번째 꿀팁을 넣은 거다.

꿀팁 2. 학교마다 조용한 장소를 마련해야 해요. 혼자 있고 싶을 때, 아이들이 갈 수 있는 곳이요.

"그래, 이제 같이 앉자! 킹 선생님이 오늘 또 우리한테 파워포인트 자료를 보여 주지 않았으면 좋겠다."

라일라가 탤리와 팔짱을 끼며 말했다.

그러나 아이들이 교실로 들어가 자리에 앉았을 때, 킹 선생님은 교실 앞에서 중세 영국에 관한 파워포인트 슬라이드 500개를 틀어 놓으며 수업 준비를 하고 있지 않았다. 대신 얼굴을 찡그린 채 책상 서랍을 뒤지고 있었다. 마지막 학생까지 교실에 들어오자 선생님이 몸을 곧추세웠다. 그러고는 당혹스러운 표정으로 학생들을 바라보았다.

"시험 문제지 본 사람? 분명히 여기 서랍에 넣어 뒀는데 안 보이네."

선생님이 물었다.

모두 고개를 가로저었다.

"중요한 건가요?"

앞에 앉은 여자아이가 물었다. 선생님이 고개를 끄덕였다.

"시험 문제를 적어 놓은 종이야. 지난 시간에 공부한 거 말이다. 이번 학기에 너희 역사 시험을 준비하려면 필요한 건데."

선생님이 설명했다.

"그럼 우리 시험 칠 필요 없는 거예요, 선생님?"

아미트가 물었다.

"어쩌면 우리가 몇 점을 받고 싶은지 선생님께 말씀드려야겠네요. 선생님은 그걸 우리 성적표에 적고요."

"난 분명 A+ 학점 받을 거야! 엄마가 B 학점 이상을 받아 오면 10파운드(우리 돈 약 15,000원)를 준댔어."

재스민이 소리쳤다.

아이들이 저마다 자기가 받고 싶은 점수를 두고 각자의 생각을 떠벌리자, 킹 선생님은 얼굴을 찌푸렸다.

"이 반에 A+ 학점 받을 만한 학생이 있다고는 생각하지 않는다. 그리고 성적을 잘 받았다고 돈을 받는 건, 음······."

교실이 조용해지자 선생님이 아이들에게 말했다. 그러고는 재스민을 보며 말을 이었다.

"나는 교육 그 자체가 보상이 돼야 한다고 생각한단다."

그 말에 뒷줄에서 웃음이 빵 터져 나왔다. 그러나 탤리는 귀담아듣지 않았다. 그 대신 어제 점심시간에 바로 이 교실에서 무슨 일이 있었는지 떠올렸다. 루크가 꺼지라고 한 말. 다른 별종들을 찾아 같이 어울려 놀라고 한 말. 마치 앞에 있던 아이들은 탤리의 친구가 아닌 듯이.

킹 선생님이 말을 이어 갔다.

"거참 이상하네. 어제 아침까지만 해도 분명히 여기 있었는데 정말 골치 아프게 생겼네. 다시 출력해야 하니까. 그러니까 다음 시간까지는 시험을 치를 수 없다는 뜻이야."

선생님은 얼굴을 찡그리고 칠판에 뭔가를 쓰기 시작했다. 탤리는 주위를 휙 둘러보았다. 교실 저쪽에서 루크가 탤리를 째려보고 있었다. 탤리의 시선이 살짝 루크를 스치자, 루크는 탤리에게 입 모양으로 소리 없이 뭐라고 말했다. 작지만 주위 아이들의 관심을 받기에는 충분할 정도로. 그래서 루크가 눈을 가늘게 뜨고 이 세상에서 탤리가 가장 듣기 싫어하는 말로 탤리를 부를 때, 아이들은 모두 탤리를 쳐다봤다.

조용한 교실에 탤리의 목소리가 또렷이 울려 퍼졌다.

"너 시험지 봤지, 루크? 네가 선생님 책상 서랍 들여다봤을 때 말이야."

그러자 몇 가지 일이 동시에 일어났다.

라일라는 끙 앓는 소리를 내더니 자리에 앉은 채 재스민 가까이 가며 탤리한테서 멀찍이 떨어졌다. 얼굴이 시뻘겋게 달아오른 루크는 자리에서 반쯤 일어나 탤리를 사납게 노려보았다. 뒷줄에 앉은 아이들이 야유를 보냈다. 탤리 귀에는 축구 경기 관중이 내는 소리처럼 들렸다. 그리고 교실 앞에서 킹 선생님은 몸을 돌려 매서운 눈초리로 아이들을 노려보았다.

"됐다! 지금부터 단 한 마디라도 하는 사람은 이번 학기 내내 수업 끝나고 학교에 남는 벌을 받을 거다!"

선생님의 고함에 탤리는 자리에서 꼼지락거렸다.

교실은 침묵에 싸였다. 고요하거나 평화로운 침묵이 아니었다. 허공에서 에너지가 탁탁 터지는 소리를 내고 있었다. 탤리는 태풍이 올 것 같다고 생각했다.

"방금 전에 한 말 다시 해 줄래?"

킹 선생님이 탤리를 똑바로 바라보았다. 탤리는 입을 꾹 다물었다. 선생님은 앞으로 소리를 내는 사람은 벌을 받을 거라고 분명히 말했다. 만약 이게 함정이라면 탤리는 함정에 빠지지 않을 거다.

"루크가 내 책상 서랍을 들여다보고 있었다고 했니? 그렇게 말한 거 맞지?"

선생님이 물었다.

탤리는 고개를 끄덕였다. 고개를 끄덕이는 사람을 벌준다는 말은 하지 않았으니까.

"이건 절대……."

루크가 입을 열었다.

"그만! 문제가 더 커지기 전에 입 다물어라."

킹 선생님이 손을 들어 올리며 제지했다. 그러고는 탤리를 바라보았다.

"그리고 루크가 시험지를 들고 있는 걸 네가 봤다고?"

탤리는 머뭇거렸다. 킹 선생님이 탤리에게 고개를 끄덕였다.

"잠깐만."

선생님은 루크에게 자기를 따라 문 쪽으로 오라고 손짓했다. 아이들이 조용히 두런대기 시작했다.

"입 좀 다물어. 네가 왜 그런 말을 했는지 모르지만 입 다물고 있는 게 좋을 거야, 알겠어? 우리랑 다시 친구로 지내고 싶다면 말이야."

루시가 앞자리에서 몸을 돌려 탤리에게 씩씩거렸다.

"탤리, 나 좀 따라올래? 그리고 나머지 너희들, 56쪽을 펴라. 만약 한 녀석이라도 엿보다 들키면 올해 남은 기간 동안 매일 쉬는 시간에 역사 숙제를 해야 할 거야."

킹 선생님이 말했다.

선생님이 탤리와 루크를 데리고 복도로 나가자 아이들은 모두 엄청나게 실망했다.

"쟤가 무슨 말 하는지 저는 몰라요. 쟤는 날 싫어해요. 언제나 저를 곤란하게 하려고 한다고요."

교실 문을 닫자마자 루크가 폭발했다.

"그게 사실이니?"

킹 선생님이 탤리를 보며 물었다.

탤리는 잠깐 멈추었다가 천천히 말했다.

"저는 저 애를 곤란하게 하려는 게 아니에요. 그렇지만 저 애를 엄청 싫어하는 건 사실이에요. 왜냐하면 쟤는 항상 저에게 아주 고약한 말을 하거든요. 그리고 저는 그게 싫어요."

"하지만 루크가 내 책상에서 시험지를 빼내는 모습을 본 건 맞지? 이건 아주 중요한 일이야, 탤리. 넌 사실을 말해야 해."

킹 선생님 얼굴이 아주 심각해 보였다.

탤리는 바닥을 내려다보며 신발을 바닥에 비벼 댔다. 킹 선생님은 지금 엄하게 따져 물었다. 갑자기 탤리는 어떤 말도 할 수 없을 것 같았다. 이렇게 선생님이 얼굴을 찌푸리고 있는 상태에서는 못 한다. 그런데 그때 루시가 자기한테 입 다물고 있으라고 한 말이 떠올랐다. 사실 이곳에서는 모두 너무 많이 입을 다물고 있다. 만약 루크가 자신을 별종이라고 부를 때 아이들이 모두 입을 다물고 있지 않았다면, 이런 일은 애초에 일어나지도 않았을 거다. 때로는 질문에 대답해야 한다. 비록 입 밖으로 말을 꺼내는 게 불가능하다고 느껴지더라도 말이다.

"만약 시험 문제가 누런 종이에 적혀 있었다면, 네, 맞아요.

루크가 어제 그걸 봤어요. 점심시간에요."

탤리가 여전히 발을 내려다보면서 말했다. 탤리는 잘못한 게 하나도 없다. 킹 선생님의 질문에 정확히 대답했다. 탤리는 그저 진실을 말했다.

"별종 애덤스가 제가 뭔가를 봤다고 생각한다는 이유만으로 정말 저를 혼내실 거예요?"

루크가 울부짖었다.

"조용히 해!"

킹 선생님이 화난 목소리로 쏘아붙였지만 탤리는 이미 조용히 있었다.

"그거 저 애 가방 안에 있어요! 쟤가 저한테 꺼지라고 말한 다음에 그걸 꺼내서 자기 가방에 쑤셔 넣었어요."

탤리가 고개를 들어 루크를 똑바로 쳐다보며 말했다.

루크는 얼굴이 창백해지더니 아무 말도 하지 못했다.

"분명 아직 가방에 있을 거예요."

탤리는 도움을 주려 덧붙였다.

킹 선생님은 루크를 바라보고 팔을 뻗으며 말했다.

"우리는 이 문제를 두 가지 방법으로 처리할 수 있어. 여기서 가방을 열어 보는 것에 네가 동의하거나, 아니면 교장실에 가서 꺼내거나. 네가 선택해."

탤리는 미소 지었다. 일부러 그런 건 아니지만 어쩔 수 없었다. 킹 선생님은 더 나은 선택의 규칙을 넬보다도 잘 모른다. 두 가지 선택 모두 좋은 것 같지만, 루크에게는 둘 다 끔찍하다. 탤리는 기뻤다. 왜냐하면 루크는 끔찍한 인간이고, 탤리가 경험한 바에 따르면 끔찍한 인간은 그리 자주 꼬리가 잡히지 않기 때문이다.

루크는 얼굴을 찌푸리며 자기 가방을 선생님에게 내밀었다.

"네가 나 대신 시험지를 꺼내는 게 좋겠는데. 네가 원한다면."

킹 선생님이 말했다. 그러고는 탤리를 바라보며 말했다.

"넌 이제 교실로 들어가도 돼. 지금 일어난 일을 아무한테도 말하지 않는다면 루크가 고마워할 거야. 당분간 말이다."

탤리는 고개를 끄덕이고 교실 안으로 들어가 조심스레 문을 닫았다. 그러고는 교실 안을 바라보았다. 탤리를 비난하고 있는 25쌍의 눈동자. 킹 선생님이 탤리에게 이 일에 대해 말하지 말라고 할 필요는 없었다. 아이들은 이미 알고 있었다. 표정을 보아하니 아이들은 전혀 놀란 것 같지 않았다.

19

"나 안 갈 거야. 더 말하지 마."

탤리는 팔짱을 끼고 엄마를 노려보았다.

엄마가 탤리를 똑바로 돌아보았다.

"네가 신발을 신으면 정말 도움이 될 거야. 운동화든 부츠든 네가 선택할 수 있어. 네 마음대로 골라."

두 사람은 벌써 10분 동안 부엌에 서 있었다. 둘의 대화는 다람쥐 쳇바퀴 돌듯 맴돌았다. 아무도 포기하려 하지 않았다.

"이러다 늦겠어. 내가 식당에 전화해서 예약을 취소할까?"

아빠가 부엌문으로 고개를 삐쭉 내밀며 그 말을 벌써 세 번째 했다.

"아니! 당신 생일이잖아. 우린 나가서 축하해 줄 거야."

엄마가 큰 소리로 대답했다. 그러고는 뒤돌아 딸을 향해 미소 지었다. 하지만 억지로 입술을 가늘게 말아 올리는 거짓 미소라는 걸 탤리는 알았다.

"운동화 신을래, 부츠 신을래?"

탤리는 이 규칙을 알고 있다. 엄마가 어떤 선택을 제안하면 탤리는 그중 하나를 고른다. 그게 거래다. 탤리는 그렇게 해야 한다.

이런 식으로 선택하게 하면 그건 전혀 선택이 아니라는 뜻이다.

"발에 아무것도 신고 싶지 않아. 발이 정말 너무 끔찍하게 아파. 신발 신으면 더 아플 거야."

탤리는 부엌 의자에 털썩 주저앉았다. 그러고는 엄마를 올려다보며 말을 이었다.

"무좀이 있는 것 같아. 좀 쉬어야 해."

"어떻게 너한테 무좀이 생겼다고 생각하니? 넌 운동도 하지 않잖아?"

넬이 아빠를 밀치고 부엌으로 들어오며 비아냥거렸다.

탤리는 안타까워하며 한숨을 푹 내쉬었다. 사람들은 넬을 똑똑한 열네 살이라고 생각하지만, 가끔 놀라울 정도로 멍청하다.

"언니가 날 버렸을 때, 내가 학교까지 엄청 빨리 뛰어갔다는 걸 언니도 잘 알잖아."

탤리는 넬에게 상기시켰다.

"아마 그때 생긴 것 같아. 그건 다 언니 잘못이야. 그러니까 내가 너무 아파서 식당에 갈 수 없더라도 아무도 날 비난하면 안 돼."

"비난하는 사람 아무도 없어. 그리고 무좀은 운동 때문에 생기는 게 아니야."

엄마가 가방을 집어 들며 말했다.

"참 나! 난 무좀이 생겼을 수도 있다고 말한 거야."

탤리가 넬을 보고 히죽히죽 웃으며 흡족한 듯이 말했다.

"무좀은 사실 곰팡이의 일종이야. 너 정말 무좀 곰팡이가 생겼어, 탤리?"

엄마 말에 탤리는 멈칫했다. 탤리는 학교 과학 시간에 곰팡이에 관해 배워서 알고 있다. 버섯과 곰팡이 따위는 아주 역겹고 불쾌한 미생물이다. 탤리는 재빨리 고개를 가로저었다. 그런 걸 발에 달고 다니고 싶은 생각은 눈곱만큼도 없다.

"어쨌든 우리 다 함께 나가서 식사할 거예요? 아니면 탤리가 우리 계획을 망칠 때마다 그랬던 것처럼, 아빠랑 나만 가요?"

넬이 뒷주머니에서 휴대 전화를 꺼내며 물었다.

"난 아무것도 망친 적 없어!"

탤리가 의자를 뒤로 밀고 일어서며 소리쳤다.

"그건 내 잘못이 아니야. 그건, 그건……."

탤리는 뭐라고 말해야 할지 몰랐다. 탤리가 오늘 저녁에 집 밖으로 나가지 못하는 이유는 수천 가지다. 하지만 지금 당장은 아무것도 생각나지 않았다. 아빠가 아주 오랫동안 이 외식을 기다려 왔다는 걸 탤리는 잘 안다. 또한 작년에 가족들이 길에 나서자마자 멜트다운이 일어나는 바람에, 넬과 아빠 둘만 나가고 엄마는 집에 탤리와 함께 남아 있어야 했다는 것도 안다.

"나 내 방에 올라갈 거야."

탤리가 넬을 지나쳐 부엌문으로 성큼성큼 걸어가며 중얼거렸다. 하지만 복도로 나가 가족들 시야에서 벗어나자마자, 늘 그러듯 우뚝 멈추었다. 이렇게 하면 가족들이 탤리를 어떻게 생각하는지 몰래 엿들을 수 있다. 앞에서는 탤리를 화나게 할지 몰라 두려워서 하지 않는 그런 말 말이다.

"미안해, 여보. 위로가 될지 모르겠지만, 탤리가 당신을 위해서 멋진 생일 카드를 만들었어. 제대로 만들려고 어제 몇 시간 동안이나 매달렸어. 나중에라도 그 카드를 당신한테 주면 좋겠네."

엄마가 아빠한테 말했다. 목소리가 우울하고 가라앉았다.

"굳이 그럴 필요 없었는데."

아빠가 대답했다. 그렇지만 목소리에는 미소와 따뜻함이 담겨 있었다. 탤리는 한마디라도 놓치고 싶지 않아서 부엌 쪽으로 조금 가까이 갔다.

"다 함께 나가서 식사하는 것만으로도 충분해."

"왜 우리가 탤리를 데려가야 하는지 모르겠어요. 그냥 우리끼리 가서 남들처럼 근사하고 평범한 식사를 하면 안 되는 거예요?"

넬의 퉁한 목소리가 복도를 따라 비집고 들려왔다.

"안 돼."

아빠는 단호했다. 탤리는 놀랐다. 아빠도 속으로는 그러기를 바라지 않을까 의심했으니까.

"우리는 가족이야. 누구든 남겨 놓고 가지 않아. 탤리가 식당에 가기 싫다고 하면 우리도 그냥 집에 있을 거야. 우리가 함께 있다면 뭘 하든 난 괜찮아."

탤리는 꼼짝 않고 서 있었다. 아빠는 이해하지 못한다. 탤리는 가기 싫은 게 아니다. 나갈 수 없는 거다. 그건 완전히 다르다. 이번 주에는 학교가 정말 끔찍했다. 아무도 탤리와 말하려 하지 않았다. 이제 중간 방학이 시작되어 9일 동안 학교에 가지 않아도 되지만, 괜찮은 건 하나도 없다. 탤리는 자신이 엄청나게 외롭다고 생각하지는 않는다. 다만 지금 당장은 따뜻하고 안전한 집을 떠나 어두운 저녁 속으로 나가고 싶은 마음이 전혀 없었다.

넬이 씩씩거리며 투덜댔다.

"하지만 탤리는 너무 힘들어요. 탤리처럼 구는 동생이 있는 사람은 아무도 없어요. 정말 불공평해요."

엄마가 넬을 향해 다가가는 하이힐 소리가 들렸다.

"너도 탤리가 왜 그렇게 행동하는지 잘 알잖아, 안 그래? 탤리가 일부러 일을 망치려고 그러는 게 아니야. 분명 탤리는 지금 위층에서 끔찍한 기분에 휩싸여 있을 거야."

"탤리가 그렇게 힘들게 하지 않으면 정말 좋겠어요. 언제나 참아야 하는 거 정말 지겨워요. 엄마는 가끔 탤리가 평범했으면 좋겠다고 바란 적 한 번도 없어요?"

넬이 불만을 터뜨렸다.

"뭐가 평범한 거냐?"

엄마가 대답하기 전에 아빠가 먼저 말했다.

"자기가 평범하다고 생각하는 사람이 누가 있는지 나는 잘 모르겠구나, 넬. 쉽지 않다는 거 아빠도 잘 알아. 하지만 난 우리 가족과 관련해서는 그 무엇도 바꾸지 않을 거야. 나는 널 사랑해. 탤리도 사랑하고. 있는 그대로의 너희를 말이야."

현관 시계에서 똑딱똑딱 소리가 났다. 분침이 7시를 향해 움직였다. 탤리는 입술을 깨물고 반쯤 닫힌 부엌문을 빤히 바라보았다. 그러고는 결심했다. 탤리는 몸을 휙 돌려 계단 위 자기 방으로 달려가 필요한 물건을 찾았다.

시계가 7시를 가리키려 할 때 탤리는 아래층으로 후다닥 내려왔다.

"나갈 준비 다 됐어요? 서둘러야 해요. 안 그러면 늦을 거예요!"

탤리가 부엌문 바닥에 미끄러지듯 멈추며 말했다.

호랑이 가면의 눈구멍 사이로, 깜짝 놀라 휘둥그레진 엄마 눈동자가 보였다. 부엌 저쪽에서 넬이 역겹다는 듯 고개를 절레절레 저었다.

"저런 꼴로는 저 애랑 같이 안 가요……."

넬이 입을 열었지만 말을 끝마치기 전에 아빠가 끼어들어 먼저 움직였다.

"그래, 좋아. 어서 가자! 그 식당 정말 근사하다고 그러더라. 분명 해산물 파스타가 끝내줄 거야!"

아빠가 두 손을 마주 비비며 기쁜 표정으로 말했다.

탤리는 얼굴이 찌푸려졌지만 이 거짓말을 못 들은 체하기로 했다. 탤리는 아빠가 거짓말하는 걸 무지 싫어한다. 사실 아빠는 아무리 맛있다 해도 파스타는 별로 좋아하지 않는다. 그렇게 우스꽝스러운 말을 할 이유가 뭐가 있을까?

"넌 정말 대단한 소녀야. 네가 아빠를 아주 행복하게 했어!"

코트를 입으며 엄마가 속삭였다.

탤리는 씩 웃었다. 호랑이 소녀는 탤리가 하지 못하는 일을 할 수 있다. 호랑이 소녀는 용감하고 모험심이 강하며 사람들을 기분 좋게 해 준다. 탤리 대신 호랑이 소녀가 학교에 갈 수 있다면, 모두 자신을 좋아할 거다. 아무도 호랑이 소녀에게 꺼지라고 하거나 복도를 걸어갈 때 '고자질쟁이' 같은 지독한 말을 하지 않을 거다. 무엇보다도, 루크가 호랑이 소녀를 무서워할 거다. 호랑이 소녀가 교실에 들어설 때마다 루크는 무서워서 벌벌 떨 거다.

밖은 밤공기가 차가웠다. 가면이 귀를 감싸 줘서 탤리는 마음에 들었다. 모두 함께 길을 걸었다. 탤리는 쌩쌩 지나가는 자동차를 크게 신경 쓰지 않았다. 자동차가 지나갈 때마다 환한 헤드라이트 불빛 때문에 눈이 부셨다. 넬은 탤리 옆에서 걸었지만 탤리와 얘기할 기분이 아니었다. 탤리는 몇 마디 대화를 시도하다가 넬을 귀찮게 하는 걸 그만두고, 지난번 폭우 이후로 길을 잃었을지도 모를 지렁이가 있는지 가면 눈구멍을 통해 인도를 살펴보았다.

드디어 상점마다 환하게 불 밝힌 시내 중심가에 도착했다. 큰길 옆에 나란히 줄지어 선 술집과 식당 문으로 사람들이 쏟아져 들어갔다.

아빠가 저 아래쪽을 가리켰다.

"바로 저기야. 예약한 시간에 딱 맞춰 왔네. 다 잘했어!"

탤리는 가면 뒤에서 용감하게 성큼성큼 걸어갔다. 그리고 나서 모든 것이 잘못되었다.

탤리는 눈으로 보기도 전에 물결처럼 드높게 밀려오는 웃음

소리를 들었다. 뒤돌아보니 모두 거기에 모여 있었다. 라일라와 아이샤와 루시와 재스민이 맥도날드 밖에 서 있었다. 그 아이들은 종이봉투 하나를 들고 옹기종기 모여 있었고, 그 옆에서 루크와 아미트가 몸을 기울여 두 손을 종이봉투 안에 넣고 주먹 한가득 감자튀김을 꺼냈다.

탤리는 두 손을 후닥닥 얼굴로 가져가 호랑이 가면을 휙 벗었다. 가슴속에서 심장이 벌렁거렸다.

감자튀김 한 움큼이 탤리 발 바로 앞에 떨어졌다. 탤리가 올려다보니 루크가 탤리를 빤히 바라보고 있었다. 루크의 시선이 한동안 탤리에게 머물다가 손에 들린 가면으로 내려갔다. 탤리는 가면을 잽싸게 등 뒤로 숨겼다. 루크가 돌아서서 뭐라고 소곤거리자 아이들이 모두 탤리 쪽을 바라보았다.

"네 친구들이야?"

넬이 탤리 옆으로 다가와 물었다.

탤리는 아무 말도 할 수 없었다. 꼼짝할 수도 없었다. 아이들을 쳐다보는 것 말고는 아무것도 할 수 없었다.

넬은 몸을 돌려 엄마 아빠한테 빨리 움직이라고 손짓하며 말했다.

"어서 가요."

그러고는 탤리의 팔을 살짝 잡아당겼다.

"어서 가자."

"자, 어서 가자. 예약 시간에 늦겠다."

엄마가 탤리 어깨에 손을 얹고 속삭였다.

탤리는 엄마 아빠가 이끄는 대로 걸어갔다. 하지만 길을 걸어가는 동안 엄마 아빠가 뭐라고 말하는지 하나도 들리지 않았다. 탤리는 방금 전에 일어난 일을 끊임없이 되새겨 보았다. 루크가 탤리를 봤다. 탤리도 그것만큼은 안다. 아이들도 모두 탤리를 봤다. 그런데 루크가 호랑이 소녀도 봤을까? 만약 봤다면, 그 사실을 모두에게 말할까?

식당에 도착했다. 탤리의 발걸음이 느려졌다. 탤리는 벌써 두려움과 걱정에 휩싸였다. 모든 사람들이 자신을 볼 수 있다면 탤리는 식당 안으로 들어갈 수 없다. 호랑이 가면은 여전히 구겨진 채 손에 들려 있다. 탤리는 재빨리 뒤돌아 거리를 휙 훑어보며 아이들이 따라오지 않는지 확인했다. 길은 텅 비어 있었다. 루크, 라일라, 또는 그 아이들 중 누구도 이런 곳에 올 이유는 없을 거다.

"애들이 날 봤을까? 애들이 내 가면을 봤을까?"

탤리가 중얼거렸다.

넬은 탤리 옆으로 고개를 숙이고 힘주어 말했다.

"아니. 분명 못 봤어. 내가 바로 거기에 있었잖아. 아이들이 보기 전에 네가 가면을 벗었어."

탤리는 확신할 수 없었다. 하지만 가면을 다시 얼굴로 가져가 가죽 냄새를 들이마시고, 탤리에게 위안을 주는 서늘한 감각을 받아들였다. 만약 루크가 가면을 봤다면, 분명 탤리에게 큰 소리로 무슨 끔찍한 말을 내뱉지 않았을까? 그러나 다시 한번, 아이들은 모두 숙덕대며 탤리를 바라보았었다.

세탁기가 돌아가듯 속이 배배 꼬였다. 탤리는 할 수 있는 만큼 힘껏 두 주먹을 쥐었다. 지금 자제력을 잃을 수는 없다. 아빠 생일을 축하해 줘야 하는 자리에서는 안 된다.

식당 안으로 들어선 뒤, 자그맣고 아늑한 공간 한가운데에 있는 테이블로 안내받았다. 엄마는 얼굴을 찡그리고 웨이터에게 구석 자리에 앉을 수 없는지 물었다. 웨이터는 어깨를 으쓱하고는 사람들이 꽉 들어찬 식당 안쪽을 가리켰다.

"괜찮아. 마음 편히 먹어, 여보."

아빠가 엄마한테 말했다.

자리에 앉자마자 넬은 휴대 전화를 꺼냈다.

"테이블에서는 안 돼. 규칙 알잖아."

엄마가 무의식적으로 말했다. 그러고는 테이블 건너편으로 메뉴를 건넸다.

"메인 코스 볼래? 넌 어떠니, 탤리? 뭐 먹을래?"

"나 토스트 먹을래."

탤리가 대답했다. 밖에서 아이들을 마주친 것 때문에 탤리의 마음은 아직도 소용돌이치고 있었다.

엄마가 웃었다.

"토스트는 집에서 언제든 먹을 수 있잖아. 메뉴 좀 보고 다른 거 고르면 어때? 여기 정말 근사한 버거도 있네. 네가 좋아할 것 같은데."

"나는 꼭 파스타 먹을래."

아빠가 엄마를 보고 웃으며 말했다.

"모두 고마워. 정말 멋진 내 생일이네."

"주문하시겠습니까? 스페셜 요리로 프랑스식 갈비찜 비프 부르기뇽이 준비되어 있습니다. 오늘의 수프는 스틸턴 치즈와 브로콜리고요."

웨이터가 테이블 한쪽 옆으로 와서 말했다. 그러면서 탤리를 힐끔 보더니 말을 멈추다가 엄마에게 말했다.

"죄송합니다만, 종교적인 이유가 아니라면 저희 식당에서는 얼굴을 가릴 수 없습니다."

"세상에! 정말 창피해요."

넬이 중얼거렸다.

"그래도 아이들은 예외겠지요? 아무한테도 피해를 주지 않잖아요!"

아빠가 웨이터하게 친근하게 웃어 보이며 물었다.

웨이터는 약간 소리 나게 숨을 쉬고 아빠한테 일러 주었다.

"저희 식당 방침이라서요."

탤리는 식당 안을 둘러보았다. 옆 테이블에는 가족 다섯 명이 있었는데, 아이 하나는 헤드폰을 쓰고 그 엄마는 선글라스를 썼다. 지금 저녁 7시 30분이나 됐는데. 더구나 오늘은 온종일 비가 내렸는데.

"저 사람들도 머리에 뭘 쓰고 있어요."

탤리가 그 사람들을 가리키며 말했다.

"탤리……, 무례하게 굴지 마."

엄마가 속삭였다.

"저 사람들은 썼잖아요!"

"다른 사람들에 대해 함부로 얘기하면 안 돼. 손으로 가리켜서도 안 되고."

엄마는 몹시 화가 나거나 아니면 울려고 할 때의 목소리였다. 탤리는 엄마가 울지 않기를 바랐다. 그건 엄청나게 창피한 일이니까.

"내가 해결할게."

아빠는 일어서서 웨이터에게 손짓을 했다.

"따로 이야기 좀 나눌 수 있을까요?"

아빠는 웨이터와 함께 식당 입구 쪽으로 걸어가 쉬지 않고 이야기했다. 웨이터는 얼굴을 찡그린 채 이야기를 들었다. 그러고는 두 사람 다 테이블 쪽을 바라보았다. 아빠가 탤리를 가리켰다. 탤리는 아빠한테 소리치고 싶었다. 아빠가 엄마 말에 귀

기울였다면, 다른 사람을 손으로 가리키는 게 무례한 짓이라는 걸 알지 않느냐고. 그렇지만 오늘이 아빠 생일이라는 사실을 떠올렸다. 탤리는 아빠한테 선물을 주지 못했고, 그림을 너무 못 그려서 생일 카드는 결국 쓰레기통에 버렸다. 그렇다면 이번 한 번은 눈감아 줄 수 있었다. 비록 루크와 다른 아이들을 본 뒤로 아직도 기분이 끔찍했지만.

"네가 그 멍청한 가면만 벗으면 되는데. 오늘 하루 동안 벌써 문제를 많이 일으켰다고 생각하지 않아?"

넬이 롤빵을 뜯어 우적우적 입에 욱여넣으며 중얼거렸다.

"그만해, 넬. 아빠가 해결할 거야. 그리고 우리 모두 훌륭한 식사를 하게 될 거야."

엄마가 탤리 손을 꼭 잡으며 말했다.

아빠와 웨이터가 테이블로 돌아왔고, 아빠는 엄마에게 웃어 보였다.

"다 잘됐어. 자, 이제 주문해 볼까?"

아빠가 엄마한테 말했다.

엄마 아빠는 각자 먹고 싶은 음식을 주문했고, 넬이 치킨 샐러드와 리소토 중에서 뭘 먹을까 몇 분 동안 고민하고 난 뒤에 웨이터는 마지막으로 탤리에게 물었다.

"손님은 뭘로 하겠어요?"

웨이터가 물었다. 목소리가 그리 친절하지는 않았다.

"토스트 먹을래요."

탤리가 대답했다.

웨이터는 입술을 오므리고 말했다.

"메뉴에 토스트는 없는데요."

"치즈버거는 어떠니? 렐리시 소스나 작은 오이 피클을 빼고 달라고 하면 되지 않을까?"

엄마가 제안했다.

"그래도 됩니다, 부인."

웨이터가 말했다.

"하지만 난 토스트 먹을래요. 버거 안 먹을래요."

탤리가 되풀이했다.

"조금 전에도 말했듯이, 우리 식당에는 토스트가 없단다. 메뉴에 있는 음식은 뭐든 조정할 수 있지만, 우리가 만들지 않는 음식은 주문할 수 없어."

웨이터가 탤리를 곱지 않은 시선으로 바라보았다.

"자, 탤리 네가……."

아빠가 입을 열었지만, 탤리는 아빠가 말을 끝맺게 내버려두지 않았다.

"난 토스트 먹겠다고요! 아무것도 얹지 않은, 그냥 흰 빵 토스트요. 그건 이 세상에서 제일 만들기 쉬운 음식이에요. 나도 집에서 만들 수 있어요. 근데 왜 여기서는 먹을 수 없어요?"

탤리가 소리를 질렀다.

옆 테이블에서 쿡쿡 코웃음 치는 소리가 들렸다. 탤리가 획 돌아보니, 그쪽 가족 다섯 명이 전부 탤리를 바라보고 있었다. 그 모습을 보자 이른바 친구라는 아이들이 맥도날드 밖에서 자신을 빤히 쳐다보던 광경이 떠올랐다.

"그렇게 빤히 쳐다보는 건 무례한 짓이야! 아무도 그걸 가르쳐 주지 않은 거야?"

탤리가 소리쳤다.

"저 아이 예의범절 좀 배워야겠네."

그쪽 테이블 엄마가 혀를 끌끌 찼다. 그 뒤에 앉은 손님들도 동의한다는 듯 고개를 끄덕였다.

"저 아이가 우리 집에서 이틀만 지내면 공공장소에서 저렇게 행동하지 않을 텐데. 다 부모 탓이지. 요즘 부모들은 아이들을 제대로 가르치지 못한다니까."

다른 여자가 중얼거렸다.

"휴대 전화를 너무 오래 들여다봐서 그래요. 처음부터 규칙과 제한선을 분명히 정해 놔야 한다니까요. 난 항상 그렇게 말하는데."

첫 번째 여자가 그렇게 맞장구를 쳤다.

"그냥 토스트 하나 줘요! 그게 뭐 그렇게 어려워요!"

탤리가 악을 썼다. 넬의 얼굴이 시뻘겋게 물들고, 아빠가 두 손으로 얼굴을 감싸는 것도 신경 쓰지 않았다.

"손님께 더 적합한 식당을 정중히 제안해도 될까요? 어쩌면 더 편안하고, 다른 손님들도 덜 불편해하시는 곳으로요."

웨이터가 싸늘한 목소리로 말했다.

"그럼 제가 이렇게 정중하게 제안하면 어떨까요? 이 식당에서 얼른 가서……."

그러나 탤리는 아빠가 무슨 말을 하는지 뒷부분은 듣지 못했다. 왜냐하면 엄마가 탤리와 넬을 식당 밖 거리로 이끌고 나갔으니까. 엄마 손에는 아이들의 코트가 들려 있고, 입술은 분노로 부들부들 떨렸다.

뒤따라 아빠가 나왔다. 모두 거리에 서 있었다. 엄마는 넬의 귀에 뭐라고 조용조용 속삭이고, 그러면서 탤리의 등을 쓰다듬어 주었다. 탤리는 엄마가 왜 그러는지 정말 이해할 수 없었다. 하지만 그러면 엄마 기분이 나아지는 것 같아 보여서 잠자코 있었다. 조금 귀찮고 짜증이 났지만 말이다.

"음, 누가 집에서 생일 토스트 만들래? 찬장 뒤에 초콜릿 스프레드 병이 숨겨진 것 같은데. 맘대로 열어도 돼."

아빠가 말했다.

모두 길을 걷기 시작했다. 그때 탤리가 문이 열린 맥도날드 앞에 멈춰서 아이들이 다 갔는지 잽싸게 안을 들여다보고는 말했다.

"나 정말 배고파 죽겠어. 우리 여기 가면 안 돼?"

"여기도 토스트는 안 팔아. 솔직히, 아까 그 식당보다 여기가 우리한테 필요한 음식을 줄 것 같지는 않아."

아빠가 애써 웃으려 하며 말했다.

거리에서 풍겨 오는 냄새 때문에 탤리 배에서 꼬르륵 소리가 났다. 탤리는 가족들을 바라보며 고개를 저었다.

"근데 나 이제 토스트 먹고 싶지 않아. 나 정말, 정말 버거 먹고 싶어."

탤리가 가족들에게 말했다.

"지금 장난하니? 아까 그렇게 난리를 쳐 놓고는 이제 와서 변덕을 부려?"

넬이 작은 소리로 투덜거렸다.

탤리가 이마를 찡그렸다.

"무슨 난리? 그리고 나 변덕 부리는 거 아니야. 지금은 다른 걸 먹고 싶을 뿐이야."

"이제부터 네 미들 네임은 트러블, '문제아'야."

넬이 인상을 쓰며 중얼거렸다.

"아니야. 내 미들 네임은 올리비아야. 언니는 너무 무식해서 모르겠지만."

탤리가 넬에게 벌컥 화를 냈다.

"자, 자, 그만! 우리 여기서 결정하자."

아빠가 이렇게 말하며 엄마를 바라보았다. 엄마는 어깨를 으쓱하며 아빠한테 말했다.

"당신이 결정해. 아직 당신 생일이잖아."

"그러면."

아빠가 한 손에는 탤리를, 다른 한 손에는 넬을 잡고 둘을 맥도날드 안으로 이끌었다.

"그러면, 난 큼지막한 버거와 감자튀김으로 내 생일을 축하하고 싶어! 그게 훨씬 멋지겠는걸. 아까 그 비싸고 잘난 척하는 식당의 메뉴보다는 말이야."

주문하려고 모두 줄을 서자 탤리가 속삭였다.

"생일 축하해, 아빠. 좋은 하루 보냈기를 바라."

아빠도 속삭여 대답했다.

"지금 아주 좋구나. 이게 정말로 중요한 거지."

날짜 10월 17일 금요일

상황 아빠 생일을 축하하기 위한 가족 식사

불안감 정도 처음에는 8로 시작했다. 내가 호랑이 가면을 썼을 때는 3으로 줄어들었다.

나의 일기장에게

　오늘 밤 나는 완전히 어디에 갇힌 느낌이었어. 내가 가족들을 힘들게 했다는 거 알아. 나도 정말 힘들어. 마치 얼음장 같은 손이 내 목을 꽉 움켜잡고 나에게 그런 행동을 시키는 것 같아. 내가 설명해 줄게.

탤리의 자폐증 정보 : 꼼짝없이 갇힌 기분

단점 누구나 기분이 나쁠 때가 있다. 하지만 나는 별것 아닌 일로 감정이 상한다. 일단 그런 일이 일어나면 헤어나기가 정말 힘들다. 내가 다른 사람들보다 모든 것을 훨씬 잘 느끼기 때문인 듯하다. 그럴수록 나는 거기에 더 갇혀 버린다.

　나쁜 생각이나 감정에 갇히면, 온 세상이 우울하고 잿빛으로 보인다. 나는 내 것이 아닌 몸에 갇혀 버린다. 엄청 불편하다. 그래서 울고 싶어진다. 사람들이 부정적인 몸짓을 하면 기분이 나빠진다. 사람들이 내게 뭘 물어볼 때도 그렇다. 그리고 당연히, 학교에서 힘겨운 하루를 보내는 것도 늘 그렇게 된다. 그러니 지난 며칠 동안 학교에서 내가 얼마나 갇혀 있는 기분이었을지 상상해 보라. 마치 우리가 초등학생 때 자주 하던 '얼음 땡 놀이' 같다. 누가 탁 쳐서 나를 얼음 상태에서 풀어 줘야 하는데, 기꺼이 나를 풀어 주려 하는 사람이 아무도 없다.

배고프거나 목이 마르거나 피곤해서 화가 날 때, 상황은 걷잡을 수 없이 나빠진다. 나한테 음식이나 음료나 잠 등이 필요할 때, 내 몸이 무얼 원하는지 내가 언제나 잘 아는 건 아니다.

꼼짝없이 갇힌 기분이 들 때 도움이 되는 것들

① 내게는 말랑이 장난감이 있다. 고무로 만든 스트레스 공과 약간 비슷하다. 말랑이 장난감은 내 불안감을 없애는 데 도움이 된다. 느낌도 좋고 냄새도 좋다. 나는 가게에서 내 마음에 꼭 드는 말랑이 장난감을 고를 때 시간이 오래 걸린다. 그러면 넬은 무지 창피해한다. 내가 포장 상자를 다 열고 일일이 만져 보니까.

② 무엇에 정말로 집중하는 것. 이를테면 피아노 치기, 유튜브로 테일러 스위프트의 노래 감상하기 그리고 지금처럼 글쓰기. 가끔 그럴 때면 나쁜 기분이 순식간에 사라진다.

③ 동물. 동물이 있으면 모든 게 오케이다.

④ 사람들이 내 기분이 나쁜 걸 모른 척하고 감정적으로 받아들이지 않으면, 나는 차분히 빠른 시간 안에 그런 기분에서 쉽게 벗어난다. 친절한 위로의 말은 내가 구덩이에 빠졌을 때 밖으로 나올 수 있게 밧줄을 던져 주는 것과 같다. 하지만 사람들은 보통 나에게 버럭 화를 낸다. 그러면 나를 구덩이 속으로 더 깊이 밀어 넣는 셈이고, 나는 그 구덩이 속에 더 오랫동안 있게 된다. 다른 사람과 함께 구덩이 속에 빠졌을 때 밖으로 나가는 유일한 방법은, 구덩이를 어떻게 빠져나갈 수 있는지 함께 대화를 나누는 것이다.

⑤ 때때로 내 친구들은 나를 웃겨 주기도 한다. 그러다 보면 나쁜 기분에서 빠져나올 수 있다. 하지만 자연스러워야 한다. 나는 사람들이 우습지 않은 농담을 너무 열심히 할 때 내가 웃는 척해야 하는 게 정말 싫다. 그런데 바로 우리 아빠가 그런다! 그래도 지금 당장은 친구라는 애들보다 아빠가 낫다.

장점 이런 기분의 장점이라고 할 만한 게 있다면, 그건 친구들이 우울해할 때 내가 제법 도움이 된다는 거다. 어떻게 하면 도움이 되는지 내가 잘 아니까. 나는 가끔 친구들에게 도움이 되는 방법을 제안할 수도 있다. 사실 가끔은, 자폐가 있는 사람이 감정을 훨씬 잘 이해한다. 그렇지 않다고 생각하는 사람도 있겠지만 말이다. 나쁜 기분에 너무 자주 빠지다 보니, 어떻게 하면 기분이 좋아지는지 스스로 터득했기 때문인지도 모른다.

20

"루퍼트, 나야. 그러니까 겁먹지 마, 알았지?"

탤리는 어깨 너머로 얼른 주위를 살펴보았다. 주위에 아무도 없다. 아빠는 일하러 가고 엄마는 부엌에서 그림 작업을 하려고 이젤을 세우고 있었다. 오늘 아침에는 넬이 보이지 않았다. 넬은 중간 방학 내내 기분이 썩 좋지 않았다. 탤리가 기억하는 가장 따분한 몇 주였지만 별로 신경 쓰지 않았다. 학교에서 스트레스를 받은 뒤여서, 밖에 나갈 필요 없이 잠옷을 입고 온종일 집 안을 어슬렁거리는 게 아주 좋다. 탤리는 다른 주에도 기분 좋게 집에 있고 싶지만, 오늘 학교가 시작한다. 그래도 집에서 많은 시간을 보낸 덕분에 많은 게 훨씬 좋아졌다.

탤리는 가능한 한 재빨리 아래층으로 살금살금 내려가 다용도실 쪽으로 갔다. 루퍼트는 자기 자리에 엎드려 침울한 표정으로 탤리를 쳐다보았다. 여전히 입마개를 쓰고 있다. 엄마는 루퍼트가 낮에는 반드시 입마개를 해야 한다고 했다. 입마개를 해도 아프지 않고 음식을 먹고 물을 마실 수 있다고 했지만, 탤리는 정말 잔인하다고 생각했다. 아빠는 매일 아침저녁으로 루퍼트를 데리고 산책을 했다. 엄마와 아빠는 루퍼트가 점점 더 난폭해지고 통제하기 힘들어진다고 생각한다. 그래서 입마개를 하고도 진정되지 않으면 루퍼트를 동물 보호소로 데려가야 한다고 했다. 제숍 부인이 얼른 다 낫지 않는다면 말이다.

탤리가 다용도실 문 옆 바닥에 천천히 몸을 낮추면서 속삭였다.

"내가 앉아도 얌전히 있을 거지? 너랑 같은 공간에 있는 것도 아니야. 그리고 널 절대 만지지 않을 거야, 알겠지? 다 괜찮아. 넌 나랑 같이 여기 가만히 있기만 하면 돼."

루퍼트의 눈길이 탤리를 향했다. 탤리가 주머니에서 공을 하나 꺼내자, 루퍼트는 탤리의 움직임을 모두 볼 수 있게 자세를 바꾸었다.

탤리는 그 공을 손에 꼭 쥔 채 설명했다.

"내가 좋아하는 말랑이 장난감이야. 정말 부드러워. 걱정이 생기면 난 이걸 만지작거려."

루퍼트가 나지막이 으르렁거렸다. 탤리는 고개를 끄덕였다.

"그래. 네가 여기에 있어서 걱정이 많다는 거 나도 알아. 하지만 괜찮아, 루퍼트. 정말이야. 이제 그렇게 신경을 곤두세우고 겁먹을 필요 없어. 네가 펄쩍 뛰고 시끄럽게 짖어 대면 사람들이 귀찮아하거든. 네가 그러면 나도 안 좋아해. 알겠지?"

탤리는 루퍼트를 매섭게 바라보았다.

탤리가 한 손에서 다른 손으로 공을 이리저리 움직이자 루퍼트의 눈이 번득였다. 위층 문이 쿵 닫혔다. 곧 넬이 계단을 뛰어 내려와 어서 학교에 가자고 재촉할 거다. 그래서 탤리는 미처 제대로 생각할 시간도 없이, 자기가 좋아하는 그 공을 울타리 너머 루퍼트의 발 앞으로 굴렸다.

루퍼트는 그 공을 내려다보고 다시 탤리를 쳐다보았다.

탤리가 루퍼트한테 말했다.

"그 공 빌려줄게. 내가 학교에 가 있는 동안만. 하지만 물어뜯거나 침을 잔뜩 묻히지는 말아 줘. 그건 아주 배려심 없는 짓이니까. 만약 함부로 다루면 다시는 내 물건 갖고 놀지 못하게 할 거야."

루퍼트는 머뭇머뭇 발을 뻗어 공을 내리쳤다. 탤리는 넬이 부르는 소리를 듣고 웃으며 자리에서 일어났다.

"학교 갔다 다시 올게."

탤리가 약속했다.

"좋은 하루 보내."

탤리와 넬이 함께 교문으로 들어가는 동안 학교 종이 울렸다. 넬은 아무 말도 없이 뛰어갔다. 탤리는 이번에는 자기가 또 무슨 잘못을 저질렀나 궁금해하며 한숨을 내쉬었다. 저 앞에 있는 라일라와 다른 아이들이 보였다. 그러자 기분 상한 언니 생각이 머릿속에서 말끔히 씻겨 나갔다. 끔찍했던 지난주부터 오늘까지 일주일이 흘렀다. 지금쯤 아이들은 전부 평소처럼 돌아와 있을까?

"라일라, 안녕! 잠깐만 기다려!"

탤리는 가방을 어깨에 메고 운동장을 가로질러 계단으로 달려가 문 앞에서 아이들을 따라잡았다.

"기다리라니까! 라일라!"

탤리가 몇몇 덩치 큰 아이들을 밀치며 숨을 헉헉댔다.

"너 무슨 소리 들었니?"

루시가 벽 옆에서 걸음을 멈추고 주위를 둘러보며 물었다. 마치 거기에 아무도 없는 것처럼, 루시의 시선은 탤리를 그냥 지나쳤다.

"아니, 아무 소리 못 들었는데."

아이샤가 코를 찡그리며 대답했다.

"라일라?"

탤리가 베프에게 손을 흔들었지만, 라일라는 탤리를 바라보지 않고 복도 쪽을 물끄러미 바라보았다. 그 시선을 따라가 보니 달갑지 않은 장면이 보였다. 재스민과 루크가 이리로 걸어오고 있었다.

"안녕! 중간 방학 어땠어?"

라일라가 앞으로 뛰어가 재스민을 얼싸안았다. 탤리에게 자주 하던 그런 포옹이었다.

"지겨웠어. 엄마가 남동생을 돌보라고 했거든. 맥도날드에 갈 돈도 안 주면서 말이야. 엄마는 그게 돈 낭비래. 엄마는 뭐든 다 아는 것처럼 말한다니까."

재스민이 투덜거렸다.

"어쨌든 이렇게 다시 만나니까 정말 좋다, 안 그래? 그날 정말 재미있지 않았어?"

아이샤가 활짝 웃으며 물었다.

"최고로 재미있었지! 일주일 내내 너희랑 놀아도 된다고 허락받으면 좋겠어!"

재스민이 머리카락을 뒤로 휙 넘겼다.

탤리는 대화에 끼어들려고 입술을 뗐다가 다시 꾹 다물었다. 아빠 생일날 저녁 먹으러 레스토랑으로 가던 길에 맥도날드 앞에서 있었던 일이 떠올랐다. 탤리는 중간 방학 동안 거의 대부분의 시간을 루크가 자기 가면을 봤을지 걱정하며 보냈다. 하지만 이제 아이들이 모두 눈앞에 있다. 아이들이 왜 자기만 빼놓고 시내에 갔는지 그제야 궁금해졌다.

"이번 주 금요일에 또 가자! 다른 아이들도 몇 명 같이 갈 수 있을지 몰라."

루시가 말했다.

"더 많을수록 더 재미있겠지. 모두 환영이야. 물론 고자질쟁이만 빼고."

루크가 덧붙이며 몸을 돌려 탤리를 빤히 바라보았다. 하지만 탤리는 루크의 말에는 관심이 없었다.

탤리는 라일라를 보며 물었다.

"왜 나 초대 안 했어? 나도 함께 맥도날드 갈 수 있었는데."

정확히 말해 그건 사실이 아니었다. 물론 그런 일은 없겠지만, 엄마 아빠가 혼자 가게 허락해 줬다 하더라도 탤리는 어른 없이 시내에서 노는 걸 좋아하지 않는다. 무슨 일이든 일어날 수 있으니까.

그렇지만 친구가 같이 가지 않겠느냐고 물어봐 줬다면 행복했을 거다.

"내가 한 말 못 들었어? 고자질쟁이 빼고 누구나 환영이라고."

루크가 콧방귀를 뀌었다. 루크 입가에 꾸며 낸 웃음이 크게 번졌다.

"그러니까 너 빼고 모두 환영이라는 뜻이야. 그리고 어쨌든 넌 그날 밤에 부모님과 일이 있었잖아, 안 그래? 세상에! 네가 가족이라니, 너희 부모님은 분명 사는 게 끔찍할 거야. 장담하건대, 어디 다른 곳으로 가고 싶을 거야."

"나 맥도날드에 갈 수 있었어. 나한테 물어보는 거 잊어버렸어?"

탤리는 다시 물었다. 루크가 내뱉은 모욕적인 말을 알아들었지만 라일라에게서 눈을 떼지 않았다. 이제 라일라는 잃어버린 물건이 있기라도 한 것처럼 가방을 뒤지고 있었다.

"아무도 너한테 물어보는 거 잊지 않았어, 탤리. 우리는 너랑 같이 거기 가고 싶지 않았어. 역사 시간에 네가 루크한테 그렇게 한 뒤에는 확실히."

루시가 정말 지겨워 못 들어 주겠다는 듯 한숨을 내쉬면서 말했다.

탤리는 얼굴을 찡그렸다.

"난 루크한테 아무 짓도 안 했어! 루크가 시험지를 훔쳤어. 내가 아니라. 시험지를 가방에 넣은 것도 내가 아니야."

"하지만 너는 킹 선생님한테 그게 나였다고 일러바쳤잖아, 안 그래? 네가 고자질하지 않았으면 선생님은 몰랐을 거야."

루크가 얼굴을 붉히며 폭발했다.

탤리는 고개를 저으며 주변에 우르르 몰려든 아이들을 애써 모른 척했다.

"누가 본 사람 있냐고 선생님이 물었어. 나 혼자 진실을 말한 거야."

탤리가 말했다.

루크가 눈을 가늘게 떴다.

"네가 날 곤경에 빠뜨리려 했다고."

"난 그저 사실대로 말했을 뿐이야. 라일라, 네가 저 애한테 말해 줘."

탤리가 따졌다.

"너는 날 싫어해. 그래서 킹 선생님이 나한테 방과 후 학교에 남는 벌을 줬으면 하고 바란 거잖아."

루크가 앞으로 다가왔다. 그러나 탤리는 얼굴에 루크의 입김이 확 느껴졌을 때조차 꼼짝하지 않았다.

옆에서 누가 낄낄 웃었다. 라일라는 안절부절못하고 주위를 둘러보며 말했다.

"얼른 가자. 내가 말했잖아, 쟤는 어쩔 수 없다고. 저 애 잘못이 아니야."

"그건 사실이 아니야, 안 그래? 그건 실수가 아니었어. 탤리는 자기가 무슨 짓을 하는지 정확히 알고 있었어. 그러니 쟤를 감싸 주려 하지 마, 라일라. 솔직히 말하면 네가 어떻게 그렇게 오랫동안 저 애를 견뎌 냈는지 난 알다가도 모르겠어."

루크는 씩 웃었다. 하지만 탤리는 루크가 이 모든 상황을 재미있어하지 않는다는 걸 알았다.

"넌 나한테 별종이라고 부르지 말았어야 해. 내가 킹 선생님한테 말한 건 전부 네 탓이야."

탤리가 주먹을 불끈 쥐고 작은 소리로 말했다.

"거봐. 그러니까 네가 날 벌 받게 하려고 그랬다는 거네!"

루크가 소리쳤다. 목소리가 의기양양했다.

루크는 다른 아이들을 바라보며 눈을 치켜떴다.

"이럴 줄 알았어. 저 애가 하는 말 들었지? 저 애는 나한테 화가 나 있었던 거야. 그래서 일러바쳤다고."

"그건 용서할 수 없어. 너는 그러지 말아야 했어, 탤리."

재스민이 중얼거렸다.

"난 그런 뜻으로 한 말이 아니야. 내 말은……."

탤리가 주변을 휙 둘러보았다.

그러자 루시가 두 손을 허리춤에 올리며 말했다.

"킹 선생님이 루크 아빠한테 이메일 보냈다는 거 알아? 훔친 시험지가 루크 가방에서 나왔다고 말했어. 루크 아빠가 노발대발했다고!"

"입 닥쳐, 루시. 우리 아빠가 뭐라고 했든 그건 네가 알 바 아니야."

루크가 바닥에서 가방을 집어 들며 중얼거렸다.

한순간 어색한 침묵이 흘렀다. 모두 갑작스레 탤리나 루크를 피해 이리저리 눈길을 돌리는 것 같았다. 마른하늘의 번개처럼 공정하지 못한 일이 탤리를 내리쳤다. 너무 갑작스럽고 충격적이라 다리가 후들후들했다.

탤리가 큰 소리로 말했다.

"난 루크나 루크 엄마 아빠는 신경 안 써. 이제 그런 건 그만 얘기하면 안 될까? 저런 역겨운 녀석을 아들이랍시고 견디느라 그분들이 얼마나 끔찍한 삶을 사는지 이야기할 게 아니라면 말이야. 내가 저 애 부모라면 도망갔을 거야."

침묵이 이어진 건 당연했다. 걱정과 기대가 크게 뒤섞였다. 탤리는 노려보았다. 이전에는 볼 수 없던 표정이 루크의 얼굴에 번지는 것을 뚫어져라 쳐다보았다. 그것은 분노도 아니고 역겨움도 아니고 협박도 아니고 잔인함도 아니었다. 탤리가 루크를 보며 떠올렸던 그 어떤 표정도 아니었다. 대신, 눈동자 속에서 불꽃이 이글거리는 것 같았다. 도저히 믿을 수 없다는 듯 입은 쩍 벌어졌다.

종이 다시 울리고, 모여 있던 아이들이 마지못해 움직이기 시작했다. 하지만 상장 진열장 앞에 있던 아이들은 사악한 요정의 저주를 받기라도 한 것처럼 그 자리에 멈춰 서 있었다.

"저 애가 방금 우리 엄마에 대해 뭐라고 한 거야?"

루크가 중얼거렸다. 루크의 입만이 유일하게 움직였다.

루크의 말이 주문을 깨기라도 한 것처럼 아이들이 움직였다.

아미트가 루크 어깨에 손을 얹으며 말했다.

"가자, 친구. 쟤는 상대할 가치가 없어."

루시도 아이샤의 손을 와락 움켜잡고 잡아당겼다.

"우리 늦겠어! 라일라, 쉬는 시간에 보자!"

"우리도 가야 해."

재스민이 라일라에게 말했다. 하지만 라일라가 꼼짝하지 않자 재스민은 고개를 절레절레 저으며 다른 아이들을 따라 교실로 들어갔다. 아미트는 재스민 옆에 있었다.

"괜찮아."

라일라가 부드럽게 말했다. 탤리는 잠시 마음이 놓였다. 그러나 라일라의 눈길이 자신을 향한 게 아니라는 걸 이내 알아차렸다.

"내가 말했지. 저 애는 어쩔 수 없다고. 저 애가 아무리 상처 주는 말을 하더라도 넌 그냥 무시하고 신경 쓰지 말아야 했어."

"나 지금 바로 네 앞에 서 있어! 마치 내가 여기에 없는 것처럼 말해선 안 돼."

탤리가 두 손을 흔들며 말했다.

루크가 눈을 감았다 다시 떴을 때는 불꽃이 꺼져 있었다.

"저 애한테 말해. 난 저 애를 무시할 거라고. 그리고 저 애도 날 무시해도 좋다고."

루크가 이어 말했다.

"그리고 우리 엄마에 대해 또 뭐라고 지껄이면, 그때는 후회하게 될 거라고."

그러고 나서 루크는 몸을 휙 돌려 아이들 속으로 사라졌다.

"쉬는 시간에 어디서 만날까? 또 비가 올 것 같아. 그러니까 비 맞지 않는 곳을 찾아야 해. 난 비 맞고 싶지 않거든!"

탤리가 몸을 초조하게 흔들며 물었다.

라일라가 얼굴을 찌푸리며 물었다.

"방금 무슨 일이 있었는지 못 들었어? 네가 루크를 난처하게 한 것만으로도 이미 충분히 나빠, 탤리. 그런데 네가 방금 그 애 엄마에 대해 한 말은 도저히 용서할 수 없어."

"내가 뭐라고 했는데? 나는 그 애가 말한 그대로 말했을 뿐이야."

탤리가 당혹스러운 표정으로 말했다.

"뭐라고? 네가 말했잖아. 그 애가 아들인 걸 견뎌야 한다고. 기억 안 나?"

이제 라일라가 당혹스러운 표정을 지었다.

탤리는 발을 쿵쿵 구르고 싶은 욕구를 꾹 참았다.

"물론 기억나, 라일라. 그리고 나도 기억하고 있어. 그 애가 나한테도 똑같이 말했다는 거! 그러니까 괜찮아!"

라일라가 으르렁댔다.

"아니, 괜찮지 않아. 그건 같은 게 아니야. 그 애가 그렇게 말했을 때 네 감정에 상처를 주진 않았어. 그리고 어쨌든 그건 어느 정도 사실이야. 너네 엄마랑 아빠는 너를 견뎌야 하잖아."

"그 애는 날 상처 줬어, 분명히."

탤리는 두려움을 느끼며 톡 쏘아붙였다. 라일라가 전에 이런 식으로 말한 적은 한 번도 없었다. 그리고 라일라마저 탤리를 고통 덩어리라고 생각한다면, 그렇다면 그건 어쩌면 정말 사실일지도 몰랐다.

"하지만 난 그 애보다 견디기 훨씬 쉬워. 나는 진실만을 말해. 만약 그 애가 우리 가족이라면 난 정말 달아날 거야."

"너 그런 식으로 말하면 안 돼. 나 심각해, 탤리. 이번엔 네가 너무 심했어."

라일라가 씩씩거렸다. 두 뺨이 붉으락푸르락했다.

"왜? 그 애는 그런 말 하는데, 왜 나는 그러면 안 돼? 그건 공평하지 않아!"

탤리도 씩씩거리며 받아쳤다.

"왜 안 되는지 너는 알아."

라일라가 텅 빈 복도를 둘러보며 말했다.

"작년에 너도 학교에 같이 있었잖아. 루크에게 무슨 일이 있었는지 아무도 얘기하지 않았지만, 우리는 다 알았어. 까먹은 것처럼 굴지 마. 루크 엄마가 도망갔잖아. 아빠하고 루크 둘만 남겨 놓고. 그래서 네가 한 말이 엄청나게 끔찍하다는 거야."

그러고는 라일라는 가 버렸다. 이제 탤리는 혼자 남았다. 6학년 때 루크가 화장실에서 울던 기억이 너무 늦게 떠올랐다. 모든 것이 다 잘못되어 가라앉는 느낌이었다.

21

 탤리와 넬이 교문을 지날 때 종이 울렸다. 넬은 말 한마디 없이 서둘러 들어갔지만, 탤리는 두 눈으로 운동장을 살피며 천천히 걸었다. 라일라도 루시도 아이샤도 보이지 않았다. 친구들이 어디에 있든, 여기에는 없었다. 아무도 탤리와 함께 학교에 들어가려고 기다리고 있지 않았다. 온종일 혼자 지내야 한다는 생각을 하자 심장이 마구 뛰었다. 하지만 다시 혼자 지내는 게 더 나쁜지, 아니면 늘 무시당하면서 아이들 꽁무니나 졸졸 따라다니는 게 더 나쁜지 확신이 서지 않았.

 첫 시간은 연극 수업이었다. 수업이 시작되자 자면 선생님이 웃음을 띠고 기다렸다.

 "오늘은 새로운 대본을 연습할 거야. 벽 쪽에 가방을 내려놓고 자리에 앉아라."

선생님이 아이들에게 말했다.

교실 한가운데에 의자가 동그랗게 놓이고, 저쪽에 루시와 아이샤가 함께 앉았다. 탤리는 손가락 주위의 살갗을 꾹꾹 누르며 천천히 그쪽으로 다가갔다.

"안녕! 오늘 아침 교문에서 안 보이더라."

탤리가 아이샤 옆자리에 앉으며 조용히 물었다.

루시는 아이샤에게 무슨 말을 중얼거렸다. 그러자 아이샤가 키득키득 웃었다.

"그나저나 모두 어디 있었어?"

탤리가 다시 물었다.

탤리는 포기하지 않을 거다. 탤리는 계속 연구했다. 어젯밤에는 넬의 잡지를 빌렸다(음, 넬은 탤리가 그 잡지를 훔쳐 갔다고 짜증을 냈지만 탤리는 돌려줄 생각이었다. 넬이 탤리의 손에서 그 잡지를 빼앗으려고 하지만 않았어도 잡지가 찢어지는 일은 결코 없었을 거다). 거기에는 친구 사귀는 법을 다룬 기사가 있었다. 정확히는 "파티에서 인싸 되는 법"이라고 나와 있었다. 파티는 너무 시끄럽고 음악은 대개 테일러 스위프트가 아니기 때문에 탤리는 파티를 싫어한다. 그래도 어쨌든 그 기사를 읽었다. 기사에 따르면, 대화를 나누고 질문을 할 흥미로운 소재를 찾아야 한단다. 다른 사람이 자기 말을 귀담아듣고 중요하게 느끼도록 말이다.

탤리는 몸을 기울여 아이들 얼굴을 똑바로 바라보았다.

"우리 강아지 얘기 해 주고 싶었어. 너희들 강아지 좋아하잖아. 너희 집 강아지 이름이 로지 아니었어, 아이샤? 로지 정말 귀엽겠다. 우리 강아지도 엄청 귀여워!"

아이샤가 고개를 휙 돌리고 말했다.

"너 강아지 없잖아. 또 네가 지어낸 얘기지?"

목소리에서 싸늘함이 느껴졌다.

탤리는 믿기지 않는 표정으로 아이샤를 응시했다.

"우리 집에 강아지 있어. 이름은 루퍼트고 그레이하운드종이야. 경주에서 상도 되게 많이 받았어. 하지만 지금은 다리가 세 개밖에 없어서 더는 경주에 나가지 못해."

"그럼 세 발 달린 강아지 경주에서 우승할 수 있겠네. 그게 진짜 강아지라면 말이야."

루시가 킥킥대며 말했다.

루시는 아이샤 옆에 몸을 바짝 기대어 뭐라고 속삭였다. 루시가 방금 한 말을 생각하자 탤리의 머릿속이 윙윙거리기 시작했다. 탤리는 자리에서 일어나 소리치고 싶었다. 하지만 그러면 아무도 탤리를 좋아하지 않을 거다. 평범한 사람은 자기 감정을 차분히 가라앉힐 줄 알기 때문이다.

"그거 아주 불쾌한 말이야. 그리고 그 강아지는 진짜야. 난 거짓말쟁이가 아니야."

그러자 루시가 고개를 들고 말했다. 목소리가 컵케이크처럼 달콤했다.

"아, 그래? 미안한데, 우리 지금 여기서 개인적인 이야기를 하는 중이거든."

"솔직히 네 이야기는 아니야."

아이샤가 덧붙였다. 그러고는 루시와 머리를 맞댔다. 둘이 깔깔 웃는 소리가 탤리한테 방해하지 말라고 하는 신호처럼 위로 두둥실 떠올랐다.

탤리 이야기를 하지 않는다면서 왜 저러는지 궁금했다.

"다 왔니?"

자먼 선생님이 자리에 앉아 교실을 둘러보며 묻더니 빈 의자 하나를 보고 눈살을 찌푸렸다.

"다 오지 않았구나."

"루크가 안 왔어요, 선생님. 오늘 아침에 케네디 선생님 사무실에서 봤는데요."

알렉산드라가 걱정스러운 표정으로 말했다.

빙 둘러앉은 7학년 아이들 사이로 호기심이 파도처럼 넘실거렸다.

"10학년 아이랑 싸웠대요."

남자아이 하나가 말했다.

"루크가 갑자기 이유 없이 덤벼들었대요. 분명히 여기저기 피가 묻어 있었어요."

누가 덧붙였다.

"내 친구가 그러는데, 루크는 퇴학당할 거래. 아마 영원히."

아이샤가 마침내 루시에게서 떨어지며 말했다.

"정말 쓸데없는 추측이구나. 자, 이제 수업 시작하자. 헛소문 얘기는 그만하고! 음, 이 연극의 배경은……."

자먼 선생님이 진지한 표정으로 말했다.

하지만 말을 잇기도 전에 문이 열리고 케네디 선생님이 교실 안으로 들어왔다. 그 뒤를 루크가 따라 들어왔는데, 셔츠에 흙이 잔뜩 묻어 있고 한쪽 소매는 어깨까지 쭉 찢겨 있었다.

"잠깐 얘기 좀 할 수 있을까요?"

케네디 선생님이 자먼 선생님에게 묻고 루크를 돌아보았다.

"넌 얼른 가서 자리에 앉아. 그리고 내 말 명심해라. 이번이 마지막 경고야."

두 선생님이 교실 밖으로 나갔다. 문을 열어 둔 걸 보고 탤리는 마음이 놓였다. 루크는 가방을 바닥에 툭 내던지고 아이들이 앉아 있는 곳으로 성큼성큼 걸어왔다.

"너 괜찮아? 도대체 무슨 일이야?"

아미트가 물었다.

루크는 빈 의자를 발로 찼다. 의자가 원 한가운데서 빙그르르 돌다 제자리에 우뚝 섰다.

"별거 아니야. 아무튼 좋은 일은 아니야."

루크가 어깨를 으쓱해 보이며 대답했다.

"너 정말 10학년 두들겨 팼어? 그 아이가 병원에 실려 갔다는 게 정말이야?"

루시가 눈을 동그랗게 뜨고 물었다.

루크가 콧방귀를 뀌었다.

"소문을 다 믿어서는 안 돼. 너도 알잖아."

"그 의자 이리 가져와. 선생님 곧 돌아올 거야. 너 또 혼나고 싶지 않잖아?"

아미트가 문 쪽을 초조하게 힐끗 바라보며 루크한테 말했다.

"뻔하지. 내 미들 네임은 '문제아'니까. 케네디 선생님 말에 따르면."

루크가 중얼거렸다. 그래도 아미트가 시킨 대로 의자를 가져와 마라톤을 마친 사람처럼 힘겹게 털썩 주저앉았다.

"그리고 그건 내가 오늘 아침에 선생님한테 들어야 했던 왕짜증 나는 말 중 하나일 뿐이지."

탤리는 조용히 앉아 있었지만 이 말을 듣고는 몸을 꼿꼿이 세웠다.

탤리가 루크를 향해 곧장 물었다.

"네 미들 네임이 뭐라고? 사람들이 나한테도 그런 말을 하는

데, 나 그거 정말 싫거든. 내 미들 네임은 올리비아야."

루크는 탤리를 바라보았다. 분명 깜짝 놀란 표정이었다. 루크는 잠시 뭐라고 대답하려는 듯하다 의자에 몸을 더 깊이 파묻었다. 그러고는 중얼거렸다.

"누가 신경이나 쓴다고. 네 미들 네임이 별종이라는 거, 우리 다 알거든."

"그렇게 부르면 안 돼."

알렉산드라가 중얼거렸다. 하지만 목소리가 너무 작아서 탤리 말고는 아무도 듣지 못했다.

문이 닫히고 자먼 선생님이 아이들 쪽으로 걸어왔다.

"좋아, 7학년. 이제 대본 연습 시작할까?"

선생님은 바닥에서 책 더미를 집어 들고 돌아다니며 한 권씩 건네며 말했다.

"2쪽을 펴 보렴. 주인공이 누군지 살펴봐. 중요도에 따라 적혀 있단다. 그러니 긴 대사를 해 보고 싶은 사람은 목록 앞쪽에 나온 이름 중에서 고르면 돼."

탤리는 대본을 펼쳐 살펴보았다. 어제까지만 해도 자기가 주인공 역을 맡을 수 있는지 물어보려 했다. 탤리는 연극을 좋아하고 잘한다. 탤리는 그걸 안다. 그리고 대본을 읽는 게 정말 좋다. 어떻게 행동해야 하는지, 무엇을 생각하고 느껴야 하는지 파악할 필요가 없기 때문이다. 모든 게 다 대본에 적혀 있다.

"자, 긴 대사를 해 보고 싶은 사람은 손 들어 봐."

자먼 선생님이 말했다.

몇몇 아이가 손을 들었다.

"다 들었니? 도전해 볼 사람 또 없어?"

선생님은 잠시 탤리에게 눈길을 주고 교실을 빙 둘러보았다. 탤리는 얼른 고개를 숙였다. 방금 전 루시와 아이샤의 행동이 모든 걸 바꿔 놓았다. 탤리가 주인공을 맡을 수 있는 방법은 없다. 친구들과 학교 그리고 자신이 무엇을 잘못했는지 잘 모를 때 탤리는 주인공을 맡을 수 없다.

스스로에게 확신을 느끼지 못할 때는.

"넌 어떠니, 루크? 넌 언제나 할 말이 많잖아. 그런 에너지를 연극에 쏟아부으면 어떨까?"

선생님이 루크를 바라보며 물었다.

"완전 싫어요."

루크가 고개도 들지 않고 대답했다. 탤리는 아주 잠깐 루크가 불쌍했다.

"지금도 충분히 연극을 하고 있다고 생각해요."

루크는 주먹을 꽉 움켜쥐고 의자에 꼿꼿이 앉았다. 그러고는 아미트를 보고 활짝 웃으며 말을 이었다.

"전 지금 진짜 연극을 말하는 거예요. 5만 년 전에 죽은 멍청이가 쓴 멍청한 대본이 아니라요."

루크는 몸을 돌려 자먼 선생님을 똑바로 쳐다보았다. 탤리는 루크가 불쌍하다는 생각을 접었다.

"난 우리가 왜 이런 과목을 들어야 하는지조차 모르겠어요. 이건 우리한테 정확히 뭘 가르쳐 주는 것도 아니잖아요, 안 그래요?"

교실 전체가 진공 상태 같았다. 모두 숨을 죽인 가운데 침묵이 흘렀다. 루크와 선생님은 서로를 노려보았다. 탤리는 아빠가 토요일 밤마다 즐겨 보는 옛날 서부 영화에서 결투를 앞둔 카우보이들이 버티고 서 있는 장면이 떠올랐다.

자먼 선생님이 먼저 침묵을 깼다. 선생님은 고개를 끄덕이더니 교탁으로 걸어갔다. 탤리는 다른 아이들이 숨을 내쉬고 쑥덕거릴 때 숨을 죽였다. 이건 아주, 아주 나쁘다. 마을에 보안관이 새로 왔다. 그 보안관 이름은 루크다.

자먼 선생님이 종이 한 장을 꺼내면서 말했다.

"계획을 바꿔야겠다, 얘들아."

7학년 학생이 선생님을 노려보았다는 사실을 고려하면, 선생님 목소리는 무척이나 차분했다.

"대본을 의자 밑에 내려놔라. 잠시 다른 걸 할 테니까."

선생님은 모두 조용해질 때까지 기다렸다가 종이를 펼쳤다. 탤리는 그 종이를 바로 알아보았다.

꿀팁 3. 모든 게 엉망일 때는 작은 것부터 해요.

"이게 무슨 뜻 같니? 모든 게 엉망일 때는 작은 것부터 해라."
자먼 선생님이 아이들을 둘러보며 물었다.

탤리는 얼어붙었다. 이런 일이 일어나리라고는 상상조차 못 했다. 꿀팁을 적어 낸 건 아이들이 다 알게 하려는 뜻이 아니었다. 자먼 선생님만을 위한 거였다. 선생님은 이해할 테니까. 그러나 아이들은 이해하지 못할 거다. 탤리는 의자에서 몸을 움츠리고 손가락을 잡아 비틀며 무서운 느낌을 떨치려 애썼다.

"그건 말이 안 돼요."
아미트가 큰 소리로 말했다. 그러자 루크가 씩 웃음을 보냈다.
"정말이니? 잠시 생각해 보면 어떨까?"
자먼 선생님이 물었다. 목소리는 여전히 차분했지만 눈초리는 단단한 다이아몬드처럼 차갑게 반짝였다.

교실 저쪽에서 여자아이 하나가 쭈뼛쭈뼛 손을 들고 말했다.
"우리 모두 몸을 웅크리고 작아져야 한다는 뜻 아닐까요? 이를테면 우리가 위험에 빠졌거나 뭐 그럴 때요."
"아, 맞아요. 살아남는 방식일 수도 있어요. 그러니까, 동굴 시대처럼요. 사자가 와락 잡아먹으려 들면 공처럼 몸을 웅크려야 해요. 동물의 원초적인 본능처럼요."
알렉산드라가 맞장구쳤다.

"너 참 단순하구나. 사자가 쫓아오는데 바닥에 웅크린다고? 살아남을 수 있는 행운을 빌게."

루크가 콧방귀를 뀌었다.

그 말에 모두 깔깔 웃음을 터뜨렸다. 교실에 떠다니던 긴장감이 좀 풀렸다. 탤리는 손가락을 풀고 슬며시 고개를 들었다.

루시가 불쑥 말을 꺼냈다.

"내 생각에, 그건 조용히 해야 한다는 뜻 같아. 만약 모든 게 잘못되면 그저 말없이 가만히 있어야 해. 그러면 다 지나갈지 몰라."

자먼 선생님이 루시를 보고 웃으며 물었다.

"그게 효과적인 전략일까? 아무 말도 안 하고 상황을 피하면 다 나아질까?"

루시는 고개를 절레절레 저었다.

"아닌 것 같아요. 잘못된 일이라는 게, 우리 집 자동차가 자꾸 고장 나서 엄마가 고치려고 할 때가 아니라면요. 만약 그런 일이 일어나면 잠자코 있는 편이 더 나아요!"

그러자 아미트가 소리쳤다. 루크에게 몇 점 얻어 보려는 것 같았다.

"그건 아주 멍청한 말이라고 생각해요. '모 아니면 도'라고 우리 아빠가 말했어요. 그러니까 할 거면 크게 하고, 그러지 않을 거면 아예 관두라고요. 만약 뭔가 잘못된다면, 제대로 될 때까지 열심히 노력해야 해요."

탤리는 입을 열었다가 곧바로 다시 다물었다. 그게 정말 무슨 뜻인지 아이들에게 말하려고 해 봐야 아무 소용이 없다. 아이들은 탤리처럼 생각하지 않을 테니까. 탤리는 하루 종일 설명해 줄 수 있다. 그래도 아이들은 이해하지 못할 거다. 결국 탤리는 그저 멍청해 보일 거다. 자먼 선생님이 왜 이러는지 탤리는 모른다. 그렇지만 한 가지는 안다. 두 번 다시는 꿀팁 상자에 아무런 제안도 넣지 않을 거다.

"최근 뭔가 잘못된 일에 대해 모두 생각해 봤으면 한다. 일이 너희가 바라는 대로 흘러가지 않았던 때를 떠올려 봐."

자먼 선생님이 아이들에게 말했다.

"몇 가지나 떠올려야 해요? 선생님도 알다시피 우리 중 누군가는 그 목록이 엄청 길지도 모르거든요!"

루크가 팔꿈치로 아미트 옆구리를 쿡쿡 찌르며 물었다.

자먼 선생님은 루크를 바라보고 웃으며 말했다.

"이 활동에 겁먹을 필요는 없어. 비밀을 들추려는 게 아니야. 그냥 개인적으로 생각해 보기를 바란다."

"난 겁나지 않아요. 생각하는 게 뭐가 무서워요, 안 그래요?"

루크가 비웃었다.

"어떤 사람들은 네 말에 동의하지 않을 거다. 가끔은 우리 자신을 그리고 우리가 누구인지를 생각하는 게 그 무엇보다 무시무시할 수도 있어."

자먼 선생님이 말했다.

교실 안이 조용해졌다. 아무도 다른 사람을 쳐다보지 않았다. 탤리는 두 손이 따끔거리는 걸 느꼈다. 그래서 손을 허벅지 밑으로 찔러 넣었다. 학교에서는 절대 팔을 펄럭펄럭 흔들어선 안 된다. 오늘이 아무리 나쁘게 흘러간다 해도 말이다.

선생님이 말을 계속했다.

"자, 이제 각자에게 질문해 보면 좋겠다. 이 상황에서 작은 것부터 시작하는 게 도움이 될까? 만약 너희가 상황을 작은 단계로 쪼개서 한 번에 한 가지씩 문제를 없앤다면, 그게 훨씬 쉽지 않을까?"

선생님이 잠시 말을 멈추었다. 몇몇 아이가 고개를 끄덕였다.

"누가 자기 생각을 말해 볼까?"

자먼 선생님이 물었다.

알렉산드라가 손을 들고 느릿느릿 말했다.

"지난주에 정말 안 좋은 하루를 보냈어요. 엄마하고 다퉜고, 휴대 전화를 떨어뜨렸고, 아빠는 저한테 엄청 화를 냈어요. 학교에 왔을 때는 친구들이 모두 저를 무시하는 것 같았고요. 잠자리에 들 때는 전부 날 미워한다고 생각했어요. 내 삶은 정말 형편없다고요."

자먼 선생님은 공감하듯 고개를 끄덕이며 말했다.

"누구나 그런 날이 있을 거야. 그래, 작게 가면 어떤 도움이 됐을까?"

"음……."

알렉산드라가 눈을 깜박이며 교실을 둘러보았다.

"제 생각에, 모든 게 잘못된 이유는 밤늦게까지 안 잤기 때문이에요. 그래서 피곤하고 기분이 나빴던 것 같아요. 그러니까 그것 때문에 일이 잘못된 거예요. 사람들이 나를 싫어하기 때문이 아니라요."

탤리는 그 애를 바라보았다. 탤리는 알렉산드라가 언제나 웃고 떠들며 활기차게 지낸다고 생각했다. 그런데 그게 아니었나 보다. 알렉산드라는 결코, 단 한 번도, 자기가 좋지 않은 시간을 보내고 있다는 티를 낸 적이 없었다.

그건 알렉산드라가 자신의 진짜 감정을 숨기고 있었다는 뜻이다.

"우리 모두 알렉산드라가 한 말을 이해할 수 있으리라 생각해. 만약 우리가 작은 것부터 시작하지 않으면, 왜 일이 잘못되어 가는지 알아내기가 정말 어려울 수 있어. 중요한 감정은 아주 사소한 사건 속에 숨어 있는 경향이 있거든. 그래서 우리의 감정을 아주 오랫동안 참아야 할지도 몰라. 그러다 아주 사소한 일이 우리를 아주 멀리까지 보내 버릴 수 있어. 그리고 자연스럽게 우리는 생각하지, 그냥 화가 난다고."

자먼 선생님이 말했다.

"저는 주말에 자전거를 타다 다쳤어요. 친구들이랑 놀러 나갔는데, 아이들이 자꾸 저한테 점프를 해 보라고 재촉했어요. 내키지 않았지만 점프를 했죠. 그러다 결국 자전거에서 떨어졌어요. 이것 좀 보세요."

남자아이 한 명이 말했다. 그러고는 한쪽 바짓단을 들어 올려 몹시 아파 보이는 상처를 드러냈다.

"그래, 이 경우에는 작은 것부터 시작하는 게 도움이 됐니?"

자먼 선생님이 물었다.

"점프를 좀 작게 했으면 확실히 도움이 되었을걸요, 선생님."

루크가 농담을 하자 자먼 선생님도 웃음을 터뜨렸다.

"친구들한테 남자답게 보이지 않는 게 싫어서 점프를 했던 것 같아요. 그런데 사실 그건 중요하지 않았어요. 내가 안 하겠다고 했으면 기껏해야 놀림을 받고 끝났겠죠. 놀림 받는 대신에 다친 거예요."

웃음이 잦아들자 그 아이가 말했다.

"어쨌든 친구들이 널 보고 웃었을 거야."

아미트가 덧붙이자, 그 아이가 입으로 우스꽝스럽게 슬픈 표정을 지어 보이며 고개를 끄덕였다.

루크가 자먼 선생님의 머리 뒤쪽 벽에 초점을 맞춘 채 불쑥 말했다.

"오늘 아침 저는 학교에 도착하기도 전에 이미 기분이 안 좋았어요. 그리고 모든 게 점점 더 나빠졌어요."

자먼 선생님은 잠시 아무 말도 하지 않았다. 그러고는 팔을 뻗어 대본을 집어 들고 아이들에게 말했다.

"너희 모두 우리 학교에 안전한 공간이 있다는 걸 알아 두렴. 7학년 학생 한 명이 제안한 새로운 생각이야. 교무실 바로 옆방이다. 누구나 언제든 갈 수 있는 조용한 공간이란다. 상황이 좀 힘겹다고 느낄 때는 거기 가서 쉬면 돼."

탤리는 선생님을 바라보았다. 그건 탤리의 두 번째 꿀팁이었다. 조용한 공간을 제안한 그 학생은 바로 탤리다. 지금 자먼 선생은 누구나 그곳에 가도 된다고 말하는 건가? 선생님은 루크에게 그곳에 가도 된다고 말하고 있다. 마치 루크에게 모든 것에서 떨어져 있을 시간이 필요한 듯이 말이다.

자먼 선생님은 탤리에게 살짝 웃어 보이고는 시선을 다시 대본으로 옮겼다.

"앞으로 언젠가, 일이 잘못되기 전에 안전한 공간으로 가고 싶은 사람이 있을지도 모르겠구나. 하지만 지금은 다른 걸 할 거야. 뭔가 긍정적인 것을 하면서 다시 하루를 시작할 거다. 비록 아주 작은 일이라 해도 말이야. 첫 장면을 읽는 것부터 시작하자. 알렉산드라, 실비아의 대사 좀 읽어 줄래?"

알렉산드라는 활짝 웃으며 고개를 끄덕였다. 모두 대본을 들고 페이지를 찾았다.

"루크, 너는 토머스 역을 맡을 거야."

그건 질문이 아니었다. 탤리는 고개를 들었다. 루크는 대본을 읽기 시작하는 선생님을 뚫어져라 쳐다보았다.

"1막, 1장. 폐허가 된 집에서 장면이 시작한다. 실비아는 바닥에 앉아 있다. 토머스가 무대로 들어와 주위를 살핀다."

자먼 선생님이 낭랑한 목소리로 읽어 나갔다.

탤리는 숨을 죽였다. 방금 전에 그런 일이 있었는데, 자먼 선생님은 도대체 왜 루크한테 이런 걸 시킬 생각을 할까? 선생님은 루크에게 놀아나고 있다. 선생님이 모든 힘을 주었으니 이제 루크가 안 하겠다고 우기면 나머지 수업을 망칠 수 있다. 선생님이 루크한테 작은 것부터 하라고 말한 건 중요하지 않다. 루크는 이해하지 못할 테니까. 그것은 루크 같은 사람에게는 똑같이 적용되지 않는다. 루크는 단지 뭘 이해하거나 실제로 무얼 해냈다고 느끼기 위해 일을 작은 단계로 쪼갤 필요가 없다. 아무 생각 없이 하루하루를 그냥 흘려보내는 그런 부류의 사람이니까.

"이거 정말 멋지겠는걸. 아무도 우리가 여기 있는 걸 알아차리지 못할 거야. 여기는 몸을 숨기기에 완벽한 은신처야. 잘했어, 실비아."

루크 목소리가 교실에 울려 퍼졌다.

탤리는 수업 시간 내내 조용히 앉아 있었다. 수많은 생각으로 마음이 소용돌이쳤다. 탤리는 끔찍한 날을 보낸 유일한 사람이 아니다. 상황이 더 나아질 수 있다는 점을 알게 된 건 탤리만이 아니다. 탤리는 지금껏 정말로 생각해 본 적이 없었다. 하지만 7학년에 자기처럼 너무 다른 사람이 있는데, 아무도 그걸 탤리에게 말한 적이 없다면?

만약 탤리가 그런 유일한 아이가 아니라면?

22

"식탁에서 탤리가 저 물건을 꼭 써야 해요?"

넬이 물었다.

탤리는 그 말을 무시하고 수프를 한 숟가락 떠서 가면 입 구멍에 맞춰 넣었다. 생각처럼 쉽지는 않았다. 토마토수프가 턱으로 떨어지지 않게 조심해야 했다.

"별일 없었지, 탤리? 오늘 학교는 어땠어?"

엄마가 식탁 맞은편에 앉아 탤리에게 미소를 보냈다.

탤리는 대답하지 않았다. 무슨 말을 해야 할지 몰랐으니까. 학교는 지긋지긋하고 슬프고 두렵다. 아무도 탤리와 말하려 하지 않았다. 탤리는 날마다 혼자 지낸다. 점심시간이 최악이다. 라일라 없이는 학생 식당에 갈 수 없으니까. 그래서 늘 복도를 서성거린다. 때때로 자먼 선생님이 마련해 준 조용한 방에 들어간다. 그러나 거기에는 친구들이 없다. 안전한 느낌은 들지만 외롭기도 했다. 탤리가 이런 사실을 엄마한테 시시콜콜 다 말하면, 엄마는 왜 아무도 탤리와 친구가 되려 하지 않는지 궁금해할 거다. 탤리는 그 질문에 어떻게 대답해야 할지 모른다. 탤리도 잘 모르니까.

그러니 아무 말도 하지 않는 편이 훨씬 낫다.

루퍼트가 없었다면 탤리에게는 아무도 없었을 거다. 매일 밤, 엄마 아빠는 거실에서 텔레비전을 보고 넬은 위층으로 가 버리고 나면, 탤리는 언제나 곧장 루퍼트가 기다리고 있는 곳으로 간다.

엄마는 한숨을 내쉬고 아빠에게 하루 일과를 이야기했다. 탤리는 엄마 아빠의 목소리를 흘려들으며 최대한 빨리 먹고 자기 방으로 올라가는 척했다. 하지만 모두 부엌을 떠나자마자 살금살금 아래층으로 내려가 다용도실 쪽으로 갔다.

"안녕, 루퍼트. 나 혼자 왔어."

탤리가 주변에 아무도 없는지 확인하며 속삭였다. 그러고는 계단 문 옆, 복도 바닥에 주저앉았다.

탤리가 자주 찾아가니 루퍼트는 점점 믿음이 생기는 것 같았다. 여전히 겁을 먹은 듯하지만, 저녁마다 탤리가 앉아 있는 문 맞은편으로 조금씩 더 다가왔다. 말은 별로 없어도 루퍼트가 퍽 잘 들어 준다는 사실을 탤리는 알아차렸다. 탤리는 루퍼트에게 라일라와 루시와 아이샤에 대해 그리고 아이들이 마치 자신이 거기 없는 것처럼 군다는 것까지 다 털어놓았다. 탤리는 지난번 연극 수업에서 나왔던 모든 말과 7학년에 중에 또 누가 힘든 일을 겪고 있는지 궁금했다. 탤리는 자기가 고약하게 굴 의도는 없었는데 때로는 모든 게 잘못되어 가는 걸 어쩌지 못한다고 루퍼트에게 말했다. 루퍼트가 두 귀를 쫑긋 세우고 탤리를 바라보는 모습을 보노라면 머릿속에서 소용돌이치는 느낌이 잠시나마 말끔히 사라졌다.

탤리는 루퍼트의 미간을 바라보는 척할 필요가 없었다. 루퍼트와는 눈을 마주치기가 쉬웠다.

"아까 아빠가 엄마한테 하는 말 들었어."

이제 탤리는 손을 뻗어 울타리 안으로 밀어 넣으며 말했다. 탤리의 손과 루퍼트의 코가 아주 가까워졌다. 루퍼트가 주춤주춤 물러서지 않자 탤리는 속으로 웃었다. 아직까지 루퍼트를 만져 보려고 하지는 않았다. 누가 됐건 루퍼트는 다른 사람이 만지는 걸 좋아하지 않으니까. 탤리는 루퍼트가 준비가 되면 자기한테 다가오기를 바랐다. 탤리는 그저 자기가 여기에서 기다리고 있다는 걸 루퍼트에게 알려 주면 된다.

"아빠가 유기 동물 보호소 사람을 만났는데, 다음 주까지는 거기에 네가 있을 공간이 없대. 아빠는 엄마한테 네가 어제 사납게 굴었다고 말했어. 아빠가 정원 문을 나설 때 네가 다리를 잡아당기면서 마구 날뛰었다고.”

탤리가 손을 뒤로 뻗어 자기가 두 번째로 좋아하는 말랑이 장난감을 주머니에서 꺼냈다. 탤리는 말랑이 장난감을 손으로 꾹 누르며 말했다.

“보호소에서 널 당장 데려가지 않는 건 좋은 소식이야. 하지만 넌 더 노력해야 해. 네가 위험하지 않다는 걸 엄마 아빠한테 보여 줄 시간이 부족하니까. 엄마 아빠도 할 만큼 했어. 엄마가 그러는데, 넌 가야 한대. 네가 가고 나면 나는 누구랑 얘기를 하지? 이제 그만 이기적으로 굴고, 규칙을 따르도록 해. 평범한 개처럼 행동할 수 없다면 그런 척이라도 좀 해 봐, 알겠어?”

루퍼트가 꼬리로 바닥을 내리치자 탤리가 웃었다.

“잘했어! 좋아. 평범해 보이기 위한 규칙을 살펴보자. 넌 아주 똑똑한 강아지여서 규칙을 빨리 배울 수 있을걸. 그러면 모두 널 좋아하고, 아무도 널 멀리 보내려 하지 않을 거야.”

탤리는 울타리 문에 기대어 손가락을 꼽으며 규칙을 하나하나 체크했다.

“첫 번째 규칙. 돌발적인 행동은 하지 말 것. 보통 사람들은 네가 조용하고 차분히 있는 걸 좋아해. 답을 떠올릴 때 방방 뛰거나 이상한 소리를 내거나 팔을 펄럭이거나 다리를 떨거나 하면 안 돼. 그렇게 하면 아무리 기분이 좋아진다 해도 말이야. 그러면 절대 안 돼, 알겠지?"

 루퍼트는 앞발로 자기 귀를 툭 털었다. 탤리는 고개를 끄덕였다.

 "두 번째 규칙. 다른 사람인 체하기. 남들과 다르지 않은 듯이 행동해야 해. 사람들은 네 머릿속을 들여다볼 수 없어. 그래서 너는 여전히 너일 수 있어. 하지만 겉으로는 네가 보통 사람들과 다르지 않다고 믿게 해야 해. 그러니까 사람들이 관심 있는 일에 너도 관심이 있는 척해야 해. 사람들이 하는 대로 따라 해야 하고."

 루퍼트는 늘어지게 하품을 했다. 탤리는 루퍼트를 매섭게 째려보았다.

 "널 도와주려고 이러는 거잖아. 누가 말하고 있는데 하품을 하는 건 정말 예의 없는 짓이라고, 그러면 지겨워하는 것처럼 보인다고 엄마가 그랬어. 난 그게 좀 바보 같다고 생각해. 엄마가 숙제를 하라고 하면 나도 어쩔 수 없이 하품이 나오는걸. 하지만 그게 아무리 따분하더라도 넌 안 그런 척해야 해."

 루퍼트가 몸을 움직여 자세를 바꾸었다. 이제 코가 바닥에 닿았다. 루퍼트는 마치 평생 이렇게 흥미로운 이야기는 들어 본 적이 없기라도 한 것처럼 탤리를 올려다보았다. 탤리는 알겠다는 듯이 웃어 보였다.

 "그래, 훨씬 좋네. 그리고 마지막으로 세 번째 규칙. 네 감정을 제대로 된 방법으로 보여 줄 것. 슬플 때는 '나 슬퍼'라고 말하면 사람들이 좋아해. 우는 것마저 좋아할지 몰라. 그렇지만 고함을 지르거나 발을 쾅쾅 구르거나 꽥꽥 소리치거나 마구 날뛰는 건 좋아하지 않아. 그러면 사람들은 네가 화가 났다고, 괜찮지 않다고 생각한단 말이야."

루퍼트는 낑낑거리고 탤리는 눈을 굴렸다.

"나도 알아! 정말 말도 안 된다는 거! 하지만 다른 사람들에게는 중요한 일이야. 사람들이 하는 대로 따라 하면 잘 어울릴 수 있을 거야. 그러니까, 행복하다면 '나 행복해'라고 말해야 해. 그리고 아주 활짝 웃어야 해. 고래고래 악을 쓰며 노래하거나 손을 아주 빨리 문질러서는 안 돼. 그러면 사람들이 네가 걱정하고 있다고 생각하거든. 사실 너는 괜찮은데도 괜찮지 않다고 여기면서 모두 화를 내고 널 괴롭힐 거라는 뜻이야."

거실 문이 열리는 소리가 들리자 탤리는 깜짝 놀랐다.

탤리가 속삭였다.

"나 가 봐야 해. 하지만 내가 방금 한 말 잘 생각해 봐. 그리고 정말로 열심히 노력해야 해, 루퍼트. 그러지 않으면 넌 혼자 남을 거야. 내가 분명히 말하는데, 보호소가 아주 좋은 장소는 아닐 거야."

이튿날 아침 엄마가 방으로 들어올 때까지 탤리는 자리에서 일어나지 않았다.

"일어나 씻어야지, 잠꾸러기. 오늘 아침엔 뭐 먹을래?"

엄마가 경쾌한 목소리로 물었다.

"아무것도 안 먹을래."

탤리는 이불 속으로 다시 파고들어 눈을 감았다. 빌리는 탤리 옆에 꼭 안겨 있었다. 탤리는 꼼짝할 생각이 없었다. 눈을 뜨자마자 엄마가 아침 식사를 물어보려 할 때는 특히 그렇다.

"토스트나 시리얼 중에서 고를 수 있어. 오늘 아빠 컨디션이 별로야. 그래서 하루 집에서 쉴 거야. 아빠랑 같이 먹어도 돼."

엄마는 마치 탤리가 아무 말도 안 한 것처럼 말했다.

"그러고 싶지 않아."

그냥 해 본 말이다. 사실 탤리는 아빠와 함께 아침 먹는 걸 무척 좋아했다. 최근에 아빠는 정말 아주 늦게까지 일을 해서 얼굴 보기도 힘들 정도다. 탤리가 아빠와 함께 아침을 먹는다면 아빠한테 루퍼트 이야기를 하고, 제솝 부인이 집으로 돌아올 때까지 루퍼트를 데리고 있도록 엄마를 설득해 달라고 부탁할 수 있을지 모른다.

"기분 좋게 비가 그쳤어. 일기 예보에서 이제 눈이 온다고 그러더라. 하지만 잘 모르겠네. 좀 이른 것 같거든."

엄마가 창밖을 내다보며 말했다.

"엄마!"

넬이 노크도 없이 탤리 방으로 불쑥 들어왔다. 탤리는 벌떡 일어나 앉아 넬에게 손가락질을 하며 버럭 소리를 질렀다.

"나가! 내 방에 들어올 때는 규칙이 있어. 언니가 그걸 깼어. 경고하는데, 또 이러면 후회하게 될 거야."

넬은 탤리의 위협에 아랑곳 않고 말했다.

"오늘 돈이 좀 필요해요. 박물관에서 점심 사 먹어야 하거든. 지갑에서 잔돈 좀 꺼내 가도 돼요?"

엄마가 일어나서 고개를 저었다.

"지난번에 엄마 지갑에서 반 친구들 다 먹이고도 남을 만큼 돈을 가져갔잖아. 같이 내려가자. 엄마가 꺼내 줄게."

"나가!"

탤리가 꽥 비명을 질렀다. 얼굴이 붉어졌다. 그러고는 다시 이불 속으로 파고들었다.

"꼭 내가 여기 있고 싶어 하는 것처럼 말하네."

넬은 탤리 쪽을 쳐다보지도 않고 몸을 돌려 여봐란듯이 방을 나갔다.

엄마가 뒤를 따라가다 문 앞에서 잠시 멈추어 물었다.

"토스트야, 시리얼이야? 네가 일어났을 때."

"토스트."

탤리는 눈살을 찌푸리며 중얼거렸다. 탤리는 엄마가 게임을 하고 있다는 걸 알지만, 실제로 배가 고파서 지금은 엄마의 게

임에 넘어갈 준비가 되어 있다.

"우리 귀염둥이, 옷 입어라. 엄마는 부엌에서 기다릴게."

엄마가 말했다.

탤리는 최대한 느릿느릿 옷을 입고, 가능한 한 시간을 끌기 위해 자리에 앉아 양말을 한 짝씩 신으면서 만화책을 읽었다. 하지만 마침내 아래층으로 어슬렁어슬렁 내려갔을 때, 복도 시계를 보니 학교에 가려면 아직 시간이 한참 남았다. 탤리는 얼굴을 찡그렸다. 엄마는 일부러 아주 일찌감치 탤리를 깨운 게 틀림없다. 그건 엄마가 게임에서 이기지 않았다는 걸 보여 주기 위해 탤리가 오늘 아침 집을 나설 때까지 시간을 훨씬 더 오래 끌어야 한다는 뜻이다.

부엌에서는 아빠가 차를 홀짝홀짝 마시고 있었다. 여전히 잠옷 차림이었다. 탤리는 아빠를 가만히 바라보았다. 이 시간에 아빠가 부엌에 있으니 어색했다.

"잘 잤니? 세상으로 나갈 준비가 됐구나."

넬이 탤리를 밀치고 부엌으로 들어서며 물었다.

"아빠, 기분 어때요? 엄마가 아빠 컨디션이 안 좋다고 하던데요."

"별거 아니야. 좀 쉬면 괜찮아질 거야."

아빠가 넬한테 대답하며 손으로 배를 감쌌다. 이마에 주름이 나타났다.

"아직도 아파?"

아빠가 움찔하는 걸 알아차리고 엄마가 물었다.

아빠는 고개를 끄덕였다. 탤리는 주춤주춤 뒤로 물러났다. 아빠의 세균이 자기한테 닿지 않게 막아 주는 호랑이 가면에 고마워했다.

"침대에 가서 누워. 내가 회사에 전화해서 당신 며칠 쉰다고 말할게."

엄마가 아빠한테 말했다.

"그저……."

아빠가 입을 열었다.

"이 문제로 다투지 말자, 여보. 당신 몸을 당신이 돌보지 않으면 나중에 정말로 아플 거야."

엄마 목소리는 단호했다.

아빠는 고맙다는 듯 고개를 끄덕이고 의자에서 편안히 몸을 일으켰다.

"좋은 하루 보내라, 딸들."

아빠는 이렇게 말하고 천천히 부엌을 나갔다.

"좋아, 우리도 할 일을 해야겠다. 너희는 제시간에 준비하렴. 너무 정신없게 소란 피우지 말고 시간 맞춰서 학교 갔으면 좋겠어. 나는 아빠 회사에 전화해야 해. 그리고 그 사나운 개 문제도 해결해야 하고. 이제 제숍 부인이 집으로 돌아오지 않을 테니까."

엄마가 토스트 담긴 접시를 테이블에 놓으며 말했다.

"뭐라고요?"

탤리와 넬 모두 여전히 서서 깜짝 놀란 표정으로 엄마를 바라보았다.

"제솝 부인이 어떻게 됐는데요?"

넬이 물었다.

"루퍼트를 어떻게 할 거야?"

탤리가 동시에 물었다.

엄마는 수도꼭지를 틀어 주전자에 물을 채웠다.

"제솝 부인은 집으로 돌아올 수 있을 만큼 회복되지 않았어. 그래서 부인을 잘 돌봐 줄 요양원으로 가서 지낼 거야. 하지만 개는 데려갈 수 없어."

엄마가 설명했다.

"그거 정말 안됐네요."

넬이 말했다. 탤리도 전적으로 공감하며 고개를 끄덕였다.

"가엾은 루퍼트. 루퍼트도 요양원으로 가야 해."

"너 무슨 말 하는 거야? 난 그 멍청한 개가 안됐다는 게 아니야. 할머니가 집을 떠나 살아야 한다는 게 안됐단 뜻이라고."

넬이 탤리를 노려보았다.

"아!"

탤리는 어깨를 으쓱하고는 토스트 한 조각을 집어 들었다. 탤리는 제숍 부인을 잘 모른다. 하지만 루퍼트는 안다. 그래서 루퍼트가 안됐다고 생각했다.

"너희가 아무 문제 없이 스스로 잘할 수 있다고 믿어도 될까? 엄마는 할 일이 무지 많거든. 지금 시작하지 않으면 온종일 허덕댈 거야."

엄마가 휴대 전화에 눈길을 주며 말했다.

넬이 얼굴을 찡그렸다.

"저 웃기는 가면을 쓴 쟤랑 같이 학교 가야 하는 게 아니라면, 전혀 아무 문제 없을 거예요."

엄마가 탤리를 바라보았다.

"학교에서 그 가면 쓰면 안 되는 거 너도 알지? 아무리 핼러윈이라 해도 말이야."

탤리는 고개를 끄덕였다. 하지만 속으로 계획이 다 있었다. 만약 탤리가 아닌 호랑이 소녀로 학교에 갈 수 있다면 삶이 훨씬 쉬워질 거다. 가면을 쓴 채 학교 정문을 지나갈 수 없다는 건 탤리도 잘 안다. 그렇지만 배낭에 가면을 가져가는 건 아무도 막을 수 없다. 그리고 어쩌면, 호랑이 가면을 가까이 지니고 있으면 도움이 될지 모른다. 조금이라도 말이다.

날짜 10월 31일 금요일

상황 학교에서 이른바 친구라는 애들한테서 버림받았다. 그리고 엄마는 루퍼트를 멀리 보내려 한다.

불안감 정도 10점 만점에 12. 잠옷 파티도 이미 충분히 나빴는데, 이제 내가 감당해야 할 일이 훨씬 많아졌다.

나의 일기장에게

   나는 오늘 밤 정말 끔찍한 기분을 떨쳐 버릴 수가 없어. 하루를 자꾸 되돌아보는 거 그만두고 싶어. 그렇지만 어쩔 수 없어. 내 마음은 여기저기로 계속 날뛰고 있어. 내가 이러면 엄마는 "채널을 바꿔 봐."라고, 그러니까 긍정적인 생각을 해 보라고 말해. 때로는 그게 먹히기도 해. 하지만 오늘 밤은 내가 어떤 채널로 바꾸든 결국 나쁘게 끝나 버려. 그리고 지금은 너무나 많은 채널을 동시에 켜 놓은 기분이야. 그래서 내가 원하는 대로 뇌가 움직이지 않아. 엄마 친구는 내 뇌가 휴대 전화 같다고 그랬어. 어플이 너무 많이 열려 있어 먹통이 돼 버린 스마트폰 말이야. 맞는 말이야. 정말 최악의 기분이야.

탤리의 자폐증 정보 : 좋은 기분과 나쁜 기분

좋은 기분 '좋은 기분'이란 행복함이나 흥분을 또 다른 방식으로 표현하는 말이 아니다. 이것은 정상인의 뇌가 아직 발견하지 못한 완전히 새로운 표현이다. 행복하지 않을 때도 좋은 느낌을 받을 수 있다! 그것은 부드럽고, 아늑하고, '비닐 뽁뽁이로 보호받는' 느낌이다. 그 어떤 나쁜 것도 나에게 닿을 수 없다.

나는 보통 좋아하는 장소나 환경에 있을 때 좋은 기분이 된다. 비가 오거나 차에 탔을 때 또는 텐트 안에 있을 때 나는 기분이 좋다. 특히 밤에. 비 내리는 밤에 비행기를 타고 방학을 보내러 간다고 생각하면 정말 기분이 좋다(이 생각을 하니 지금도 웃음이 절로 나온다). 호텔도 내 좋은 기분의 스펙트럼 안에 있다. 또 뭐가 있더라? 말을 타고 있을 때, 바닷가에 있을 때, 내 침대에서 동물들을 안고 있을 때, 구름 사이로 햇살이 비치고 하늘이 나를 확인하는 것 같을 때. 이것은 행복 그 이상이다. 가장 큰 기쁨이다. 결코 끝나지 않으면 좋겠다. 이런 게 끝난다는 생각을 하면 솔직히 조바심이 난다. 그래서 좋은 기분을 망칠 수 있다. 테일러 스위프트를 만날 때 내 기분은 최고로 좋을 거다. 만약 만난다면, 테일러 스위프트가 내 삶을 얼마나 멋지게 만들어 줬는지 꼭 말해 줄 거다. 테일러 스위프트가 자신의 모습대로 당당하게 살아가고, 자신을 싫어하는 사람들을 무시하는 게 아주아주 좋다고 말해 줄 거다. 그러니까, 카니에 웨스트가 일으킨 문제를 테일러가 잘 해결할 수 있다면 나도 자폐증이 내게 던지는 그 무엇과도 맞설 수 있다.

나쁜 기분 나쁜 기분은 좋은 기분과 참으로 비슷하다. 그렇지만 정반대다. 나더러 좀 더 분명하게 묘사하라고 한다면, 나는 그것을 불특정한 장소에서 느끼는 불특정한 불안이라고 말하겠다. 그런데 이걸 예측할 수 있는 방법이 없지는 않다. 보통은 내가 정말로 하고 싶지 않은 일을 할 때 그런 기분이 든다. 막스앤스펜서 매장처럼 특정한 장소에서 기분이 나빠진다(상점과 나쁜 감정은 연결되어 있다). 크리스마스 장식을 정리해서 집어넣는 따위의 일 또는 휴가에서 돌아오는 일도 나쁜 기분이다. 잠자는 시간도 진짜로 싫다.

23

하루하루가 더디 흘러갔다. 나쁜 일이 더 나빠지는 것 말고는 바뀐 게 없다. 아침마다 탤리는 친구들을 찾아다녔다. 아침마다 친구들을 찾기까지 시간이 점점 더 오래 걸렸다. 찾았다 해도, 아이들은 언제나 탤리가 이해하지 못하는 이야기를 하고 있었다. 탤리가 끼어들려 하면 아무도 탤리의 말에 관심을 보이지 않았다.

라일라는 점심시간마다 재스민과 함께 휴대 전화를 끼고 시간을 보냈다. 아이샤는 루크와 루시 사이에 메시지를 전달하며 별것도 아닌 일로 낄낄거렸는데, 이해가 가지 않았다. 탤리가 보는 한은 아무도 웃기는 말을 안 했으니까. 루시도 탤리 생각에 동의하는 것 같았다. 루시도 웃지 않았으니까. 그러나 탤리는 루시한테 물어볼 수가 없었다. 탤리가 말하는 건 모조리 못 들은 체하니까.

탤리는 자기가 무슨 잘못을 했는지 라일라에게 물어보려고 했다. 하지만 라일라는 그저 한숨을 쉬며 화난 표정으로 "아, 탤리."라고 말했다. 탤리는 멍청하지 않다. 아이들은 단지 탤리가 가 버리기를 원한다는 걸 안다. 문제는, 탤리는 갈 데가 없다는 거다. 그래서 그냥 아이들 곁을 어슬렁대며 기웃거릴 수밖에 없다. 탤리는 날마다 아이들 주위에 어색하게 서서 시간을 보냈다. 아무도 보지 않을 때마다 손을 가방에 넣고 호랑이 가면이 주는 친숙한 위안을 느끼면서. 대부분 그렇게 보냈다.

엄마는 탤리가 괜찮지 않다는 사실을 알아차리지 못했다. 아빠를 돌보느라 정신이 없었기 때문이다. 아빠는 여전히 몸이 약간 좋지 않을 뿐이라며 병원에 가지 않으려 했다. 게다가 몇 주 동안 계속 비가 내렸다. 그래서 오늘 체육 수업은 얼어 죽을 만큼 추운 체육관에서 했다.

"자, 그럼 저기서 멈춘다! 모두 벤치로 가서 조용히 앉아."

퍼킨스 선생님이 소리쳤다.

탤리는 안도의 한숨을 내쉬고 몸을 숙여 숨을 깊이 들이마셨다. 탤리는 체육 시간이 싫다. 운동하는 것도 정말 너무너무 싫다. 퍼킨스 선생님은 호루라기로 시간을 쟀다. 탤리가 아무리 빨리 달려도 크고 날카로운 소리가 나기 전에 벽에 도착할 수 없었다. 탤리는 오늘 수업 시간 대부분을 아이들을 피하며 보냈다. 아이들은 앞서서 달리고 항상 탤리와 반대 방향으로 달리는 것처럼 보였다.

퍼킨스 선생님이 허리춤에 손을 얹고 말했다.

"대체로 아주 잘했다. 하지만 몇몇은 너무 엉망이구나. 너희 나이에는 10초 안에 아주 가뿐히 들어와야 해. 그리고 너희 한두 명은……."

선생님은 말을 잠시 멈추고 탤리를 똑바로 바라보았다.

"전혀 노력하지 않는 것 같아. 그건 용납할 수 없지."

탤리는 뺨이 붉어지는 걸 느낄 수 있었다. 탤리도 노력하고 있다. 하지만 그 끔찍한 호루라기 소리가 들릴 때마다 주먹이 불끈 쥐어지고 온몸이 뻣뻣하게 굳는다. 발이 나무토막처럼 느껴질 때는 빨리 달릴 수가 없다.

"모두 가서 옷 갈아입어라. 탤리, 너는 남고. 넌 오늘 수업 때 땀을 거의 흘리지 않았어. 그러니 가서 체육관 창고를 정리하도록 해라."

퍼킨스 선생님이 고개를 한쪽으로 기울이며 말했다.

아이들은 자리에서 일어나 체육관을 나가며 낄낄 웃고 서로 수군거렸다.

"거기서 길 잃지 마. 케네디 선생님이 첫날 했던 말 명심해!"

어떤 여자아이가 탤리 옆을 지나가며 말했다.

탤리는 잠시 눈을 감았다. 다시 눈을 뜨자 모두 가고 없었다. 퍼킨스 선생님이 문 옆에서 기다리고 있었다.

"깔끔하게 정리해 놔. 지금은 쉬는 시간이니까 빨리 끝내면 다음 수업에 늦진 않을 거야. 그리고 탤리, 어쩌면 이 일 덕분에 네가 체육 시간에 좀 더 적극적인 태도를 취하게 되면 좋겠구나."

그러고 나서 선생님은 나가 버렸다. 탤리는 저기 체육관 창고를 바라보며 벤치 한가운데에 혼자 덩그러니 앉아 있었다. 선택의 여지가 없다는 건 알지만, 그렇다고 그 사실이 조금이라도 더 쉽게 자리에서 일어나 체육관을 가로질러 가게 하지는 않았다.

창고 문은 닫혀 있었다. 탤리는 머릿속으로 10까지 세고 문을 활짝 열어 안을 들여다보았다. 창고 안의 물건들이 탤리를 위협적으로 노려보았다. 농구공은 바닥에 나뒹굴고, 네트볼 조끼는 선반 두 개 위에 수북이 쌓여 있었다. 콩 주머니와 테니스공과 플라스틱 콘이 창고 구석에 나란히 놓인 철제 바구니를 서로 차지하려는 듯 어질러져 있었다. 보이는 곳마다 혼돈과 혼란이었다.

끔찍했다. 탤리는 돌아서서 멀리 달아나고 싶었다. 탈의실에 두고 온 가방 안에 있는 호랑이 가면을 생각했다. 지금 그 가면을 쓰면 좋을 것 같았다. 호랑이 소녀는 비명을 지르거나 울지 않고 이 임무를 해낼 수 있다. 호랑이 소녀는 누가 자신을 구해 주러 오기 전까지 작은 공처럼 몸을 웅크리고 요란한 소리를 내지 않을 거다.

그러나 호랑이 소녀는 여기에 없다. 그리고 만약 탤리가 창고를 정리하지 않으면 퍼킨스 선생님이 다음에는 더 고약한 벌을 줄 거다. 다 정리하고 연극 수업에 제때 들어가려면 낭비할 시간이 없다. 자면 선생님이 탤리한테 화내게 하고 싶지 않다. 지난 수업이 끝난 뒤 꿀팁 상자에 꿀팁을 또 하나 넣고 난 다음에는 안 된다.

체육관 창고 안에서는 고약한 냄새가 났다. 탤리는 숨을 꾹 참았지만 아무 소용 없었다. 마침내 숨을 들이쉬었을 때, 먼지와 땀과 풀과 플라스틱의 퀴퀴한 냄새가 목구멍을 파고들었다. 병균이 옮을 것 같다는 생각이 잠시 들었다. 눈물을 참으며 탤리는 농구공 하나를 들어 공간을 살피면서, 이렇게 어질러진 물건을 어떤 순서로 정리할지 고민했다.

종이 울리고 체육관 밖 복도에서 발소리가 들렸다. 쉬는 시간은 15분이다. 탤리가 생각할 시간이 없다는 뜻이다. 재빨리 창고 안을 훑으며 최악인 선반을 치우기로 결정했다. 탤리는 할 수 있다. 이건 퍼즐을 푸는 것과 아주 비슷하다. 기분이 좋을 때 탤리는 퍼즐을 잘 푼다.

째깍째깍 시간이 흘러갔다. 탤리는 쌓고 분류하고 정리했다. 다 끝마치고 나니, 네트볼 조끼는 반듯하게 접혀 있고 철제 바구니에는 같은 종류의 물건끼리 가득 쌓여 있었다. 플라스틱 콘은 포개 얹고, 농구공은 선반 저 끝에 숨어 있던 큼직한 통 안에 쑤셔 넣었다.

"한동안 이런 모습이 아니었지. 아주 멋지게 해냈다, 탤리. 7학년 남은 시간 동안 너를 체육관 창고 관리로 임명해야겠구나."

퍼킨스 선생님이 문으로 들어서며 말했다.

탤리는 고개를 숙인 채 몸을 옆으로 돌렸다.

"아, 제발 그러지 마세요. 다음 수업 시간에는 좀 더 빨리 달릴게요. 약속해요!"

탤리가 애원하듯 말했다.

퍼킨스 선생님이 딱딱하게 웃었다.

"좋아. 꼭 그래야 해. 그리고 곧 종이 울릴 테니 지금 바로 출발해라. 서두르지 않으면 다음 수업에 늦는다."

탤리는 고개를 끄덕이고 탈의실로 달려갔다. 따끔거리는 체육복을 벗고 가능한 한 빨리 교복으로 갈아입었다. 종이 울렸다. 신발 끈을 묶고 가방 안에 체육복을 욱여넣었다. 교실 건물로 달려가서 계단을 올라 2층에 다다랐을 즈음, 복도는 텅 비어 있었다.

연극반 교실로 다가가자 웃음소리가 들려왔다. 탤리는 발걸음을 늦추고 부랴부랴 문을 열었다. 자먼 선생님 눈에 띄지 않게 교실 안으로 들어갈 수 있기를 바랐다.

탤리 뒤에서 문이 닫힐 때, 두 가지 일이 일어났다. 우선, 자먼 선생님이 어디에도 보이지 않았다. 둘째, 교실 한가운데에서 무슨 일이 벌어지고 있었다. 아이들이 다 함께 모여서 뭔가 흥미로운 걸 보려고 서로 밀쳐 대고 있었다. 탤리는 천천히 앞으로 걸어갔다. 가까이 가자 아이들이 자리를 내줬다. 갑자기 탤리는 아이들이 모두 무엇을 보고 있는지 정확히 볼 수 있었다.

연극반 교실에 호랑이 한 마리가 있다. 마치 7학년 아이들을 모조리 때려눕힐 것처럼 몸을 곧추세우고 네발로 돌아다녔다. 아이들은 여태까지 본 것 중 가장 재미난 장면이라도 되는 듯 손으로 가리키며 낄낄 웃어 댔다.

"으르렁!"

호랑이가 포효했다.

탤리는 얼어붙었다. 심장이 어찌나 쿵쿵 뛰는지 당장 죽을 것만 같았다.

"으르렁! 무시무시한 호랑이 가면을 쓴 나를 보라고, 별종 애덤스! 넌 날 보면 무서워 죽을 거야. 진짜야. 넌 지금 분명 오들오들 떨고 있을 거야!"

호랑이가 몸을 잔뜩 웅크렸다가 허공으로 펄쩍 뛰어오르자 몇몇 여자아이가 비명을 질러 댔다. 이제 호랑이는 탤리를 향해 발톱을 세웠다. 아이들은 모두 탤리를 돌아보았다.

호랑이가 천연덕스럽게 말했다.

"안녕, 탤리. 네 가면 좀 빌렸어. 가면을 쓰면 어떤 기분인지 알고 싶었거든. 너도 알다시피, 우리는 대부분 다섯 살 이후로는 이런 물건을 갖고 놀지 않으니까 말이야!"

탤리는 입을 열었지만 아무 말도 나오지 않았다. 호랑이가 일어섰다.

"뭐 할 말 없어? 이거 쓰니까 아주 색다른걸!"

그거 내놔.

이 말이 탤리 머릿속에서 움찔할 만큼 크게 울렸다. 그러나 탤리는 주춤했다. 목소리가 제대로 나오지 않았다. 탤리는 점점 커지는 압박감을 느꼈다. 그것을 멈추기 위해 자신이 할 수 있는 일은 아무것도 없다는 사실을 잘 안다.

루크가 가면을 벗으며 물었다.

"내가 이걸 어떻게 가져왔는지 알고 싶어? 내가 너라면 그게 궁금할 것 같은데."

루크는 웃으며 말을 이었다.

"분명히 말하지만, 난 너처럼 되고 싶지 않아. 그날 맥도날드 앞에서 널 봤을 때 도저히 믿을 수가 없더라고. 정말 희한한 별종처럼 옷을 입은 너를 말이야. 우리 모두 그 모습을 보고 백만 년 동안 웃었지!"

교실 저쪽에서 루시가 걱정스러운 표정으로 말했다.

"루크, 이제 그만해. 그게 아무리 우스웠어도 이제 더는 재미 있지 않아."

얼마 전까지만 해도 믿을 수 있다고 여겼던 여자아이들을 바라보는 탤리의 시선을 따라가며 루크가 말했다.

"맞아. 루시와 아이샤가 체육 시간 끝나고 옷 갈아입을 때 네 가방에서 이걸 봤어. 그 애들이 이걸 꺼내서 모두에게 보여 줬지. 모두에게!"

"입 닥쳐, 루크!"

루시가 소리쳤지만 탤리는 아무 소리도 제대로 들리지 않았다. 루크가 손에 든 가면 말고는 다른 건 하나도 눈에 들어오지 않았다. 루크가 가면을 갖고 있다. 탤리를 호랑이 소녀로 만들어 주는 가면을. 그 소중한 물건을 루크가 무참히 짓밟아 버렸다.

"그거 당장 돌려줘."

탤리의 목소리는 조용했다. 옆에 서 있는 아이들만 겨우 들을 수 있을 정도였다. 그러나 아이들은 모두 즉시 한 발짝 뒤로 물러났다.

"가져가 봐. 네가 정말 가져갈 수 있는지 보고 싶다."

루크가 손가락 끝에 가면을 대롱대롱 걸고 팔을 쭉 뻗으며 비아냥거렸다.

아이들 웃음소리가 탤리의 귀로 쏟아져 들어와 머릿속에서 쩌렁쩌렁 울렸다. 탤리는 두 손으로 머리를 감싸 쥐고 바닥에 쭈그려 앉아 모든 걸 잊으려고 무릎을 웅크렸다. 하지만 소음은 계속 들려오고, 주변에서 아이들이 자신을 마구 짓누르는 것 같았다. 숨 쉬기가 힘들었다.

"라, 라, 라, 라, 라."

탤리는 손가락을 귀에 깊이 찔러 넣고 자기가 가장 좋아하는 노래를 기억하려 애쓰며 중얼거렸다. 그러나 테일러 스위프트마저 도움이 되지 않았다. 입에서 나오는 건 귀에 거슬리고 찍찍 긁어 대는 소리뿐, 모든 게 더 나빠지기만 했다.

"왜 저래?"

누가 당황하며 물었다.

"좀 이상한데! 정말 이상한 별종이야!"

누가 덧붙였다.

"자기 머리카락 잡아 뜯는 거 아니야? 루크 너, 가면 괜히 뺏었나 봐. 선생님이 들어와서 저 모습을 보면 우리 모두 엄청 혼날 거야."

누가 말했다.

"다들 진정해! 고함치지 마! 네가 쟤를 겁주고 있잖아."

누가 소리쳤다. 탤리는 그게 알렉산드라라는 걸 알아차렸다.

문이 쿵 닫혔다. 갑작스레 불어오는 바람이 탤리의 뜨거운 이마를 식혀 주었다. 탤리는 잠시 멈췄다. 눈을 떠 보니, 아이들이 모두 멀찍이 물러나서 자신을 멍하니 바라보고 있었다. 마치 탤리가 위험한 동물이라도 되는 것처럼. 탤리는 그런 표정을 전에 본 적이 있다. 루퍼트를 바라보는 엄마와 아빠와 넬의 얼굴에서…….

여기에 그대로 있을 수는 없다. 하지만 몸이 제대로 움직일지 어떨지 알 수 없었다. 천천히, 머뭇머뭇, 팔을 위아래로 움직여 봤다. 움직일 수 있다. 숨을 쉴 수 있다. 이대로 교실 바닥 속으로 파고들어 사람들 눈에 띄고 싶지 않았다. 그렇지만 여기에서 탈출해야 한다. 탤리는 걱정스러운 표정으로 가까이 다가오는 알렉산드라를 무시한 채 비칠비칠 일어나 가방을 집어 들었다.

"그냥 가져. 그래, 난 이딴 거 필요 없어."

루크가 아이들 틈에서 앞으로 걸어 나왔다. 가면은 여전히 루크 손가락에 걸려 있었다. 웬일인지 루크의 손이 떨리는 것처럼 가면이 떨리고 있었다.

루크는 가면을 바닥에 내던졌지만 탤리는 이미 교실을 빠져나간 뒤였다.

24

 탤리는 어디로 가는지, 거기에 가서 무엇을 할지 아무것도 모르는 채 달렸다. 단 1초도 더는 연극반 교실에 있을 수 없다는 것만 알았다. 어디로든, 방금 일어난 일에서 되도록이면 멀리 벗어나야 했다.
 복도를 내달려서 탤리는 계단으로 이어진 문을 열었다. 아이들 웃음소리가 아직도 귓가에 생생했다. 그 소리 때문에 아무 생각도 나지 않았다. 하지만 눈앞에 서 있는 자먄 선생님을 모른 척할 수는 없었다.
 "무슨 일이니? 탤리, 무슨 일이야?"
 선생님이 탤리의 얼굴을 보고 가방을 바닥에 내려놓으며 물었다.

탤리는 아무 말도 할 수 없었다. 그 일에 대해 말하고 싶지 않았다. 애초에 전부 선생님 탓이다. 선생님이 교실에 있어야 했으니까. 그런데 없었다. 그건 며칠 전 탤리가 상자에 넣어 둔 꿀팁을 선생님이 읽지 않았다는 뜻이다. 시간표를 제대로 지키고, 아무 예고 없이 아무것도 바꾸지 말라고 적었다.

"아무 일도 아니에요, 선생님. 전 괜찮아요."

탤리가 중얼거렸다.

선생님이 탤리를 바라보았다. 하지만 '그 표정'으로는 아니었다. 그건 좋은 거다. 탤리는 피부 밑에 분노가 도사리고 있다는 것을 알았고, 자면 선생님한테 자기가 얼마나 화가 났는지 보여 주고 싶지 않았다.

"괜찮아 보이지 않는데? 분명히 무슨 일이 있구나. 같이 연극반 교실로 가서 무슨 일인지 확인해 보자."

선생님이 말했다.

"싫어요! 거기로 안 돌아갈 거예요. 선생님이 저한테 그럴 수는 없어요."

탤리는 주먹을 꽉 쥐었다.

선생님이 눈썹을 치켜올렸다.

"너한테 뭘 시키려는 게 아니야. 진짜 이유를 알아내려는 거야."

선생님은 가방을 집어 들고 탤리를 지나쳤다. 문을 지나 복도로 걸어갔다. 선생님은 마치 탤리의 온 세상이 비명을 질러대며 무너진 적이 없는 것처럼 아주 침착했다.

탤리는 선생님이 걸어가는 모습을 지켜보면서, 선생님이 뒤돌아본다면, 아까 말한 것처럼 같이 가자고 한다면, 달려가서 그렇게 하겠다고 생각했다. 그러나 선생님은 마냥 걸어 연극반을 지나 도서실로 향했다. 탤리가 자기를 따라오는지 단 한 번도 확인하지 않았다. 탤리에게 서두르라고 소리치지도 않았다.

선생님은 도서실로 들어갔다가 잠시 후에 모습을 드러냈다. 그 뒤로 사서 선생님이 보였다.

"아이들은 대본을 읽고 있으면 돼요. 도와주셔서 고맙습니다."

자먼 선생님이 말했다.

사서 선생님은 고개를 끄덕이고는 연극반 교실로 들어갔다. 잠시 웅성거리는 소리가 들리더니 문이 닫히고 복도는 조용해졌다. 자먼 선생님은 다시 도서실로 들어갔다. 탤리는 혼자 남았다.

'그 표정'이 아니다. 자먼 선생님은 탤리가 결정하게 놔두었다. 뭐라고 한마디도 하지 않았다. 천천히, 탤리는 도서실로 발걸음을 옮겼다. 연극반 교실을 지나칠 때는 걸음이 빨라졌다. 도서실 문 앞에서 손이 멈칫거렸지만, 문을 열고 안을 들여다보니 도서실에는 자먼 선생님 말고는 아무도 없는 듯했다.

"저기 앉으면 좋겠다. 그리고 나서 네가 왜 이렇게 화가 났는지 이야기해 보자."

선생님이 맞은편 의자를 가리키며 말했다.

탤리는 선생님을 뚫어져라 바라보며 말했다.

"저 화나지 않았어요, 선생님. 저는 금붕어가 죽었을 때 화가 났었어요. 언니가 내 책을 빌려 가서 한 페이지를 찢었을 때는 화가 났었어요. 하지만 지금은 화나지 않았어요. 화난 거 그 이상이에요."

화가 난다고 해서 꼼짝 못 할 정도로 피부가 싸늘해지지는 않는다. 화가 난다고 해서 쿵쿵 밀려드는 소음이 귀에 가득 차 아무것도 못하지는 않는다. 화가 난다고 해서 공처럼 몸을 웅크린 채 눈을 감고 사라지고 싶지도 않다.

"그럼 왜 그런 거니? 내가 볼 때는 몹시 화가 난 것 같거든. 기분이 안 좋은 거야? 아니면 친구들이랑 무슨 문제라도 있었니?"

선생님이 앞으로 몸을 기울이며 물었다.

탤리는 눈을 감았다. 자면 선생님이라고 해서 다른 사람들보다 더 많이 이해하지는 못한다. 선생님은 이해해 주리라 생각한 건 실수다.

"저는 괜찮아요. 그냥 집에 가고 싶어요, 선생님."

탤리가 속삭였다.

"음, 문제가 뭔지 알기 전까지는 널 집에 보낼 수 없단다. 그리고 너 이런 말 들어 봤지? 문제를 나누면 반으로 줄어든다. 나한테 말해 주면, 우리가 해결책을 찾을 수 있지 않을까?"

자먼 선생님이 말했다.

탤리는 눈을 뜨고 빠르게 깜빡거렸다.

"말한다고 해서 도움이 될 거라고 생각하지는 않아요. 그리고 저 괜찮아요, 선생님. 정말이에요."

탤리의 목소리는 차분했다.

선생님이 한숨을 쉬며 자리에서 일어나 말했다.

"음, 너더러 억지로 말하라고 내가 강요할 순 없어. 하지만 너한테 아무 문제가 없다면, 너를 집에 보낼 수도 없어. 그리고 난 이제 교실로 돌아가야 해. 너도 그래야 하고."

탤리는 한 발짝 뒤로 물러섰다.

"아니요! 다시는 거기에 들어가지 않을 거예요. 아이들 전부 다 미워요. 선생님이 억지로 데려가면 나는 정말, 정말 화를 낼 거예요."

자먼 선생님 얼굴이 일그러졌다.

"그렇다면 무슨 일인지 나한테 말해 봐! 아이들이 뭘 어떻게 했기에 네 기분이 이런 거지? 제발, 내가 도와줄게."

선생님이 두 손을 내밀며 말했다.

"선생님은 저를 도울 수 없어요!"

탤리가 소리쳤다. 팔이 펄럭이기 시작했다.

"아이들이 제 물건을 훔쳤어요. 모두 내가 별종에다 고자질쟁이라고 생각해요. 난 그냥 진실을 말했을 뿐인데요."

이제 탤리는 이리저리 서성거리며 속마음을 있는 그대로 전부 터뜨렸다.

"난 루크가 싫어요. 그래서 그 애가 난처해지기를 원했을지도 몰라요. 그런데 그게 왜 아무도 나랑 말하고 싶어 하지 않는 이유가 되는지 모르겠어요. 다른 애들도 나한테 똑같이 그러는데요. 내가 아이들과 비슷한 척해도 아무 소용 없어요. 어쨌든 아이들은 날 미워하니까요. 그래서 나는 더 열심히 평범해지려고 노력해야 해요. 하지만 어떻게 해야 평범해 보이는지 모르겠어요. 제가 알아냈다고 생각할 때마다 모두 바뀌어요."

탤리는 잠시 말을 멈추고 숨을 크게 들이마셨다.

"나는 지치고 구겨지고 부서졌어요. 나는 나 자신을 일으켜 세우고 고치려고 꾸준히 노력해요. 그런데 어떻게 해야 제대로 할 수 있는지 정말 모르겠어요!"

그러고는 몸을 휙 돌려 눈을 크게 뜨고 자면 선생님을 뚫어지게 쳐다보았다.

"제가 어떻게 하면 되는지 모르겠어요. 무슨 말을 해야 내가 다른 아이들과 비슷해지는지 모르겠다고요!"

잠시 침묵이 이어졌다. 두 사람 사이 허공에 탤리의 목소리가 무겁게 걸려 있다. 탤리는 선생님이 자신을 바라보는 동안 가만히 있으려고 몹시 애를 썼다.

이윽고 선생님이 시선을 돌려 도서실을 둘러보았다.

"이 도서실에는 위대한 책이 매우 많단다."

선생님이 말했다. 탤리가 전혀 예상하지 못한 말이었다.

"그중 상당수는 자신이 여느 사람들과 다르다고 생각하는 사람들이 썼어. 어쩌면 다른 사람들을 이해시키기 위해 먼저 자신의 감정을 탐구하려고 책을 썼을 수도 있지."

선생님은 한 걸음 앞으로 다가섰다. 하지만 두 사람 사이에 약간의 공간은 유지했다.

"이곳은 만약 우리가 모두 똑같다면 세상이 너무 무미건조할 거라는 사실을 일깨워 주는 정말 멋진 장소 같아."

탤리는 갑자기 기진맥진한 느낌에 고개를 저었다.

"하지만 그게 사람들이 원하는 거예요. 그래서 사람들은 자폐가 나쁜 거라고 생각해요. 내가 다른 사람들과 똑같아지지 못하게 하니까요. 내가 다른 사람들과 어울리지 못하게 해요."

자먼 선생님이 웃었다.

"진짜로 나쁜 건, 네가 다른 사람처럼 되려고 애쓰느라 너무 많은 시간을 허비하는 거란다. 넌 벌써 충분히 놀라운 사람인데 말이야. 다른 사람들과 어울리려고 애쓰는 대신에 너 자신이 되도록 노력하는 데 더 많은 시간을 보내야 할 거야. 너는 오직 하나밖에 없어, 탤리. 나도 하나밖에 없는 것처럼. 루시도 하나고, 루크도 하나고."

"참 고맙네요."

탤리가 바닥을 보며 중얼거렸다.

자먼 선생님이 코를 킁킁거렸다.

"정말이야. 이 세상에 너는 오직 하나뿐이니까, 탤리답게 말하고 탤리답게 행동하면 어떨까? 다른 사람처럼 행동하려 하지 말고."

"그건 말도 안 되는 생각이에요. 내가 본모습을 드러내면 아이들이 모두 나를 더 싫어할 거예요."

탤리가 고개를 빠르게 저었다.

자먼 선생님은 납득이 가지 않는 듯했다.

"음, 난 그렇게 생각하지 않아. 그런데 네가 방금 전에 누가 네 물건을 훔쳐 갔다고 했지? 뭘 가져갔는지 말해 보렴. 그건 내가 확실하게 해결해 줄 수 있으니까."

"그건 더 이상 중요하지 않아요. 신경 쓰지 마세요."

탤리는 코트 주머니에 손을 찔러 넣었다.

루크가 자신의 호랑이 가면을 손가락에 대롱대롱 걸고 있는 모습이 탤리의 뇌를 스치듯 지나갔다. 루크는 그런 게 필요 없다고 했다. 그래, 탤리도 마찬가지다. 이제는 필요 없다. 탤리는 두 번 다시 가면을 쓸 수 없을 거다. 루크가 다 망친 뒤로는 말이다.

"수업에 들어가 봐야겠다."

자먼 선생님이 말하며 뒤로 물러났다.

"넌 계속 여기 있어도 돼. 기분이 좀 나아질 때까지."

탤리는 고개를 끄덕이고 의자 쪽으로 걸어갔다. 배낭을 어깨에서 풀고 부드러운 쿠션 위에 털썩 주저앉았다.

"그리고 탤리!"

자먼 선생님이 문손잡이에 손을 얹고 잠시 멈추었다.

"괜찮지 않아도 괜찮아, 알겠지?"

그러고는 나갔다. 탤리는 혼자 남았다. 공허감이 밀려왔다. 방금 전 활활 타올랐던 분노보다 훨씬 고약했다.

25

탤리는 점심시간이 끝날 때까지 도서실에서 꼼짝하지 않았다. 탤리 근처에는 아무도 오지 않았다. 딱 한 번, 자면 선생님이 들어온 것만 빼고는. 선생님은 한 손에는 종이가 잔뜩 든 파일을, 다른 한 손에는 호랑이 가면을 들고 있었다.

"이거 네 것 같은데? 그리고 걱정 마. 아이들과 진지하게 대화를 나눴단다. 누구든 네 가방에서 물건을 꺼내 가는 일이 다시는 없을 거야."

선생님이 호랑이 가면을 탁자에 올려놓으며 말했다.

탤리는 가면을 그 자리에 그대로 두고 싶었지만, 자면 선생님 표정을 보니 탤리가 가면을 봤으면 하는 듯했다. 그래서 가면을 집어 코트 주머니에 쑤셔 넣었다. 가면을 어떡할지는 모르지만, 계속 갖고 있지는 않을 거다. 그건 확실하다.

오후는 느릿느릿 흘러갔다. 탤리는 수업 시간마다 책상에 머리를 대고 엎드렸다. 선생님들은 탤리한테 똑바로 앉으라고 했지만 탤리는 그 누구도, 그 무엇도 보지 않았다. 영어 시간에는 라일라가 뭐라고 소곤대려 했다. 그러나 탤리가 아무 반응을 보이지 않자 선생님들이 그랬던 것처럼 포기해 버렸다.

모두가 항상 그러듯이.

수업 끝나는 종이 울리자마자 탤리는 교실을 나왔다. 복도를 쏜살같이 달려 차가운 11월의 한낮으로 나아갔다. 코트 단추를 채우려 굳이 걸음을 멈추지 않았고, 넬을 기다리려 교문에서 멈추지도 않았다. 대신에 학교와 그리고 그 안에 있는 모든 사람들과 되도록 멀리 떨어지려고 빠르게 걸었다.

비가 내리기 시작했다. 하늘에서 마구 퍼붓는 맹렬한 빗방울. 땅을 범람시키려는 가차 없는 욕망. 탤리는 금세 온몸이 흠뻑 젖었다. 모자를 올려 쓰고, 두 손을 주머니에 넣어 따뜻하게 했다. 그때 손가락에 고무 가면이 느껴졌다.

탤리는 단 1초도 망설이지 않았다. 호랑이 가면을 끄집어내 웅덩이에 내던진 다음 바로 밟아서 흙탕물 속으로 밀어 넣었다. 자먼 선생님이 옳았다. 탤리와 똑같은 사람은 아무도 없다. 그러니까 다른 아이들과 똑같은 척하지 않는 게 좋을지 모른다. 아이들은 모두 탤리를 싫어하고, 탤리는 그보다 두 배나 더 아이들을 싫어한다.

호랑이 소녀는 가짜다. 그리고 오늘 이후로, 호랑이 소녀로 지내 봐야 아무런 도움이 되지 않으리라는 것도 안다.

오직 탤리만 있을 뿐이다.

현관문에 이르렀을 때, 탤리는 이제 더는 춥지 않았다. 탤리는 타오르는 뜨거운 회오리바람이다. 탤리는 곧 터질 듯한 화산이다. 누가 그걸 아는지는 신경 쓰지 않았다. 자먼 선생님이 탤리에게 남들과 어울리려고 굳이 애쓰지 말라고 했기 때문이다. 그래서 그렇게 하려고 한다. 탤리는 자신이 엉뚱한 퍼즐 상자에 담긴 퍼즐 조각처럼 느껴졌다. 아무리 열심히 노력해도 안 된다. 절대 다른 사람들과 비슷해질 수 없다. 사람들이 그렇게 놔두지 않는다.

탤리는 문을 열었다. 집 안은 따뜻했고 불이 다 켜져 있었다. 너무 밝고 너무 뜨겁고 너무 많았다.

"왔니, 우리 딸들? 아빠 여기 있어. 엄마는 방금 전에 가게에 갔고. 이리 와서 인사하렴."

거실에서 아빠 목소리가 흘러나왔다.

탤리는 아빠한테 인사하고 싶지 않았다. 엄마가 필요했다. 엄마는 이해해 줄 거다. 엄마는 탤리의 얼굴을 보기만 해도 어떻게 할지 바로 안다. 엄마는 두툼한 담요를 가져오고, 탤리가 꼭 끌어안을 수 있게 침대에서 빌리를 데려올 거다. 엄마는 아무엇도 묻지 않을 거다. 탤리를 화나게 하지 않을 거다.

"얘들아? 다들 괜찮니?"

탤리는 벽에 기대어 바닥에 닿을 때까지 미끄러져 내려갔다. 코트가 젖어서 벽에 축축한 자국이 남았다. 진흙 묻은 신발은 카펫에 지저분한 자국을 남겼다.

"탤리? 뭐 하는 거니? 넬은 어디 있어?"

아빠가 문틀을 붙잡고 바라보았다. 얼굴이 창백하고 몸이 안 좋아 보였다.

탤리는 어깨를 으쓱해 보이고는 신발에 묻은 진흙을 떼어 내 손가락으로 짓이겼다. 그러고는 몸서리를 치며 휙 던져 버렸다. 진흙은 아빠 옆에 툭 떨어졌다.

"탤리! 그거 치워. 얼른 신발 벗고. 카펫이 엉망진창이잖아!"

아빠가 소리쳤다.

탤리는 눈을 가늘게 뜨고 아빠가 흐릿하게 보일 때까지 흘겨보았다.

"넬은 어디 있니? 넬은 괜찮은 거야?"

아빠가 다시 물었다.

탤리는 아빠 말을 무시했다. 탤리는 아빠에게 기회를 한 번 더 줄 거다.

"제발, 탤리. 묻는 말에 대답 좀 해. 네 언니 어디 있어? 학교에서 집으로 오는 길에 무슨 일 있었어?"

아빠가 화난 목소리로 딱딱거렸다.

아빠는 탤리에게 소리치면 안 된다. 엄마가 늘 아빠한테 그렇게나 말했는데, 아빠는 엄마 말을 제대로 이해하지 못했다. 탤리가 스트레스를 받았을 때 화를 내고 퉁명스럽게 대하는 건 탤리를 다루는 최악의 태도다. 의사가 탤리를 처음 진찰할 때 엄마 아빠한테 그렇게 말했는데, 아빠는 제대로 듣지 않은 게 분명하다. 규칙을 어기는 데는 변명의 여지가 없다.

아빠가 여전히 말을 하고 있지만 아무 의미가 없다. 탤리 귀에는 윙윙대는 소리로밖에 들리지 않았다. 아빠 입에서 나오는 게 말이 아니라 마치 화난 말벌 떼 같다. 아빠 얼굴이 벌게졌다. 아빠는 초조한 눈빛으로 현관문을 바라보고 있었다. 아빠는 탤리가 하루를 어떻게 보냈는지보다 넬이 어디 있는지를 더 걱정했다.

아빠는 탤리를 신경도 쓰지 않는다. 분명 자신에게 단 한 명의 완벽한 딸이 있었으면 하고 바랄 거다. 까다롭지도, 고장 나지도, 어렵지도 않은 완벽한 딸을 바라겠지. 아빠는 탤리보다 넬을 훨씬 더 좋아할 거다. 아마도 탤리가 태어나지 않았으면 하고 바랄 거다.

윙윙 소리는 이제 함성으로 바뀌었다. 호랑이의 공격보다 더 요란스러운 소리. 어떤 말들이 탤리의 귀를 스쳐 지나갔지만 탤리는 무시했다. 손과 발에 아드레날린이 밀려오고, 탤리의 몸은 넘겨받을 준비를 하고 있다.

탤리는 움직였다. 사자보다 더 빠르게, 독수리보다 더 세게. 탤리는 화가 치밀어 오르고 굴욕스럽고 분노하고 상처를 받았다. 탤리는 탤리이면서 탤리가 아니다.

탤리는 엄마나 아빠나 넬을 생각하지 않는다.

탤리는 루크나 루시나 아이샤를 생각하지 않는다.

탤리는 호랑이 가면도 생각하지 않고 자기편인 사람들한테 버림받았다는 사실도 생각하지 않는다.

탤리는 아무것도 생각하지 않고 가방을 바닥에 내동댕이치고 덤벼들었다.

와장창, 의자가 벽에 부딪히는 요란한 소리가 부엌에 울려 퍼졌다. 손끝에서 분노가 밀려들어 손가락이 오그라드는 게 느껴졌다. 아빠는 탤리의 팔을 붙잡으려고 했다. 넬이 어디서 불쑥 나타나더니 탤리가 이해할 수 없는 말을 외쳤다. 탤리는 아빠 손아귀에서 빠져나와 가장 가까이 손에 닿는 물건을 집어 던졌다. 벽에 부딪히는 소리를 들으니 엄마가 아끼는 도자기인 것 같았다.

"진정해!"

아빠가 소리쳤다. 탤리 안의 작은 부분은 아빠한테 아빠도 전혀 차분하지 않으며, 탤리에게 소리치는 건 아무 소용 없는 짓이라고 말하고 싶었다. 하지만 지금 당장은 아무 말도 나오지 않았다. 오직 행동만 할 수 있었다. 탤리는 아빠의 가슴을 마구 때리고 있는 힘껏 밀어 내면서, 스스로 멈출 수 있도록 자신에게 약간의 공간을 주려고 했다.

그때 현관문이 벌컥 열리더니 엄마가 거기에 있었다. 충격을 받은 표정의 엄마는 헐레벌떡 달려온 것처럼 헉헉 밭은 숨을 토해 냈다.

"네 메시지 받았어. 최대한 빨리 온 거야."

엄마가 넬에게 말했다.

탤리는 눈을 끔뻑이며 부엌을 둘러보았다. 완전히 난장판이었다. 의자는 뒤집어지고, 바닥에는 깨진 그릇이 잔뜩 널려 있었다. 정말 끔찍하고 낯설고 전혀 집처럼 보이지 않았다.

"너 정말 지치고 추워 보이는구나. 정말 미안해, 탤리. 우리 모두 미안해. 우리가 어떻게 도와주면 네 기분이 조금 나아질 수 있을까?"

엄마는 넬이 내뱉는 코웃음을 애써 무시하고 탤리 쪽으로 천천히 걸어오며 말했다.

탤리는 머뭇거렸지만, 모든 것을 끝낼 준비가 되었다. 엄마는 이제 탤리에게 빠져나갈 길을 내주었다.

"핫초코. 마시멜로랑 같이."

탤리는 어질러진 부엌을 보지 않으려 눈을 감으며 말했다.

"가서 잠옷으로 갈아입어. 여기는 내가 금방 치울게. 그러고 나서 마실 거 가져다줄게."

엄마가 말했다.

"당신 제정신이야? 이런 난장판을 보고도? 여기를 여자애 혼자서 완전히 전쟁터로 만들었어, 여보. 그런데 뭐? 마시멜로를 선물로 주겠다고?"

아빠는 어이없어했다.

"한 번에 하나씩 정리하자. 이렇게 된 데에는 분명 무슨 이유가 있을 거야."

엄마가 탤리를 부엌 밖으로 이끌며 중얼거렸다. 그러고는 넬을 향해 돌아섰다.

"넬, 주전자 좀 올려 줘. 착하지."

탤리는 엄마가 위층 방으로 이끄는 대로 따라갔다. 엄마가 코트를 벗겨 주고 교복을 머리 위로 조심조심 당기는 동안 꼼짝 않고 서 있었다. 한마디도 하지 않았다. 할 말이 없었으니까. 이 꼴을 나아지게 할 말은 없었다.

날짜 11월 11일 화요일

상황 내 평생 최악의 날

불안감 정도 10점 만점에 50.

나의 일기장에게

나 정말 완전히 지쳤어.

오늘 학교에서 무슨 일이 있었는지 정말 쓰고 싶지 않아. 너무 끔찍했어. 내가 마치 온종일 흔들어 댄 콜라 병 같았다고만 해 둘게. 나는 정말이지 뚜껑을 열고 싶었어. 내가 사방으로 폭발해서 압박감이 모두 빠져나가게 말이야. 하지만 그럴 수 없다는 걸 알았어. 뚜껑을 계속 닫아 둬야 했지. 그건 내 속이 꽉 막혀 있었다는 뜻이야. 그건 폭발보다 훨씬 나빠. 밖으로 표출하게 놔두지 않으면 그 감정이 점점 더 커지거든. 그러다 끝내는 내가 익사할 것 같다는 생각이 들어. 그리고 모두 똑똑히 보았지.

그래서 집에 오자마자 아빠의 말 한마디에 하루의 모든 좌절감을 터뜨리고 말았어. 콜라 병이 터져서 주위의 모든 걸 뒤덮으며 파괴하는 광경을 본 적이 있어? 음, 일단 그러고 나면 내 눈에는 아무것도 안 보여.

탤리의 자폐증 정보 : 가면 쓰기

때때로 다른 사람들은 자폐증이 있는 사람들의 생각이나 느낌, 행동 방식을 좋아하지 않는다. 그래서 학교에 있거나 새로운 상황에 놓였을 때 나는 새로운 모습이 되기 위해 나를 정말 열심히 쥐어짜야 한다. 사람들 눈에 평범해 보이는 그런 모습으로 말이다. 가끔 나는 사람들의 행동이나 말을 따라 하려고 한다. 가끔 나는 사람들을 웃기려고 정말 열심히 노력한다. 아이들이 잡담할 때 그 이야기를 귀담아들으며 많은 시간을 보낸다. 그렇게 하면서 내가 뭐라고 말해야 하는지 알아내려고 노력하는 거다. 그건 너무 많이 힘들다. 어떨 때는 정말 슬프고 두렵다. 그렇지만 만약 내가 자기 자극 행동을 하거나 소리치거나 달아나는 등, 내 머리와 몸이 하는 대로 내버려 두면 사람들이 좋아하지 않는다. 그래서 이런 감정을 깊숙이, 깊숙이 밀어 넣고 모든 게 괜찮은 듯이 행동한다. 그러나 내 감정을 영원히 숨길 수는 없다. 나는 그 점을 누구보다 잘 안다.

장점 가끔은 내 감정을 숨기는 게 좋다. 그렇게 하면 사람들이 내가 별종이라 생각하지 않고 행복해하니까. 그렇게 하면 친구를 사귀는 데 도움이 되고 선생님들이 내게 거슬리는 말을 할 때 눈물을 참을 수 있으니까. 기본적으로, 내가 자폐증이 없는 것처럼 보이게 한다. 이따금 내가 신데렐라 같다는 생각이 든다. 나 자신을 숨기다가 시계가 울리면 마침내 진짜 내가 나타난다. …… 왜냐하면 내 안에는 늘 같은 사람이 있으니까.

단점 나 자신이 아닌 것처럼 행동할 때, 진짜 내가 누구인지 잊어버린 기분이 든다. 학교에 있거나 친구 집에 있을 때, 나는 사람들이 원하는 내가 되기 위해 언제나 열심히 노력한다. 그러다 집에 돌아오면 너무 피곤하다. 그래서 저 아래 숨어 있던 감정들이 더는 참지 못하고 밖으로 불쑥 튀어나온다. 내가 억제가 안 된다고 말할 때는, 그건 정말 억제가 안 되는 거다.

26

"나 학교 안 가. 나 바빠."

탤리는 굳이 귀찮게 소리치지도 않았다. 기운이 하나도 없어서 발길질도 하지 않았다. 엄마가 교복을 입으라고 하는 동안에도 그저 침대 위에 다리를 꼬고 앉아 장난감을 정리했다. 가장 말랑말랑한 장난감부터 왼쪽에 가지런히 늘어놓았다. 딱딱한 장난감은 오른쪽에 놓았다. 차례대로 놓으려고 장난감을 하나씩 들어서 눌러 보고 몸에 꼭 껴안아 어떤 느낌인지 확인했다.

"아까도 말했잖아. 네가 학교에 안 가면 아빠랑 엄마가 난처해질 수 있어."

엄마가 말했다. 엄마는 포기를 모른다.

탤리는 어깨를 으쓱했다. 엄마 아빠가 맞닥뜨릴 문제는 탤리에게 일어나고 있는 일에 견주면 아무것도 아니다. 엄마 아빠가 무시당하고 놀림을 받고 바보처럼 여겨질까? 아이들이 모두 엄마 아빠를 미워할까? 아니다. 그러니 엄마가 하는 말은 중요하지 않다. 탤리는 학교에 안 갈 거다. 아무도 강요할 수 없다.

"무슨 일인지 말해야 우리가 해결할 수 있지."

엄마가 탤리 옆에 나란히 세워 놓은 인형들 사이에서 빌리를 들어 올렸다.

"왜 그래? 처음부터 다시 해야 되잖아. 그러니까 날 탓하지 마. 내가 학교에 가지 않는 건 다 엄마 탓이니까."

탤리가 소리치며 엄마 손에서 빌리를 낚아챘다.

그리고는 장난감을 모조리 침대 한가운데로 모아 놓고 엄마를 무시하면서 나지막이 콧노래를 흥얼거렸다. 마침내 엄마는 알았다는 듯 방을 나가 버렸다.

동물 인형들을 다 분류할 때까지 한참이 걸렸다. 반쯤 하다가 그만두고 싶었다. 하지만 시끄러운 머리를 진정하려면 어쩔 수 없었다. 결국 모두 순서대로 정리를 마쳤다. 탤리는 조심스럽게 침대에서 빠져나와 아래층으로 느릿느릿 내려갔다. 배 속이 꼬르륵거리고 출출해졌다.

부엌문으로 다가가자 엄마 아빠가 안에서 이야기하는 소리가 들렸다.

엄마가 말했다.

"내가 학교에 전화해서 탤리가 오늘 학교에 못 간다고 설명했어. 7학년 담당 케네디 선생님하고 통화했어. 어제 무슨 일이 있었는지 알아봐 달라고 부탁했는데 큰 기대는 안 해. 그 선생은 탤리가 누군지도 모를 거야."

"내가 탤리랑 얘기 좀 해 봐야겠군. 탤리를 그냥 집에 있게 놔두면 어떻게 되겠어? 학교에 다시는 안 가길 바라는 건 아니잖아, 안 그래? 탤리는 학교에 가야 해."

아빠가 말했다. 피곤한 목소리였다.

"당신이 해 봐. 나도 잘 모르겠어. 어쩌면 당신이 나보다 잘 할지도 모르지. 뭐 때문에 그렇게 화가 났는지, 난 탤리한테 한 마디도 꺼낼 수 없었어. 하지만 지금은 그냥 내버려 둬야 할 것 같아. 지금은 우리가 무슨 말을 하든 전혀 들을 기분이 아니더라고."

엄마가 아빠한테 말했다.

의자가 바닥에 끌리는 소리가 나고 아빠 발소리가 들렸다.

"혹시 모르니까 내가 개를 마지막으로 산책시켜 줘야겠네. 이따 오후에 동물 보호소로 데려가야 하거든. 그 불쌍한 녀석이 거기서 운동이나 제대로 할 수 있을지 걱정이야. 신선한 공기가 내 병에 얼마나 도움이 되는지 당신은 절대 모를걸. 난 너무 오랫동안 앉아만 있었어. 정말이야."

탤리는 문을 벌컥 열고 부엌으로 뛰어들었다.

"무슨 보호소? 무슨 얘기 하는 거야?"

탤리는 아빠를 노려보며 따지듯 물었다.

아빠는 엄마를 힐끔 보고는 희한한 표정을 지었다.

"어제저녁에 전화를 받았는데……."

엄마가 말을 꺼냈다.

"루퍼트를 멀리 보내면 안 돼! 그건 동물 학대야!"

탤리가 소리쳤다.

아빠는 고개를 절레절레 저었다.

"학대가 아니야, 탤리. 동물 보호소에서 잘 돌봐 줄 거야."

"거기는 루퍼트한테 최선의 장소야. 따뜻하게 보살피고 먹을 것도 주고 안전하게 보호할 거야."

엄마가 덧붙였다.

"하지만 아무도 루퍼트를 모르잖아! 모두 엄마 같을 거라고. 루퍼트가 나쁜 강아지라고 생각할 거야. 루퍼트는 나쁜 강아지가 아니야! 그저 겁먹었을 뿐이란 말이야. 그런데 아무도 그런 건 신경 안 써, 안 그래?"

탤리가 울부짖었다.

"루퍼트는 가야 해, 탤리. 안됐지만, 아이들 곁에 있어도 괜찮을 만큼 온순한 개가 아니야. 그렇다고 다용도실에 영원히 가둬 둘 수도 없어. 그건 루퍼트한테도 좋지 않아."

엄마가 조용히 말했다.

아빠가 벽 쪽으로 걸어가 옷걸이에서 재킷을 집어 들었다.

"루퍼트 데리고 산책 갔다가 차로 동물 보호소에 곧장 데려갈게. 되도록 얼른 끝내는 게 최선일 거야."

아빠가 탤리한테 말했다.

루퍼트를 그냥 이렇게 빼앗아 갈 수는 없다. 그럴 수는 없다. 루퍼트는 탤리의 전부다. 루퍼트가 없으면 탤리는 완전히 혼자 남을 거다. 탤리는 온몸으로 퍼지는 두려움을 느꼈다. 다리가 후들후들 떨리고 손가락에 힘이 들어가 주먹을 단단히 쥐었다. 집은 안전한 곳이어야 한다. 자신을 이해해 주고 돌봐 주는 곳이 되어야 한다. 버려지고 무시받는 곳이 아니라.

"미워! 둘 다 미워. 우리 엄마 아빠가 아니면 좋겠어. 두 사람은 정말 끔찍한 부모야. 자기들밖에 몰라!"

탤리가 발을 동동 구르며 꽥 소리쳤다.

그러고는 부엌을 뛰쳐나가 거실로 가서 텔레비전을 켰다. 심장이 쿵쿵거리기를 멈추고 머릿속 이글거리는 분노가 가라앉을 때까지 〈페파 피그〉를 보았다. 만약 한 시간 내내 〈페파 피그〉를 볼 수 있다면, 어쩌면, 정말 어쩌면, 스스로 진정할 수 있을 거다.

시간이 한참 흘렀다. 탤리는 계속 텔레비전을 보았다. 현관문이 쾅 닫히고 아빠가 루퍼트를 데리고 산책을 나갔다. 탤리는 계속 텔레비전을 보았다. 20분 뒤에 다시 쾅 소리가 나고 넬이 학교에서 돌아왔다. 탤리는 텔레비전 화면 속의 페파와 조지 그리고 위로가 되는 친숙한 장면 말고는 아무것도 생각하지 않았다.

전화벨이 울렸을 때, 탤리는 아빠 돼지가 안경을 잃어버린 사건을 보고 있었다. 엄마의 다급한 목소리가 복도를 타고 흘러 들어오고 곧이어 엄마가 넬을 부르는 소리가 들렸다. 그러고는 엄마가 문을 벌컥 열고 거실로 뛰어들어 왔다.

"탤리! 얼른 저거 끄고 신발 신어. 당장. 빨리."

탤리는 텔레비전에서 눈을 떼지 않았다. 꼼짝하지 않았다. 이제 겨우 마음이 조금씩 가라앉고 있다. 아직 시간이 안 됐다. 만약 지금 텔레비전을 그만 보면 모든 게 다시 잘못될 거다.

넬이 거실로 들어오고 엄마가 몸을 돌려 넬을 바라보았다.

"우리 얼른 나가야 해. 방금 전화 받았어. 아빠한테 무슨 일이 생겨서 병원에 실려 갔대. 당장 병원으로 가야 해!"

탤리는 텔레비전 화면 가까이로 몸을 기울였다.

"밖에 나가서 좀 얘기하면 안 돼? 텔레비전 소리가 안 들리잖아."

탤리는 팔을 뻗어 리모컨을 쥐고 볼륨을 올렸다. 심장이 커다란 베이스 드럼처럼 쿵쿵거렸다. 그저 페파와 조지에게 초점을 맞춘다. 엄마 입에서 나오는 그 끔찍한 말을 듣지 않는다. 심호흡을 하고 10까지 센다. 모든 게 괜찮아질 거다. 분명 모든 것이 괜찮아질 거다.

"너랑 탤리, 얼른 나가서 차에 타. 난 가방 챙겨서 바로 갈게."

엄마가 탤리의 요구를 무시하며 넬에게 말했다.

다급하게 서두르는 목소리였다. 그 소리에 탤리의 뼈가 비명을 질렀다.

"도대체 무슨 일인데요?"

넬이 우는 것처럼 들렸다. 하지만 탤리는 화면에서 눈을 뗄 수 없었다. 탤리가 고개를 들어 쳐다보면 듣게 될 테고, 만약 들으면 알고 싶지 않은 걸 알게 될 테니까. 탤리는 듣고 싶지 않다. 아빠한테 무슨 안 좋은 일이 생겼다는 소리는 정말 들을 수 없다.

"아빠가 개를 산책시키다가 거리에서 쓰러졌다는 것만 알아. 쓰러진 아빠를 보고 누가 앰뷸런스를 불렀대. 다 괜찮을 거야. 하지만 어서 빨리 병원으로 가 봐야 해."

엄마가 헉헉거리며 말했다.

엄마는 거실을 나가고, 넬은 코를 훌쩍거리다가 탤리에게 다가와 말했다.

"서둘러. 엄마 말 들었잖아. 우리 병원에 가야 해."

탤리는 고개를 저었다. 배가 아프고 피부가 따끔거리고 땀이 났다. 작은 개미들이 온몸을 기어 다니는 것 같았다.

"난 못 가. 아직 만화 안 끝났어. 10분은 더 있어야 해."

잠시 침묵이 흐르고 넬이 폭발했다.

"너 그걸 말이라고 하니? 아빠가 정말 아프다고, 탤리. 넌 저 멍청한 돼지한테 더 관심이 있다는 거야?"

탤리는 고개를 홱 돌려 넬을 노려보며 으르렁거렸다.

"내 만화가 멍청하다는 말 하지 마. 언니가 멍청해. 그리고 난 저거 다 끝나기 전에는 신발 안 신어."

넬은 카펫을 가로질러 성큼성큼 걸어가 텔레비전 스위치를 확 꺼 버렸다. 화면이 어두워졌다.

"자, 끝났어. 이제 그만 이기적으로 굴고 신발 신어. 안 그러면 널 맨발로 끌고 자동차로 갈 거야. 네가 꼭 이래야 한다면, 나는 그렇게 할 거야."

탤리는 소파로 몸을 더 밀어 넣고 눈을 흘겼다. 넬의 얼굴은 험상궂고 목소리는 딱딱했다. 탤리가 들어 본 적 없는 목소리다. 탤리는 넬이 방금 말한 대로 하리라는 걸 확신했다. 넬한테는 안됐지만, 탤리 또한 자기가 말한 대로 할 거다. 아빠가 병원에 있다 할지라도 탤리는 거기에 갈 수 없다. 마치 기름이 떨어진 자동차처럼 탤리의 몸은 텅 비었다. 머릿속은 막연한 공포로 소용돌이쳤다. 탤리에게는 아무것도 남지 않았다.

"나 건드리지도 마. 난 병원에 안 가. 아무도 날 움직이게 할 수 없어."

탤리는 넬에게 경고했다.

둘은 침묵 속에서 서로를 노려보았다. 넬의 눈동자가 번들거리고 몹시 추운 듯이 얼굴이 새파래졌다. 그러나 탤리는 불보다 뜨겁고 용암보다 뜨겁고 태양보다 뜨거웠다.

엄마가 거실로 다시 달려와 모습을 드러냈다.

"좋아. 탤리가 가지 않겠다면 넬도 집에 남아 있어. 내가 가서 무슨 일인지 알아보고 바로 전화할게. 약속해."

엄마는 넬을 바라보며 정신없이 말했다.

"싫어요! 그건 공평하지 않아! 난 아빠 보고 싶어요."

넬이 손을 내밀어 엄마 팔을 잡으며 따졌다.

엄마는 넬을 끌어당겨 안아 주며 말했다.

"너희 둘 다 여기 있는 게 제일 좋을지도 몰라. 무슨 일인지 엄마가 알아볼게. 그런 다음에 같이 가면 돼. 엄마가 돌아올 때까진 누가 와도 절대 현관문 열어 주지 마, 알았지?"

그리고는 엄마가 신음을 냈다.

"아, 어떡하면 좋을지 모르겠다. 너희를 데려가는 게 좋을까? 아니면 누구한테 여기 와서 너희 좀 봐 달라고 해야 할까?"

엄마는 주머니에서 휴대 전화를 꺼내 잠금을 해제하려 했다. 하지만 손이 너무 떨려서 휴대 전화를 바닥에 툭 떨어뜨리고 말았다.

"우리끼리만 있어도 괜찮을 거예요."

넬이 휴대 전화를 주워 엄마한테 건네며 말했다.

"얼른 가 봐요. 될 수 있으면 빨리 전화해 줘요."

엄마는 확신이 없는 표정이었다. 그러나 넬은 엄마를 문 쪽으로 살짝 밀었다.

"얼른 가라니까요! 운전 조심해서 하고요."

"넌 정말 멋진 딸이야."

엄마가 넬을 다시 한번 재빨리 안아 주며 말했다. 그러고는 서둘러 탤리에게로 와서 몸을 숙이고 이마에 입을 맞추었다.

"아무 일 아닐 거야. 내가 약속할게, 탤리. 아빠는 괜찮을 거야."

엄마가 속삭였다.

"엄마 안 갔으면 좋겠어."

탤리가 중얼거렸다. 그러나 엄마는 벌써 떠나고 없었다.

넬은 탤리와 멀찍이 거리를 두고 옆에 있는 소파에 털썩 주저앉았다. 차가 출발하는 소리가 들렸다. 둘은 아무 말 없이 앉아 있었다. 탤리는 아무 생각도 하지 않으려 최선을 다했다. 아무 생각도, 아무 생각도.

그렇지만 할 수 있는 게 생각뿐일 때 생각을 하지 않는 건 불가능하다. 생각할 게 너무 많으니까. 그리고 그중 좋은 생각은 하나도 없다. 아빠가 길거리에서 쓰러졌다. 앰뷸런스에 실려 병원으로 갔다. 파란 불빛이 반짝이고 사이렌 소리에 사람들이 모두 길을 비켜 줬다. 탤리는 앰뷸런스와 경찰차와 소방차를 싫어한다. 너무 시끄럽기 때문이기도 하고 항상 무슨 나쁜 일이 일어났다는 뜻이기도 하니까. 그리고 지금은 아빠한테 나쁜 일이 일어났다. 탤리가 생각할 수 있는 건 자기가 아빠한테 한 마지막 말뿐이었다. 엄마는 늘 뭔가를 바랄 때는 신중해야 한다고 말지만 탤리는 그런 뜻이 아니었다. 탤리는 여전히 아빠가 자기 아빠이기를 바라지만, 이제 아빠는 그렇지 않을 수도 있다. 그리고 아빠는 탤리가 그저 기분이 나빴기 때문이라는 사실을 결코 알 수 없을지도 모른다.

아빠는 괜찮을 거라고 엄마가 약속했다. 하지만 엄마는 의사도 아니고 심령술사도 아니다. 엄마는 모든 게 괜찮을지 어떨지 알 수 없다. 그리고 엄마가 모른다면, 아무도 알 수가 없다.

그리고 그것이 무엇보다도 가장 무시무시한 생각이다.

27

 전화벨이 울릴 즈음, 탤리는 엄마가 무슨 말을 할지 이미 확실히 알고 있다. 미리 머릿속으로 생각하고, 엄마가 전부 엉망이 됐다고 말할 때 무너져 내리지 않게끔 용기를 내려 애썼다. 넬이 엄마 전화를 받자, 탤리는 주먹을 불끈 쥐고는 결코 듣고 싶지 않은 그 무시무시한 말에 귀를 기울였다.
 넬이 물었다.
 "확실해요? 알았어요! 곧 봐요!"
 넬이 탤리 손을 어찌나 세게 잡았는지 탤리는 꽥 소리를 질렀다.
 넬은 탤리를 향해 얼굴 가득 환한 웃음을 날렸다.
 "아빠는 괜찮대! 전부 다 괜찮아!"

탤리는 눈을 끔뻑이며 혼란스러운 얼굴로 넬을 물끄러미 쳐다보았다. 여기 앉아 있던 시간 내내 최악을 상상했다. 엄마가 떠난 뒤로 둘 다 꼼짝도 하지 않았다. 방은 점점 어두워지고 탤리의 생각도 점점 암울해졌다. 지난 한 시간 동안 앉아 있던 무서운 장소에서 마음을 떨쳐 내고 좀 더 평범하게 돌아오는 데는 시간이 좀 걸렸다.

넬이 말했다.

"분명 맹장과 관계된 거야."

넬의 말은 시속 200킬로미터로 날아갔다. 넬이 이어 말했다.

"그래서 한동안 아빠가 몸이 안 좋았던 거야. 정말로 심각할 수도 있었어. 그렇지만 사람들이 제대로 처치했으니까 이제 아빠는 괜찮아질 거야!"

넬의 두 뺨에 눈물이 줄줄 흘러내렸다. 탤리는 자기가 혹시 잘못 봤나 의심하면서 넬에게서 멀찌감치 떨어졌다.

넬이 더듬거리며 말했다.

"나 지금 행복해서 우는 거니까 괜찮아, 탤리. 정말이야. 다 괜찮아질 거야."

엄마는 거짓말을 하지 않았다.

탤리는 넬에게 팔을 둘렀다. 이제 두 사람 사이에는 공간이 없다. 둘은 소파에 앉아 서로 부둥켜안았다. 드디어 엄마가 열쇠로 문을 여는 소리가 들렸다. 넬은 벌떡 일어나서 불을 켜고 현관으로 달려 나가 엄마를 맞았다.

탤리는 조금 천천히 따라 나갔다. 문 옆에 서 있는 엄마가 보였다. 엄마는 초췌하고 피곤한 얼굴이었지만, 눈은 웃고 있었다.

"안아 줄까?"

엄마가 두 팔을 내밀며 물었다. 탤리는 주저하지 않고 달려가 엄마에게 매달렸다.

한 시간쯤 뒤에 엄마는 병원에 다시 가 봐야 한다고 말했다.

"아빠 물건 두어 가지를 챙겨 가야 해. 아빠는 병원에 더 있어야 할 거야. 병원에서 경과를 지켜볼 수 있게. 아빠 짐 챙기는 것 좀 둘이 도와줄래?"

넬과 탤리는 엄마를 따라서 엄마 아빠 방으로 갔다. 탤리는 침대에 걸터앉았다. 엄마가 옷장 위에서 작은 여행용 가방을 끌어 내리며 말했다.

"아빠는 잠옷이 필요할 거야. 칫솔도."

넬도 거들었다.

"뭐 읽을 거는요? 온종일 침대에 누워 있으려면 조금 지겨울 텐데."

엄마가 고개를 끄덕였다.

"그거 좋은 생각이네. 침대 옆 탁자에서 아빠 책 좀 가져다줄래?"

엄마와 넬은 아빠한테 필요해 보이는 물건을 가방에 챙겼다. 디오더런트와 양말 그리고 머리빗을 넣었다. 아빠는 머리칼이 거의 없는데 머리빗이 무슨 소용일까 탤리는 생각했다. 탤리는 앉아서 지켜보며 뭘 더 챙기면 좋을까 떠올리려 했지만, 한 번도 병원에 입원해 본 적이 없어서 전혀 알 수가 없었다.

엄마가 백만 번쯤 물었다.

"내가 돌아올 때까지 너희 정말 괜찮겠어? 엄마가 없는 동안 와 있을 사람을 구할 수도 있어."

넬이 고개를 내저었다.

"우리 괜찮을 거예요. 잠깐이었지만 내가 다른 사람 베이비시터 했던 거 기억나죠? 한 시간 정도는 내가 확실히 탤리를 돌볼 수 있어요."

탤리는 얼굴을 찡그렸다. 자신은 아기가 아니며, 넬이 자신을 돌보겠다는 말이 고맙지 않았다. 탤리는 불만을 터뜨리려다가, 문득 엄마 얼굴에 스치는 걱정스러운 기색을 보고 도로 입을 다물었다. 아빠는 병원에 있고 엄마는 걱정하고 있다. 넬의 바보 같은 말은 모른 체할 수 있다. 이번 딱 한 번만.

엄마가 가방 지퍼를 닫으며 말했다.

"오래 걸리지 않을 거야. 잠자리 봐 주고 바로 돌아올 거야. 저녁은 준비하지 마. 와서 내가 뭐 좀 만들 테니까."

탤리는 뭐라도 보탬이 되고 싶어 엄마에게 알려 주었다.

"안전벨트 잊지 마, 엄마. 그건 협상 불가야, 알지?"

엄마가 씩 웃었다. 그때 갑자기 충격적인 소리가 들리면서 탤리는 뭔가 중요한 것을 떠올렸다.

"엄마 없는 동안 너희 둘이 함께 텔레비전 볼 수 있겠어?"

넬이 고개를 끄덕였다.

"걱정 마요. 내가 탤리 혼자 내버려 두지 않을 테니까. 우리 그냥 거실에 편하게 있을 거야, 그렇지?"

탤리는 건성으로 고개를 끄덕였다.

"가방에 뭐 넣을 게 있어. 아직 가지 마."

탤리가 침대에서 내려와 서둘러 방을 나갔다.

층계참을 지나 자기 방으로 들어갔다. 그러고는 엄마가 코트를 입고 있는 아래층으로 부리나케 내려갔다.

"빌리 가져가도 돼. 하지만 아빠한테 말해. 그냥 빌려주는 거라고. 주는 게 아니라."

탤리가 헉헉대며 엄마 손에 빌리를 쥐여 주었다.

엄마는 허리를 숙여 탤리를 와락 안아 주며 말했다.

"그거 멋진 생각이네. 빌리가 병원에서 아빠 친구가 되어 주겠구나. 아빠가 너무 외롭지 않게."

엄마는 현관문을 열며 넬에게 다시 일렀다.

"둘이 같이 있어. 오래 걸리지 않을 거야. 누가 와도 현관문 열어 주지 말고."

넬과 탤리는 엄마가 떠나는 모습을 지켜보았다.

엄마가 자동차 문을 열자, 불현듯 탤리는 사랑스러운 빌리를 세균과 질병이 득실대는 끔찍하고 무시무시한 병원으로 보낸다는 사실이 걱정됐다. 탤리는 입을 크게 벌리고 엄마가 들을 수 있게 큰 소리로 외쳤다.

"엄마!"

엄마가 멈칫하고 집 쪽을 돌아보았다.

"응? 왜?"

탤리가 외쳤다.

"빌리! 나 빌리가……!"

그러다가 탤리는 멈추었다. 병원이 정말로 무시무시하고 끔찍하다면, 아빠는 강하고 용감해질 수 있는 뭔가가 필요할 거다. 빌리는 집에 오면 언제든 세탁기로 들어가면 된다. 그렇게 세균을 없애면 된다.

탤리가 소리쳤다.

"아빠한테 빌리 주는 거 아니라고 확실히 말해. 그냥 빌려주는 거야, 알았지?"

엄마는 양손 엄지손가락을 들어 올린 뒤 자동차 안으로 들어갔다. 넬은 현관문을 닫고 한숨을 푹 내쉬더니 탤리를 내려다보며 물었다.

"과자 먹을래? 우리 먹어도 돼. 그리고 너 〈페파 피그〉 봐도 돼. 난 괜찮아."

하지만 탤리는 과자에도 텔레비전에도 관심이 없었다. 엄마 아빠 방에 들어갔을 때, 중요한 뭔가가 생각났으니까. 모두 다 까맣게 잊어버린 아주 중요한 그 무엇.

탤리가 넬에게 말했다.

"우리 루퍼트를 찾으러 가야 해. 아빠가 몸이 안 좋을 때 루퍼트를 산책시키러 데리고 나갔어. 그런데 엄마는 루퍼트가 병원에 있다는 말은 하지 않았어. 그러니까 아빠랑 같이 구급차를 타고 가진 않은 것 같아."

넬이 탤리를 빤히 바라보았다.

"당연히 루퍼트는 안 갔지. 걔는 구급차에 탈 수 없어. 더구나 개는 병원 안으로 들어갈 수 없어. 안내견이나 우울증 치료용 강아지나 뭐 그런 게 아니라면. 게다가 루퍼트는 우울증 치료하고는 반대야. 악몽 같은 거지."

탤리는 이를 부드득 갈았다.

"루퍼트는 악몽 아니야. 그리고 바로 지금 루퍼트는 어둠 속에 혼자 있어. 우리 가족 어느 누구도 루퍼트가 어디에 있을지 신경조차 안 써."

넬은 벽에 기대섰다. 화가 나 보였다.

"우리가 신경을 안 쓰는 게 아니야. 아빠한테 일어난 일이 끔찍하고 어마어마할 뿐이야. 아빠가 개 한 마리보다 훨씬 중요하니까."

탤리는 신발장으로 가서 운동화를 꺼냈다.

"하지만 아빠는 이제 괜찮아. 엄마가 그렇게 말했어. 그러니까 루퍼트를 찾는 건 우리한테 달렸어."

탤리는 바닥에 앉아서 눈을 크게 뜨고 넬을 올려다보았다.

"루퍼트는 분명 엄청 겁을 먹었을 거야, 언니. 제솝 부인도 없어. 이제 우리도 없어. 루퍼트는 다리가 세 개뿐이야. 못된 불량배 개가 루퍼트를 본다면, 그때는 정말 가망이 없어."

탤리는 운동화 끈을 조였다.

"내가 찾아야 해. 언니가 같이 안 간다면, 나 혼자 갈 거야."

그러자 넬이 말했다.

"안 가겠다는 말이 아니야. 난 갈 수가 없어. 탤리 너도 갈 수 없고."

탤리는 멈칫했다. 탤리는 사람들이 언제 '할 수 없는 것'과 '하지 않으려는 것'을 혼란스러워하는지 안다. 그래서 잠시 넬이 안타까웠다.

그렇지만 루퍼트가 더 불쌍했다.

"난 나갈 거야. 언니는 나 말릴 수 없어."

탤리가 자리에서 일어서며 말했다.

그러자 넬이 당황한 얼굴로 앞으로 나섰다.

"안 돼! 엄마가 한 말 못 들었어? 우린 같이 있어야만 해, 탤리. 그리고 난 엄마한테 현관문 안 열어 주겠다고 약속했단 말이야!"

탤리는 코트로 손을 뻗으며 창밖을 힐긋 내다보았다. 밖은 칠흑처럼 어두웠다. 밤거리를 혼자 걸어가는 자신을 떠올리고 몸을 부르르 떨었다. 밖에는 온갖 위험이 있을 거다. 하지만 집 안은 따뜻하고 아늑하다. 엄마는 곧 돌아올 거다. 탤리는 그냥 이불 속으로 파고들어 〈페파 피그〉를 볼 수도 있다. 아무도 탤리를 탓하지 않을 거다.

다만 탤리는 그럴 수 없다. 루퍼트가 잘못한 유일한 것은 남들과 다르다는 것뿐이니까. 게다가 어느 누구도 자신을 이해하지 못할 때 어떤 기분인지 탤리는 정확히 안다. 혼자서 밖의 어둠 속에 있을 때, 얼마나 마음이 아픈지 잘 안다. 그러니까 다른 누구를 그렇게 내버려 둘 수는 없다. 특히 루퍼트는 말이다.

탤리는 현관문 손잡이 쪽으로 손을 내밀며 다시 말했다.

"언니는 따라올 필요 없어. 엄마한테 말하지 않을게. 엄마 오기 전에 돌아올게."

"왜 이렇게 힘들게 해야 하는데?"

넬이 울부짖었다. 울지 않으려고 안간힘을 쓰느라 얼굴이 일그러졌다.

"오늘 이미 충분히 힘들지 않았어?"

탤리는 어깨를 으쓱하고는 문을 열었다.

"미안해. 어떻게 해야 더 나을지 모르겠어. 루퍼트를 찾아야 한다는 것만 알아. 그리고 현관문을 열지 않겠다고 약속한 사람은 내가 아니니까 난 규칙을 어기는 게 아니야."

탤리는 어둠 속으로 들어서며 코트 지퍼를 끝까지 올리고 주머니에 두 손을 찔러 넣었다. 마당에 나 있는 길을 따라 걸어 내려가 거리로 나섰다.

가로등 하나가 멀리 길 아래에 있다. 탤리는 빨리 걸어서 가로등이 비추는 불빛 속으로 걸음을 옮기려 했다. 하지만 그렇게 해도 생각만큼 위안이 되지는 않았다. 빛을 받아 훤히 드러나는 느낌이 들었다. 불빛을 벗어나 아무도 볼 수 없는 그림자 속으로 다시 들어가니 오히려 마음이 편했다.

탤리는 어둠 속에 숨어서 길을 따라 조심조심 내려가며 루퍼트가 있을 법한 곳에서 나는 소리에 귀를 기울였다. 엄마는 아빠가 공원 입구에서 쓰러졌다고 했다. 그래서 탤리는 그쪽으로 가면서 호랑이 한 마리가 먹이를 쫓는 상상을 했다. 그렇지만 끼니로 잡아먹으려는 게 아니라 루퍼트를 구하러 가는 거여서 기분 좋은 방식이었다.

멀리 갈수록 탤리는 점점 더 용기가 솟았다. 어둠이 가면처럼 탤리 주위를 에워쌌다. 손이 펄럭이고 다리가 까딱까딱 움직여도 밤의 어둠 속에서는 아무도 탤리를 볼 수 없기 때문에 전혀 문제가 되지 않는다.

거리 끝에 다다라서 공원을 향해 모퉁이를 돌 때 갑작스레 뒤에서 따라오는 발소리가 들려와 탤리는 바짝 긴장했다. 모든 감각이 초조해져서 돌아보고 싶었지만, 꾹 참고는 거의 달리다시피 속도를 냈다.

"탤리!"

귀에 익은 목소리다. 탤리는 속도를 늦추었다. 넬이 탤리에게 달려오며 소리쳤다.

"기다려!"

탤리가 넬에게 말했다.

"언니는 안 올 줄 알았는데. 엄마한테 현관문 열지 않을 거라고 말했잖아."

"그래. 하지만 너 혼자 내버려 두지 않을 거라고도 말했지, 안 그래? 게다가 그 약속이 어쩌면 가장 중요한지도 몰라."

넬은 무릎에 손을 얹고 숨을 헐떡이며 대답했다.

탤리는 씩 웃으며 말했다.

"언니가 여기 있어서 좋아. 루퍼트가 우리를 보면 아주 좋아할 거야."

두 소녀는 함께 발걸음을 옮겼다. 길을 따라 내려가며 넬은 이리저리 고개를 두리번거렸다. 넬은 작은 소리에도 깜짝 놀랐다. 탤리는 그 소리를 모른 척하려 애쓰며 힘들어하는 강아지 소리에 집중하려고 했다. 그렇지만 결국 힘겨워하는 언니의 소리가 너무 방해가 됐다.

공원 쪽으로 길을 건너며 탤리가 물었다.

"왜 그래? 무서워?"

"넌 안 무서워? 여기 밖은 무시무시해. 제대로 보이지도 않아."

넬이 톡 쏘아붙였다. 머리 위 나뭇가지에서 부엉이 한 마리가 시끄럽게 울어 대며 몸을 휙 움직였다.

"나는 안 무서워. 난 무서운 건 정말 생각 안 해. 루퍼트 찾는 것만 생각해."

그러다 문득 탤리는 손을 내밀어 넬의 손을 힘주어 꼭 잡았다. 모든 게 다 괜찮다고 엄마가 탤리에게 알려 줄 때 그러는 것처럼. 그건 거짓말이 아니었다. 정말 아니었다. 둘이 공원에 도착했을 때 루퍼트가 기다리고 있으리라 확신했으니까.

그러나 공원의 커다란 철문이 어둠 속에서 모습을 드러냈을 때, 루퍼트는 어디에도 보이지 않았다.

"루퍼트! 여기야, 녀석아!"

탤리가 소리쳤다. 넬도 따라서 외쳤다. 두 사람의 목소리가 밤 속으로 퍼져 나갔다.

넬이 물었다.

"공원 안에 갇혀 있으려나? 그래도 네가 문을 넘어서 가게 내버려 두진 않을 거야. 그러니까 꿈도 꾸지 마."

탤리가 넬에게 말했다.

"루퍼트는 공원에 없어. 루퍼트는 똑똑한 개야. 여기에 없다면 갈 만한 곳을 찾았을 거야. 내가 알아."

넬이 발을 따뜻하게 하려고 펄떡펄떡 뛰며 말했다.

"우리가 밤새도록 길거리를 돌아다닐 수는 없어. 엄마가 집에 왔는데 우리가 없으면 진짜로 걱정할 거야. 허겁지겁 너 쫓아오느라고 쪽지도 못 남겼단 말이야. 휴대 전화도 두고 왔어. 너 내 말 듣고 있니, 탤리?"

탤리는 듣고 있지 않았다. 대신 눈을 감고 열심히 생각했다. 지금 떠올리는 건 라일라네 집에서 보낸 끔찍한 잠옷 파티였다. 그때 탤리가 가장 가고 싶었던 유일한 곳.

바로 자기 집.

탤리가 넬의 손을 끌어당기며 말했다.

"나, 루퍼트 어디 있는지 알아. 가자! 루퍼트는 집에 갔어."

탤리는 공원을 떠나 찻길을 건너서 왔던 길을 향해 있는 힘껏 달렸다. 넬은 탤리 옆에서 나란히 달렸다.

동네로 돌아왔을 때, 탤리는 속도를 늦추었다.

길을 따라 걸으며 넬이 말했다.

"엄마 자동차 아직 안 왔어. 어쨌거나 우리 안 걸릴지도 몰라. 얼른 가자. 부지런히 가면 우리가 집 밖으로 나가지도 않은 척할 수 있어."

그러나 탤리는 문으로 들어가지 않았다. 그 대신 걸음을 멈추고 길 양쪽을 조심스레 살펴본 다음 길을 건넜다.

"어디 가는 거야? 루퍼트가 집으로 갔을지도 모른다며?"

넬이 탤리의 뒤통수에 대고 묻자, 탤리가 작은 소리로 중얼거렸다.

"맞아. 아무튼 소리치지 마. 루퍼트가 겁먹는 거 싫어."

탤리는 출입문을 열고 마당길을 걸어 올라갔다. 제숍 부인의 집 현관문 앞, 쫄딱 젖어 부들부들 떨고 있는 루퍼트가 거기에 있었다.

넬이 소곤거렸다.

"너무 가까이 가지 마. 그 개 위험해, 기억하지?"

탤리는 누가 말도 안 되게 바보 같은 소리를 할 때 어떻게 하는지 엄마가 알려 준 방법을 기억하고는 넬의 경고를 듣지 못한 체했다.

탤리는 벌벌 떠는 루퍼트에게 조심조심 다가가며 속삭였다.

"괜찮아. 나 여기 있어. 넌 무사해, 루퍼트."

탤리는 겁을 주지 않으려고 천천히 문으로 걸어가서 축축한 계단에 주저앉았다. 찌릿한 냉기가 순식간에 몸속으로 스며들었다.

탤리가 루퍼트에게 말했다.

"너 춥겠다. 잠깐 우리 집으로 데려가서 따뜻하게 해 줄게."

넬이 목소리를 낮추고 물었다.

"뭐 하는 거야?"

"무슨 일이 일어나는지 말해 주는 거야."

탤리가 루퍼트에게 손을 내밀며 이어 말했다.

"무슨 일이 일어날지 알면 덜 무섭지 않아, 루퍼트?"

탤리는 루퍼트의 등을 부드럽게 쓰다듬으며 목을 감싸고 있는 목줄을 손가락으로 더듬었다.

"입마개를 벗겨 줄게. 그런 다음에 내가 너를 일으켜 세울 거야. 그러면 넌 나를 따라서 집으로 가든지, 아니면 너 혼자 여기 남든지 선택할 수 있어. 너한테 달렸어, 알겠지?"

"그거 벗기지 마!"

넬이 소리쳤지만 너무 늦었다. 입마개는 바닥에 떨어져 있고, 탤리는 벌써 일어나서 마당길을 따라 걸었다.

탤리가 넬을 지나쳐 가며 작은 소리로 중얼거렸다.

"루퍼트 돌아보지 마. 그냥 나랑 같이 걸어, 언니. 우리가 녀석이 따라오기를 바란다고 생각하게 하면 안 돼. 루퍼트가 선택해야 해."

넬은 탤리를 못 미더워하며 바라보았지만, 탤리를 따라 마당을 나가 인도 끝에 이를 때까지 아무 말도 하지 않았다. 그때 거리를 비추는 자동차 불빛이 어둠 속을 뚫고 나타났다. 넬과 탤리는 엄마 자동차가 멈추는 것을 보았다.

넬이 투덜거렸다.

"아, 이런! 우리 큰일 났어."

그러나 탤리는 이미 길을 건너 성큼성큼 걸었다. 이 세상에 무서운 게 하나도 없는 듯했다. 탤리가 여유롭게 엄마를 지나쳐 집 마당으로 들어서자 넬의 입이 떡 벌어졌다. 그 뒤로 다리 세 개 달린 개가, 마치 탤리가 어디를 가든 따라갈 것처럼 바짝 쫓아갔다.

엄마가 탤리와 루퍼트를 노려보며 목소리를 높였다.

"도대체 무슨 일이야? 왜 집 안에 있지 않니? 저 개는 어디에서 왔어? 입마개는 어디로 갔고?"

한밤에 일어난 난리를 설명하는 일은 그렇게 넬에게 넘어갔다. 두 사람은 탤리를 따라 집으로 들어갔다.

"제솝 부인 집 밖에서 루퍼트를 찾았다고?"

탤리가 고집을 부려 욕실에서 가져온 수건으로 루퍼트를 닦아 주는 모습을 지켜보며 엄마가 조심스레 물었다.

"루퍼트가 부인을 몹시 보고 싶었나 보구나."

엄마가 말했다. 그러자 탤리가 엄마에게 말했다.

"루퍼트는 엄마가 자기를 보호소로 보낸다는 걸 알았어. 위험하지 않은데도. 루퍼트는 그냥 슬펐던 거야. 제솝 부인을 보고 싶어 하는 거랑은 달라."

"알겠어. 루퍼트가 확실히 너를 좋아하나 보다, 탤리."

엄마가 말했다. 그러면서도 여전히 루퍼트한테서 눈을 떼지 않았다.

탤리는 고개를 끄덕였다.

"루퍼트는 나를 좋아해. 내가 루퍼트를 좋아하니까. 루퍼트가 다른 강아지들이랑 똑같지 않기 때문에 잘못됐다고 느끼지 않게 해 주니까. 나는 루퍼트한테……."

탤리는 멈추었다. 한 손은 루퍼트의 등을, 다른 한 손은 턱을 쓰다듬었다.

"음, 나 루퍼트한테 어떻게 해 주고 싶은지 정말 모르겠어."

엄마가 코를 크게 훌쩍였다.

"엄마 생각에는, 루퍼트를 그냥 놔두는 게 좋을 듯한데."

그건 혼란스럽고 정말이지 말도 안 되는 소리나. 하지만 이번에는 엄마 말을 신경 쓰지 않았다.

"넌 정말 개를 잘 돌보는구나. 오늘 밤 너희 둘이 루퍼트를 찾으러 밖에 나간 건 마음에 들지 않지만, 그래도 너희가 루퍼트를 찾아서 기뻐."

탤리가 물었다.

"그럼 엄마는 루퍼트를 보내지 않을 거라는 뜻이야? 왜냐하면 루퍼트는 내 가장 친한 친구고, 난 다른 친구가 없잖아. 그러니까 루퍼트가 정말로 내 유일한 친구라는 뜻이야. 엄마가 루퍼트를 동물 보호소로 보내 버리면 나한테는 아무도 없을 거야.

하지만 우리가 루퍼트를 키운다면, 루퍼트는 내 방에서 자면 돼. 내가 루퍼트랑 놀면 돼. 내가 루퍼트한테 이야기 읽어 주고 다리 세 개로도 진짜 빨리 달리게 훈련할 수 있어."

엄마가 다시 코를 훌쩍이며 손으로 얼굴을 문지르고 말했다.

"그건 그렇게 단순한 문제가 아니야. 우리 내일 얘기 좀 해야겠다. 지금 얘기할 건 아니고. 루퍼트를 보내지는 않을 거야. 그래도 루퍼트는 절대 네 방에서 자지 않을 거란다. 그리고 루퍼트가 좀 더 훌륭하게 행동하고 예의범절을 배울 수 있게 강아지 학교 같은 곳에 등록할 거야. 너도 같이 가야 할 테고."

넬이 킬킬거리며 말했다.

"거기에서 탤리한테도 좀 더 훌륭한 예의범절을 가르쳐 주겠구나. 일석이조네."

탤리는 넬에게 혀를 쏙 내밀어 보였다.

"됐거든. 내 예의범절은 완벽해."

그런 다음 탤리는 루퍼트가 밤새 따뜻하고 편안히 지낼 수 있게 다용도실에서 루퍼트의 집을 가져다 부엌 히터 앞에 놓아 주었다.

28

 침대로 들어갔을 때 탤리는 넘쳐나는 정보로 머리가 어찌나 핑핑 도는지 절대 잠들 수 없을 거라고 확신했다. 그래서 엄마가 갑자기 방에 나타나자 깜짝 놀랐다.
 "어서 일어나, 딸. 잘 잤어? 어제는 엄청났어, 안 그래?"
 엄마가 침대에 앉으며 물었다.
 어제. 기억이 마음속을 빙빙 돌았다. 아빠가 병원에 실려 갔다. 루퍼트를 잃어버렸다. 탤리와 넬이 루퍼트를 구했다.
 탤리는 일어나 앉아서 엄마를 바라보았다.
 "루퍼트 아직 아래층에 있어? 내가 자는 동안 루퍼트 보낸 거 아니지, 그렇지?"
 엄마가 탤리 팔에 손을 얹으며 대답했다.

"물론 아니지. 말했잖아, 루퍼트가 조금 더 있어도 된다고. 난 약속은 어기지 않아. 그러니까 이제 침대에서 나오렴. 아침 먹고 아빠 보러 갈 거니까. 면회 시간에 늦고 싶지 않아."

탤리는 얼굴을 찌푸리고 이불 속으로 다시 파고들었다.

"싫어. 나 그냥 침대에 있을 거야."

엄마는 자리에서 일어나 문으로 걸어갔다.

"어쩜 그럴 수가 있니? 일어나서 엄마가 루퍼트 산책시키는 거 도와주지 않으면 녀석은 절대 우리 집에 있을 수 없어. 개들은 운동을 해야 하는데, 아빠가 루퍼트를 산책시킬 수 없으니까 우리가 해야 한단 말이야."

그러더니 성큼성큼 방을 나가 계단을 내려갔다. 탤리는 엄마가 전화기를 들고 동물 보호소에다 루퍼트를 데려가라고 말하는 모습을 상상할 수 있었다.

탤리는 침대에서 펄쩍 뛰어나와 맨 처음 눈에 들어오는 옷을 입었다. 어쩌다 보니 호랑이 줄무늬로 뒤덮인 아주 부드러운 티셔츠와 지난 크리스마스에 엄마가 사 준 보라색 얼룩말 무늬 레깅스였다. 탤리는 부리나케 아래층으로 내려가 부엌으로 들어갔다. 엄마는 토스트를 먹고 있었다.

"알았어! 내가 엄마랑 같이 산책시킬게. 이건 협박이지만. 엄마도 알지? 하지만 루퍼트 목줄은 내가 쥘 거야."

엄마가 고개를 끄덕였다.

"좋았어! 엄마가 루퍼트 먹이 주는 동안 엄마가 만든 이 토스트 먹으렴. 그러면 너희 둘 다 나갈 준비가 될 거야."

탤리는 팔짱을 끼고 엄마를 노려보았다.

"나 토스트 먹고 싶지 않아."

엄마는 탤리 말에 대답하지 않았다. 대신 부엌을 나갔다가 몇 분 뒤에 사료가 담긴 그릇 하나를 가지고 돌아와서 루퍼트 바로 옆에 놓고는 루퍼트한테 말했다.

"아침 다 먹으면 너 산책 나가도 돼. 만약 먹지 않으면, 네가 여기에서 지내고 싶어 하지 않는다고 생각할 거야."

엄마가 탤리를 향해 고개를 돌리고 웃었다.

"개는 자기 느낌을 행동으로 우리한테 알려 주지. 행복하지 않은 개는 밥을 먹으려 하지 않거든. 만약 루퍼트가 아침을 먹지 않으면, 안타깝게도 우리한테 말하는 거란다. 좀 더 나은 곳에서 살고 싶다고."

이렇게 말하고 엄마는 부엌을 나갔다. 엄마가 거실로 들어가 문을 닫는 소리가 들렸다. 부엌은 늘 그렇듯이 냉장고 돌아가는 소리만 빼고 고요했다. 탤리는 루퍼트를 보았다. 루퍼트는 자기 밥에 전혀 관심을 보이지 않았다.

탤리가 루퍼트에게 말했다.

"엄마가 줄곧 나한테 이렇게 했어. 엄마는 자기가 영리한 줄 알아."

탤리는 잠깐 말을 멈추고 닫혀 있는 부엌문을 바라보았다.

"하지만 오늘 우리한테는 선택의 여지가 없어, 루퍼트. 그러니까 착하게 아침 먹어. 그게 네가 여기에서 지낼 수 있는 유일한 방법이니까."

루퍼트는 눈을 깜빡였지만 움직이지는 않았다.

탤리를 눈살을 찌푸리며 허리께에 손을 얹었다.

"먹어. 넌 먹어야 해."

루퍼트는 이래라저래라 하는 말을 듣기 싫은 듯 조용히 으르렁거렸다.

탤리는 이해했다. 그래서 다시 시도했다.

"있잖아, 밥을 먹고 싶은지 그렇지 않은지는 선택할 수 있어. 하지만 네가 만약 먹기로 한다면 엄마가 너를 여기에서 지내게 해 줄 거야. 내가 보기엔 그거 아주 좋은 거래 같아."

루퍼트가 코로 탤리 다리를 쿡 찔렀다. 탤리는 장이 슬슬 꼬이는 느낌이 들었다. 마치 녹아내리는 양초가 된 느낌이었다.

탤리가 루퍼트에게 말했다.

"너한테 달렸어. 내 말이 화난 것처럼 들렸다면 미안해. 난 다만 네가 행복하면 좋겠어. 그런데 네가 스스로를 너무 힘들게 만들고 있어. 넌 그냥 먹기만 하면 돼. 봐, 쉽잖아. 그냥 이렇게 먹어!"

탤리는 손을 뻗어서 엄마가 만들어 준 토스트를 잡고는 루퍼트 앞에 책상다리를 하고 앉아서 한입 가득 베어 물었다.

"흠, 맛있다. 그래도 네 사료가 더 맛있을 거야! 한번 맛보는 게 어때?"

탤리는 한 입 더 먹고서 루퍼트를 격려하듯 고개를 끄덕였다. 루퍼트는 잠깐 탤리를 물끄러미 바라보다가 엉금엉금 자리에서 일어나 밥그릇에 머리를 가져다 댔다.

탤리는 속으로 쾌재를 불렀다. 그러나 이것이 아주 나쁜 행동일 수 있다는 걸 알았다. 탤리가 원하는 것을 루퍼트에게 시킨다는 생각이 눈곱만큼이라도 들게 하면, 그러면 루퍼트는 정신이 딴 데 팔려 그만 먹을지도 모른다. 탤리는 루퍼트를 모른 척하면서 토스트를 한 입 먹을 때마다 계속 요란스러운 소리를 냈다. 그러면서 이따금 곁눈으로 루퍼트를 훔쳐보았다.

루퍼트가 밥그릇을 다 비우고 탤리도 토스트를 다 먹은 뒤에야 탤리는 루퍼트에게 관심을 보였다.

"우아, 너 아침 다 먹었네! 좋아. 네가 먹는지 안 먹는지 굳이 신경 쓰지 않았어. 완전히 네 선택이었어."

그래도 신경 쓰지 않는 척하기는 정말 어려웠기 때문에 탤리는 루퍼트의 목을 두 팔로 감싸고 고개를 갖다 대며 속삭였다.

"잘했어. 이제 우리 산책 나가도 돼. 엄마가 너를 조금 더 오래 여기에서 지내게 해 줄 거야. 착하지, 루퍼트!"

엄마가 부엌으로 돌아왔다. 엄마는 개 사료와 토스트를 다

먹은 것을 보고도 별로 관심을 두지 않는 듯했다. 탤리는 엄마가 그걸로 호들갑을 떨지 않아서 기뻤다.

엄마가 옷걸이에서 탤리의 코트를 당겨 건네며 말했다.

"강아지 산책시키러 가자. 그러고 나서 아빠 보러 가자."

산책은 아주 빨리 끝났다. 탤리는 더 오래 산책하려고 갖은 방법을 다 떠올렸다. 루퍼트가 공원을 돌아다니게끔 막대기를 쫓아가는 놀이를 했다. 하지만 20분 뒤, 엄마가 이제 집으로 돌아가야 한다고 말했다.

"루퍼트는 나이가 많아. 어제 많이 놀랐을 거야. 우리가 잠깐 외출하는 동안 이제 잠 좀 푹 자야 해."

"언니랑 나랑 여기 있으면 안 돼?"

집 안으로 들어서자마자 탤리가 물었다.

엄마는 고개를 저었다.

"오늘은 안 돼. 어제 그 난리 법석을 치렀더니, 우리가 언제나 함께 있으면 좋겠다는 생각이 들어. 게다가 아빠가 너희를 보고 싶어 해."

넬이 말했다.

"난 얼른 아빠 보고 싶어요."

탤리는 병원에 가려면 얼마나 용감해야 할까 궁금했다. 막연히 뭔가 무척 두려웠다.

강아지 산책처럼, 병원까지 차로 가는 데는 시간이 오래 걸리지 않았다. 엄마가 주차를 하고 모두 차에서 내렸다. 탤리는 병원 건물을 쳐다보았다. 칙칙한 회색이고 거대했다. 저 안에서 길을 잃으면 결코 빠져나오지 못하리라는 걸 탤리는 안다.

"이쪽이야."

엄마가 병원 입구로 이끌었다. 셋은 휠체어를 탄 사람, 팔에 붕대를 감은 사람을 지나쳐 걸었다. 탤리는 고개를 숙이고 있어서 엄마 발만 보였다. 바닥이 콘크리트에서 타일로 바뀌자 엄마가 걸음을 멈춰서 탤리는 고개를 들 수밖에 없었다. 어디에나 사람들이 있었고, 불빛이 너무 환해서 눈이 부셨다.

엄마가 말했다.

"아빠 병실은 5층이라 엘리베이터 타야 해."

탤리는 뒤로 물러서다가 넬과 쿵 부딪쳤다.

"안 돼. 나 엘리베이터 안 타. 나 아무 데도 가지 않을 거야. 못 가."

엄마가 몸을 돌려 입을 꾹 다물고 탤리를 바라보았.

그러고는 주위를 둘러보며 조용히 말했다.

"지금은 안 돼. 제발, 탤리. 우리 이미 늦었어. 네가 침대에 숨겨 둔 운동화 찾느라고 시간을 너무 잡아먹었어. 오늘은 시간이 없어. 아빠가 우리를 기다리고 있어. 엄마는 아빠 혼자 있게 하고 싶지 않아. 그런 일이 일어난 뒤로는."

엄마는 곧 큰 소리를 낼 것처럼 보였다. 탤리도 주위를 둘러

보면서 엄마가 멜트다운에 빠지면 누가 들을 수 있을 만큼 가까이 있는지 확인했다.

넬이 앞으로 나섰다.

"엄마는 병실로 가요. 내가 탤리 곁에 있을게요. 탤리가 준비되면 우리가 엄마한테 갈게요. 괜찮죠?"

"냄새가 이상해."

탤리가 작은 소리로 중얼거렸다.

차갑고 찌를 듯한 냄새가 탤리의 목구멍을 조여 왔다. 마치 돌멩이가 목구멍에 딱 걸린 듯했다. 탤리는 숨을 크게 들이마시면서 그 숨 막히는 느낌을 밀어 내려고 했다.

"제발 우리 그냥 집에 가면 안 돼?"

그러나 엄마는 넬에게 급히 이야기를 하느라 그 말을 듣지 못했다.

엄마가 말했다.

"아빠는 4병동 5층이야. 병실 밖에서 기다리면 돼. 엄마가 필요하면 메시지 보내고. 금방 나올 테니까."

엘리베이터 문이 열리고 엄마가 안으로 들어섰다.

"메시지 보내."

엄마가 그 말을 한 번 더 하고는 마음을 바꾼 것처럼 몸을 앞으로 움직였다.

"사실, 신경 쓰지 마. 내가……."

엄마가 무슨 말을 하려 했는지 제대로 듣지도 못했는데 문이 닫히고 두 사람만 남았다.

넬이 책임을 떠맡았다.

"좋아. 계단은 저쪽이야. 우린 5층까지 걸어갈 거야. 아빠 병실 앞에 서서 네가 어떻게 할지 보자. 그렇게 할 수 있지?"

탤리는 너무 겁이 나서 달리 어떻게 할 수 없었기에 살짝 고개를 끄덕였다. 팔에 얹힌 넬의 손만이 유일하게 바닥에 주저앉아 엉엉 울고 싶은 마음을 달래 주었다.

넬이 앞장서고, 둘은 5층까지 계단으로 함께 올라갔다. 시간이 엄청 걸렸다. 5층에 도착했을 즈음에는 둘 다 숨을 헉헉거렸다. 넬은 복도 문을 열고 탤리가 복도로 나오기를 기다렸다.

상상했던 만큼 끔찍했다. 으스스한 미로처럼 새하얀 벽이 끝도 없이 이어진 듯했다. 잠옷 같은 옷을 입은 사람들이 성큼성큼 지나갔다. 어떤 사람은 파란색 옷을, 어떤 사람은 초록색 옷을 입었는데, 다들 바쁘고 긴장한 것처럼 보였다. 모두 서둘러 움직였다. 삐삐삐삐 소리가 울리고, 그 소리에 탤리의 맥박이 빨라졌다. 아무도 웃지 않았다. 그리 놀랍지는 않다. 웃을 일이 없으니까. 무시무시하고 시끄럽고 정신없고 편안한 느낌이 전혀 없다.

넬은 벽에 기대어 탤리를 옆으로 끌어당겼다.

"괜찮아? 너한테 힘든 거 알아."

탤리는 눈이 따끔거리는 것을 느꼈다.

"안 괜찮아. 난 언니처럼 용감하지 않아. 내가 해낼 수 있을 것 같지 않아."

넬은 웃음을 터뜨렸다.

"아니, 넌 용감해. 생각해 봐, 어젯밤에 루퍼트를 찾으러 나갔을 때 얼마나 용감했는지. 넌 용감한 사람이야. 나야말로 무서워했지."

탤리는 얼굴을 찌푸렸다.

"그건 달라. 어두워서 괜찮았던 거야. 아무도 날 볼 수 없었으니까."

탤리는 환한 불빛을 향해 손짓하듯 손을 이리저리 흔들었다.

"여기서는 전부 나를 볼 수 있어. 그리고 나도 이거 전부 다 볼 수 있어."

넬이 가방 속에 손을 집어넣으며 물었다.

"네가 숨을 수 있다면 어떨까? 그게 도움이 될까?"

그러더니 뭘 꺼내 들어 올렸다.

"이거 쓰면 가서 아빠 볼 수 있겠어?"

탤리는 넬의 손에 대롱대롱 매달린 호랑이 가면을 믿을 수 없다는 듯 바라보았다.

"어떻게 언니가……? 어디에서……?"

넬이 얼굴을 붉혔다.

"그날 찾았어. 학교 끝나고 네가 먼저 가 버린 날. 웅덩이에 둥둥 떠다니더라. 이거 너한테 주려고 했는데, 내가 집에 도착했을 때 너는 아주 제대로 멜트다운을 하고 있더라고. 너한테 하도 화가 나서 내가 갖고 있었지. 미안해, 탤리."

탤리는 손을 내밀어 가면을 잡았다. 코 위로 흙이 길게 묻어 있는 것만 빼면 예전 그대로였다. 비록 예전과 완전히 똑같을 수는 없지만. 루시가 가면을 훔쳐 루크에게 준 이후로는 말이다.

넬이 탤리에게 말했다.

"이거 써. 쓰고 가서 아빠 보자."

느릿느릿, 머뭇머뭇, 탤리는 머리 위로 가면을 끌어당겨 눈구멍으로 내다볼 수 있게 얼굴에 잘 맞췄다. 넬이 문 옆 버튼을 누르자 버저 소리가 들리고 문이 딸깍 열렸다. 아무것도 생각할 시간이 없었다. 탤리는 문을 지나 병동으로 따라갔다.

"뭘 도와줄까요?"

간호사가 사무실에서 고개를 내밀며 물었다.

넬이 앞으로 나섰다.

"우리 아빠를 찾고 있어요. 이름은 케빈 애덤스예요."

간호사는 고개를 끄덕이고 복도 아래쪽을 가리켰다.

"병실에 계셔. 8호실이야. 저기 아래 오른쪽. 엄마는 벌써 오셨더구나."

하나, 둘, 셋, 넷, 다섯 걸음. 탤리는 바로 뒤에 넬이 있다는 걸 느낄 수 있다. 가쁜 숨을 몰아쉬며 탤리는 자신은 호랑이 소녀이고, 호랑이 소녀는 멍청한 세균 따위를 두려워하지 않는다는 사실을 떠올리려 애썼다.

여섯, 일곱, 여덟, 아홉, 열 걸음. 넬의 손이 탤리의 등에 있다. 호랑이 소녀는 무서울 때 달아나지 않으며, 손을 펄럭이거나 모두가 쳐다보게 희한한 소리를 내지 않는다.

열하나, 열둘, 열세 걸음. 넬은 손을 탤리의 등에서 팔로 옮겼다.

"아빠 여기 있어."

탤리가 마음을 바꾸기 전에 넬이 말했다. 문이 열리고, 아빠가 아주아주 창백한 모습으로 바로 앞에 누워 있다.

"왔구나! 여보, 봐. 애들이 왔어."

엄마가 두 사람을 안으로 끌어당기고 탤리의 어깨를 감쌌다.

넬은 얼른 방을 가로질러 달려가 의자에 앉아서 아빠 얼굴 가까이에 기댔다.

"아빠!"

넬은 울음을 터뜨렸다. 1분 전만 해도 멀쩡했는데, 좀 이상해 보였다.

"아빠 괜찮아요? 무슨 일이 있었는지 엄마가 우리한테 말해 줬을 때 나 진짜 무서웠어."

아빠가 눈을 뜨고 넬을 바라보며 말했다.

"아빠 때문에 무서웠다니 미안해. 아빠는 괜찮아. 며칠 푹 쉬고 나면 아주 건강해질 거야."

저만치 문가에서 탤리는 긴장했다. 아빠는 의사가 아니다. 의학 학위도 없다. 괜찮아질지 그렇지 않을지 아빠는 절대로 알 수가 없다.

아빠가 탤리를 보며 말했다. 입가에 미소가 걸렸다.

"호랑이 한 마리를 데리고 왔네! 병실에 사나운 맹수를 데려온 걸 간호사들이 못 보면 좋겠다."

갑자기 탤리는 지쳤다. 숨는 것도 할 만큼 했고, 호랑이인 척하는 것도 그만하면 충분하다. 탤리는 호랑이 소녀가 아니다. 탤리는 탤리다. 탤리는 어둠 속에서 루퍼트를 구할 만큼 용감했고, 자기 두 발로 5층까지 걸어 올라와 이 병실 안까지 들어올 만큼 용감했다.

호랑이 소녀는 도망치지 않는다. 호랑이 소녀는 두렵거나 흥분했을 때 팔을 펄럭이지 않는다. 호랑이 소녀는 주위가 너무 분주하거나 소란스러워도 혼자서 흥얼거리지 않는다. 호랑이 소녀는 화를 내거나 흥분하거나 상처받지 않는다. 호랑이 소녀는 진짜가 아니니까. 하지만 탤리는 그 모든 것을 한다. 탤리는 진짜다.

탤리가 여기에 있다.

지금 당장은 탤리 그 자체다.

단 몇 분 동안만이라도.

탤리는 가면을 내리고, 천천히 침대로 걸어가 아빠를 내려다보았다.

"나야, 탤리."

아빠가 탤리를 돌아보았다. 눈가에 서서히 웃음기가 번지더니 이내 얼굴 가득 미소를 지었다.

"그러네. 탤리를 보니까 정말, 정말 반갑다. 아빠가 곰 포옹을 해도 될까?"

탤리의 팔이 펄럭펄럭 움직였다. 탤리는 아빠에게 안겼다.

탤리의 미래를 위한 꿈

☑ 언젠가 자폐증이 있는 사람의 관점에서 자폐가 무엇인지 세상 사람들이 이해할 수 있도록, 누가 내 일기를 책으로 만들 수 있게 도와주기

☑ 영구적인 손상을 입은 동물을 위한 탤리 애덤스 동물 보호소 열기

☑ 테일러 스위프트 만나기

☑ 말랑이 장난감 공장 열기 – 애덤스 말랑이 주식회사

☑ 나 같은 사람들이 자폐증을 숨기지 않고 당당히 드러낼 수 있게 도와주고, 사람들이 우리를 다르다고 생각하지 않게 하기

29

탤리는 아빠 옆 소파에 앉아서 옛날 서부 영화를 보고 있었다. 그때 초인종이 울렸다.

엄마가 부엌에서 소리쳤다.

"내가 나가 볼게! 다른 사람은 꼼짝도 하지 마! 있던 그대로 있어. 나 혼자 이것저것 다 할 테니까."

아빠가 탤리에게 씩 웃어보였다.

"네 엄마는 내가 하루빨리 두 발로 다시 일어서기를 기대하는 것 같아. 내가 아까 차 한 잔 달라고 했더니, 나중에 아빠가 침대에서 일어나 다시 걷게 되면 엄마한테 차를 몇 잔이나 끓여 줘야 하는지 세고 있더라!"

탤리는 쿠션 하나를 들어 무릎 위에 올렸다. 눈은 화면에 고정되어 있었다.

"아빠가 병원에 있을 때 무서웠어. 아빠가 죽는 줄 알았어."

탤리 옆에서 아빠가 진지하게 고개를 끄덕이며 말했다.

"나도 무서웠어. 그런 일이 일어나면 누구나 겁이 나지."

탤리는 잠시 생각하고는 말했다.

"엄마는 무서워하지 않았어. 엄마는 엄청 이래라저래라 하면서 화를 냈어. 엄마는 안 무서워했어."

아빠가 고개를 저으며 말했다.

"엄마도 분명히 무서워했어. 다만 엄마는 너희가 그걸 아는 게 싫었을 뿐이야. 너희가 더 걱정할 거라고 생각해서 자기 감정을 숨긴 거지. 그래서 다른 감정으로 튀어나온 거야. 이래라저래라 하면서 화를 내고."

아빠가 빙긋 웃으며 무릎 위로 담요를 끌어당겼다.

"감정은 그런 특성이 있어. 숨길 수는 있지만 사라지지는 않아."

탤리는 그게 무슨 뜻인지 물어보려고 했다. 그때 엄마가 탤리를 불렀다.

"탤리! 손님이 왔네!"

탤리는 혼란스러운 기분으로 소파에서 몸을 일으켜 거실 문을 열었다. 현관 앞에 꼴도 보기 싫은 세 사람이 서 있었다.

엄마가 말했다.

"엄마는 가 볼게, 괜찮지? 부엌으로 가서 얘기하는 게 어떻겠니? 탤리, 친구들한테 과자 좀 줘도 된단다."

탤리는 곱지 않은 시선을 보내며 몸을 휙 돌려 부엌으로 가서 싱크대에 기대고는, 친구들이 쭈뼛거리며 들어오는 모습을 지켜보았다. 이 아이들은 친구가 아니다. 그래서 새 과자 상자를 열고 싶은 마음이 없다. 여기에 있는 것조차 싫다. 아이들이 가고 난 다음에 혼자서 먹을 거다.

라일라가 어색한 침묵을 깨고 말했다.

"너 일주일 내내 학교에 안 왔어."

탤리를 어깨를 으쓱해 보였다. 그걸 말하려고 여기까지 왔다면 이 아이들은 정말이지 시간을 낭비하고 있다. 마지막으로 학교에 간 뒤로 얼마나 지났는지 탤리는 벌써 알고 있으니까.

그리고 탤리는 그 이유를 안다.

루시가 말했다.

"우리 사과하려고 왔어."

루시는 뺨이 발개지고 몸을 이리저리 움직였다. 탤리가 불안할 때 그러는 것과 조금 비슷했다.

"우리가 네 가면을 가져가지 말아야 했어. 절대로 루크에게 그걸 전해 주지 말아야 했어."

탤리가 루시에게 말했다.

"하지만 그랬잖아. 그러면 안 된다는 걸 뻔히 알면서도 너희는 그랬어. 너희한테 타임머신이 없는 이상 그 사실을 바꿀 수는 없어."

루시가 라일라를 건너다보았다. 탤리는 예의 '그 표정'이 나오리라 예상했다.

하지만 그런 표정은 없었다. 오히려 루시는 금방이라도 울음을 터뜨릴 것처럼 보였다.

라일라가 차분히 말했다.

"우리가 한 짓을 바꿀 수 없다는 거 알아. 우리는 너한테 좋은 친구가 아니었어, 탤리. 우리 모두 그걸 알고 있어."

이어서 아이샤가 처음으로 입을 열어 덧붙였다.

"우리가 정말 미안해. 너를 지켜 주겠다는 약속을 잊으면 안 됐어."

탤리는 눈을 가늘게 떴다. 탤리가 대단한 호랑이 소녀는 아닐지 모른다. 그렇지만 어린아이도 아니다. 자신에게 미안함을 느끼는 사람은 필요하지 않다. 자신을 지켜 줄 사람도 필요하지 않다.

탤리는 쌀쌀맞게 말했다.

"됐어. 너희가 미안하다고 말했으니까 이제 가도 돼. 이미 지나간 일을 안타까워할 필요 없어. 나를 돌봐 줄 필요도 없고. 나를 돌봐 줄 사람은 필요 없어. 난 아기가 아니야."

세 소녀가 서로 얼굴을 쳐다보더니 한꺼번에 한목소리로 말했다.

"아니! 탤리, 그게 아니야."

"내 말은, 너희는 그럴 필요가 없……."

"우리는 네가 그리워!"

라일라 목소리가 제일 컸다. 나머지 두 사람은 조용했다.

라일라가 다시 말했다.

"우리는 네가 그리워. 네가 없으니까 학교가 예전 같지 않아. 따분해."

탤리는 고개를 저었다.

"너희는 나 안 보고 싶어. 너희는 날 잘 알지도 못해. 너희가 좋아하는 걸 나도 좋아한다고 생각하지만, 난 아니야! 난 화장하는 거 싫어. 난 무서운 영화 보고 싶지 않아. 난 남자아이들한테 관심 없어. 나 그런 척하는 거 지긋지긋해."

아이샤가 차분히 말했다.

"나도 무서운 영화 싫어해. 라일라네 집에서 그 영화 보고 나서 일주일 동안 악몽을 꿨어."

"그리고 나 루크 안 좋아해. 그냥 좋아하는 척했을 뿐이야."

루시 목소리가 하도 작아서 탤리는 귀를 바짝 기울여야 했다.

탤리는 얼굴을 찌푸렸다.

"왜 솔직하게 말하지 않았어? 그건 멍청한 짓이야."

루시의 눈길이 탤리를 향하다 이내 바닥으로 떨어졌다.

"7학년이 되니까 7학년처럼 굴고 싶었어. 다들 그럴 거라고 생각했어."

한순간 탤리는 멈칫했다. 그건 좀 이해할 수 있을 것 같았다. 어울려 보이려고 노력하는 게 뭔지 안다.

라일라가 앞으로 나섰다. 초조해 보였다.

"우린 정말로 네가 그리워, 탤리. 너는 웃기고 영리해. 다른 누구도 하지 않는 말을 해. 다른 누구도 하지 않는 것을 해. 네가 함께 있어야 학교가 훨씬 재미있어."

"그러니까 너희 나한테 미안해서 여기 온 거 아니야?"

탤리는 여전히 의심스러워 물었다.

그러자 라일라가 소리쳤다.

"맞아! 우리는 모두 미안해서 온 거야. 그리고 우리가 좋은 친구가 아니었다는 거 알아. 그렇지만 네가 학교로 돌아와서 우리랑 같이 있으면 정말 좋겠어."

"루크하고 아미트하고 재스민은? 다른 애들도 같이? 연극반 교실에서 무슨 일이 있었는지 그 애들이 봤어. 다들 나를 별종 애덤스라고 부를 거라고."

루시가 말했다. 루시 얼굴은 여전히 붉었다.

"안 그래. 네가 간 뒤로 모두 정말로 불편해하고 있어."

라일라가 이어 말했다.

"우리 고백할 게 있어. 아니, 내가."

라일라는 아이샤를 힐끗 보았다. 아이샤가 용기를 북돋우듯 고개를 끄덕였다.

"네가 그렇게나 화를 낸 뒤에, 네가 가면 하나에 왜 그렇게 신경을 쓰는지 모두들 알고 싶어 했어. 그래서 너에 관해 친구들한테 말했어."

라일라는 잠깐 멈췄다가 숨을 크게 들이쉬고 말을 이었다.

"내가 친구들한테 말했어. 네가 어떤지……."

라일라는 꿀꺽 마른침을 삼키고 탤리를 보았다. 라일라는 울음을 참으려는 것처럼 얼굴이 일그러졌다.

탤리가 라일라에게 말했다.

"얘기해도 돼. 네가 다른 아이들한테 말했다면. 그게 무례한 말은 아니잖아."

아이샤가 덧붙였다.

"자먼 선생님도 거기 있었어. 선생님은 우리가 남과 다르다고 생각하는 것, 우리가 남과 어울리려고 행동하는 것에 대해 이야기하게 했어."

"너희가 어떻게 다른데? 그게 문제야. 너희는 다 똑같아. 다른 건 나야. 너희한테는 쉽잖아."

탤리가 말했다. 못 믿겠다는 듯한 목소리였다.

라일라가 고개를 젓고는 루시와 아이샤를 슬쩍 쳐다보고 나서 말했다.

"그렇지 않아, 탤리. 아마 우리는 어떤 면에서 모두 똑같을 거야. 그렇다고 그게 쉽다는 뜻은 아니야. 이따금 내 머릿속에는 누구한테도 말할 수 없는 게 있어. 내가 할 수 있는 유일한 것은 그냥 괜찮은 척만 하는 거지."

이어서 루시가 말했다.

"자먼 선생님이 종이를 한 장씩 나눠 주면서, 걱정스럽거나 두려운 감정에 맞서는 다양한 방법을 써 보라고 했어. 우리가 다 써서 그걸 상자에 넣은 다음에 선생님이 하나씩 큰 소리로 읽었어."

탤리는 호기심이 일어 물었다.

"전부 뭐라고 썼는데?"

라일라가 대답해 주었다.

"종이에 이름을 쓸 필요는 없었어. 어쨌거나 어떤 애는 헤드폰을 끼고 음악을 듣는다고 했어. 어떤 애는 그냥 혼자 있으면서 아무하고도 말하지 않는다고 했어. 또 어떤 애는 일단 걱정하기 시작하면 언제나 화가 나서 결국은 싸움을 하게 된다고 말했어."

아이샤가 끼어들었다.

"어떤 애는 손톱을 물어뜯는다고 썼어."

그 말에 모두 루시를 쳐다보자, 루시는 입에서 손가락을 얼른 빼고 눈을 흘겼다.

라일라가 말했다.

"다들 뭔가를 써냈어. 우리는 저마다 다른 행동을 하지만, 다 괜찮다고 이야기했어."

라일라가 주머니에서 종이 한 장을 꺼내 탤리에게 건네며 말했다.

"네가 이걸 원하는지는 모르겠어. 하지만 루크가 나더러 이걸 너한테 전해 달라고 했어."

탤리는 종이를 펴고 몸을 돌려 비뚤배뚤 쓴 글을 쓱 훑었다. 머리로 그 말이 무슨 말인지 이해하려고 노력했다.

안녕, 탤리.

있잖아, 미안해. 괜찮니? 너한테 자폐증이 있다고 아무도 내게 말해 주지 않았어. 내가 알았다면 너를 별종 애덤스라고 부르지 않았을 텐데. 자먼 선생님이 그랬어. 이렇게 일이 잘못 됐을 때는 쪽지를 써서 내가 앞으로 어떻게 할지 말해야 한다고. 하지만 무슨 말을 해야 할지 정말 모르겠어. 난 여전히 답을 찾고 있는 것 같아.

어쨌든, 정말 미안해. 그 가면 일은 내가 멍청했어. 네가 학교로 돌아오면 그런 일은 두 번 다시 없을 거야.

루크

탤리는 그 편지를 두 번 읽었다. 미안하다는 말은 누구나 할 수 있다. 탤리에게 미안해하는 마음을 루크가 어떻게 행동으로 보여 줄지 두고 보겠다고 생각했다. 그게 루크를 대하는 탤리의 생각이 바뀔 유일한 방법이다.

탤리는 친구들을 향해 몸을 돌리고 물었다. 다리가 까딱까딱 움직였다.

"그래서 이제 내가 자폐아라는 사실을 전부 아는 거야? 반 전체가?"

잠깐 침묵이 흘렀다. 네 소녀는 서로를 바라보았다. 라일라가 아주 차분한 목소리로 말했다.

"응."

탤리는 라일라를 한참 동안 쳐다보았다.

"아이들한테 말하는 건 네가 결정할 일이 아니잖아? 이건 내 이야기고, 누구한테 말할지 결정하는 사람은 나라고."

라일라가 눈물을 글썽였다.

"알아, 정말 미안해. 하지만 난 그저 아이들이 네가 어떤지 이해할 수 있게 도와주려고 그랬어."

탤리가 진지하게 물었다.

"그래서 도움이 됐어? 아이들이 이해해?"

세 소녀가 미친 듯이 고개를 끄덕였다. 라일라가 말했다.

"사람들이 너무 시끄럽거나 지나치게 이래라저래라 하면 네가 어떤 기분인지 말해 줬어."

탤리는 루시를 빤히 바라보며 물었다.

"사람들이 친절하지 않게 굴 때는? 사람들이 나를 너무 불친절하게 대할 때 내 기분이 어떤지 말해 줬어?"

루시가 소곤거렸다.

"그건 아이들이 직접 본 것 같아. 우리가 미안해, 탤리. 진심으로 미안해."

탤리는 몸을 돌려 창밖을 내다보았다. 잿빛 하늘이 무겁게 내려앉아 있었다. 그래도 저 위 구름 너머 어딘가에는 눈부시게 파란 하늘이 멀리까지 펼쳐져 있다. 다른 사람들은 몰라도 탤리는 그렇다는 걸 안다.

그거면 충분하다.

탤리는 몸을 돌리지 않은 채로 말했다.

"좋아. 믿을게."

라일라가 물었다.

"내일은 학교에 올 거지? 다시 예전처럼 평범하게 돌아가는 거지?"

탤리는 유리창에 비친 자기 모습을 보고 웃음 지었다.

"나는 너희가 말하는 평범함을 좋아한 것 같지 않아. 맞아, 아니야. 이제 나 자신만의 평범함을 찾아야 할지도 몰라. 그렇지만 너희가 미안하다고 하니까 기뻐. 이따금 말하기가 꽤 힘든 단어잖아. 그러니까 고마워."

이렇게 말하고 탤리는 아이들이 현관문을 닫고 나갈 때까지 기다렸다. 그러고 나서 초코 과자를 꺼내 혼자서 실컷 먹었다.

날짜 11월 16일 일요일

상황 확실하지 않다. 하지만 괜찮은 듯하다.

불안감 정도 3. 일어난 모든 일을 생각했을 때 썩 괜찮은 편이다.

나의 일기장에게

　오늘은 이상한 날이었어. 하지만 더는 내가 숨을 필요가 없어서 아주 마음이 놓여. 대부분의 사람들 앞에서 나는 내 자폐증을 비밀로 했어. 나를 다르게 대할까 봐 두려웠거든. 사람들은 자폐를 이상하게 바라보기도 해. 사람들은 나에게 자폐증이 있기 때문에 특정한 행동을 보여야 한다고 생각해. 그러고는 사람들의 고정 관념과 맞지 않기 때문에 내가 자폐증일 리 없다고 생각한다니까!

　"넌 자폐처럼 보이지 않아."

　내가 처음 진단을 받았을 때 어떤 사람이 내게 말했어. '자폐'처럼 보인다는 게 뭘까? 난 그냥 이렇게 말했어. "안타깝네요." 그러고는 가장 우스꽝스러운 걸음으로 사람들에게서 멀어지면서 사람들이 기대하는 것을 채워 줄 수 있기를 바랐어. 그리고 피할 수 없는 질문이 있어. "자폐증이 어떤 거예요?" 참 멍청한 질문이지! 난 그냥 사람들한테 물어봐. "음, 당신이라는 사람은 어때요?" 그게 그 사람들이 묻는 거니까. 마치 모든 자폐증 사람이 똑같은 생각을 하고 똑같은 행동을 하는 것처럼 말이야. 내가 인내심을 느낀다면(그런 경우는 드물지만), 그건 녹아내리는 눈꽃 같다고 말해. 모든 자폐증 사람들은 저마다 다 달라. 여느 사람들처럼 모든 자폐증 사람들도 요구며, 개성이며,

열정이며, 싫어하는 게 다 달라.

내가 모든 자폐증 사람들을 말하는 건 아니야. 난 그저 나 자신의 경험을 나눌 뿐이야.

그리고 이제 내 경험을 점점 더 많이 공유하고 내가 어떻게 느끼는지, 내가 정말로 누구인지 마음을 열고 드러내려 해. 쉽지는 않을 거야. 왜냐하면 지금껏 내 일부를 숨겨 왔으니까. 불편하게 느끼는 자신의 일부를 드러내기는 어렵거든. 하지만 조심해, 세상아. 지금은 이게 나야. 탤리 애덤스. 가면을 쓰지 않은 자랑스러운 자폐아.

30

한밤중에 폭풍이 몰아치더니 오늘 아침은 공기가 상쾌하다. 탤리는 넬 옆에서 나란히 걸으며 인도 위 갈라진 틈을 조심조심 밟았다.

"엄마가 우리를 차로 태워다 줬을 거야, 안 그래? 네가 왜 차 타고 가는 게 싫다고 했는지 이해가 안 돼."

넬이 목도리로 목을 감싸며 툴툴댔다.

탤리는 넬의 말을 못 들은 체하고 계속 땅에 눈을 고정했다. 오늘 이른 아침에 아빠와 함께 루퍼트를 산책시키다 적어도 지렁이 다섯 마리를 구했다. 학교 가는 길에는 더 많으리라는 걸 알았다.

넬이 중얼거렸다.

"여기 꽁꽁 얼었어. 발에 감각이 거의 없어."

그러나 탤리는 춥지 않았다. 오늘 아침에 엄마가 한 말이 머릿속에서 탤리를 따뜻하고 아늑하게 해 주었다. 엄마 아빠가 해 준 그 말이 포근한 담요처럼 탤리를 감쌌다. 둘 다 찬성했다. 루퍼트는 이제 영원히 함께 살 수 있다. 루퍼트와 탤리 둘 다 아침을 먹고 산책을 하고 숙제를 잘한다면(이 말은 좀 멍청하게 들리지만, 루퍼트는 강아지 훈련반에서 내준 숙제가 엄청 많다), 루퍼트는 탤리와 함께 살면서 영원히, 영원히, 탤리의 강아지가 될 수 있다.

엄마는 탤리가 이해해야 하는 것, 그러니까 루퍼트가 열 살이 되었고 아주 늙은 개라는 사실에 관해서 뭔가를 이야기하기 시작했다. 하지만 탤리는 그 말을 제대로 듣지 않고 후닥닥 달려가서 루퍼트에게 좋은 소식을 전했다. 무시무시한 생각으로 행복한 기분을 망치고 싶지 않았으니까. 언젠가 그 점에 대해 생각해야 한다는 것은 안다. 하지만 오늘은 아니다.

교문이 멀리 모습을 드러냈다.

넬이 투덜거렸다.

"넌 왜 언제나 네 마음대로 해야 하는지 이유를 모르겠어. 다음엔 내가 엄마한테 말할 거야. 내가 선택할 차례잖아. 난 따뜻한 차를 타고 학교에 갈 거야. 원한다면 넌 걸어서 가도 돼."

탤리는 눈을 깜빡였다. 갑자기 눈에 눈물이 맺혀서 깜짝 놀랐다. 루퍼트를 찾은 날 밤부터 넬과는 사이가 좋아졌다. 그러나 분명 넬은 여전히 탤리를 좋아하지 않는 듯하고, 넬이 호랑이 가면을 돌려주긴 했지만 탤리를 그 이상으로 이해하지는 못한다. 물론 예전만큼 이해 못 하지는 않지만. 엄마 말에 따르면 넬은 사춘기라 바쁘게 지내는데, 그건 탤리를 어떻게 생각하느냐와는 아무 관련이 없다고 한다. 그렇지만 탤리는 바보가 아니다. 넬이 탤리를 거대하게 짜증 나는 고통이라고 여긴다는 것을 안다.

교문이 가까워지자 가슴속에서 심장이 뛰었다. 어쩌면 여기에 다시 온 게 실수일지 모른다. 넬이 같이 있어 주지 못하는데, 학교에서 뭔가 달라질 수 있으리라 믿은 게 멍청했는지 모른다. 혹시 몰라서 가방 밑바닥에 잘 챙겨 넣은 호랑이 가면을 생각하며 탤리는 용감해지려 했다. 탤리는 자기 자신이 되고 싶다. 하지만 탤리는 자신이 진정 어떤 사람인지를 모든 사람들에게 보여 줘도 괜찮을지 아직 확신이 서지 않았다.

7학년 아이들 무리가 스쳐 지나가며 서로 밀쳐 댔다. 탤리는 몸을 웅크리고 땅바닥을 내려다보며 그 아이들이 자기를 알아차리지 못하기를 바랐다.

그 아이들은 다음 주에 개봉할 영화 이야기에 푹 빠진 채로 지나쳐 갔다. 탤리는 길게 천천히 숨을 내쉬었다. 첫 번째 장애물은 거의 넘겼다.

"괜찮니, 탤리?"

탤리는 고개를 번쩍 들었다. 탤리 바로 옆에 연극반 알렉산드라가 있다. 자기도 때로는 모든 게 엉망일 때가 있다고 말한 바로 그 알렉산드라. 탤리를 별종이라고 부르면 안 된다고 루크에게 말한 바로 그 알렉산드라.

알렉산드라가 편안하게 활짝 웃어 보이고는 다시 영화 얘기로 돌아갔다.

"안녕."

탤리는 돌아서 멀어져 가는 알렉산드라를 보며 작은 소리로 인사를 건넸다.

누가 자기한테 그렇게 말한 게 마지막으로 언제였는지 기억나지 않았다. 라일라나 루시나 아이샤가 아닌 사람 말이다. 탤리는 다른 누군가가 자신을 볼 수 있다는 것을 몰랐다.

넬이 탤리에게 말했다.

"난 가게 옆에서 로사를 만날 거야. 넌 학교로 들어가도 괜찮아."

그건 질문이 아니기 때문에 탤리는 대답하지 않았다. 탤리는 넬을 지나쳐 교문까지 걸으면서 눈으로는 운동장에 모인 아이들 무리를 좇았다.

그런데 그때 뭔가에 이끌려 탤리는 뒤를 돌아보았다. 그리고 넬이 길을 건너서 도로를 걸어 내려가는 모습을 지켜보았다. 넬은 멈추더니 땅에서 뭐를 들여다보며 입을 빠르게 움직였다. 마치 스스로 사납게 꾸짖거나 몹시 나쁜 생각과 씨름하는 것처럼. 그러더니 포기한 듯 어깨를 축 늘어뜨렸다. 탤리는 넬이 뭘 하는지 보려고 목을 길게 뺐다.

넬은 허리를 숙이고 뭔가를 주웠는데, 역겨운 듯 얼굴에 잔뜩 주름이 잡혔다. 넬은 종종걸음 치며 인도를 가로질러 손을 내려놓았다. 탤리는 넬이 풀이 나 있는 안전한 길가로 지렁이를 조심스레 옮겨 놓는 모습을 믿을 수 없다는 듯이 바라보았다.

넬은 자리에서 일어나 코트에 손을 열심히 비볐다. 그리고는 탤리 쪽을 똑바로 쳐다보며 고개를 가로젓고 입술을 말아 올리면서 탤리와 똑같은 웃음을 지었다.

"됐지?"

길 건너에서 넬이 소리 없이 입 모양으로 물었다.

"됐어."

탤리도 똑같이 따라 대답했다.

탤리는 학교를 향해 다시 돌아섰다. 억지로 참고 숨기려 하지 않고, 팔이 펄럭펄럭 움직이게 내버려 두었다. 정말로 그래도 된다고 생각했다.

감사의 말

리비는 자신을 믿어 준 엄마와 아빠 그리고 언니에게 고마움을 전하고 싶습니다. 더불어 밸리 초등학교 관계자분과 든든하게 지지해 준 친구들(특히 올리, 브루크, 엘리, 에니즈, 에린, 렉시)에게도 고마움을 전합니다.

레베카는 애덤, 재커리, 조지아 그리고 루번에게 고마움을 전합니다. 이 네 사람은 전혀 두려워하지 않고 당당히 앞으로 나섰지요.

우리 두 사람은 자신들의 생각을 나눠 주고 도움을 준 리비 워런-그린, 호프 휘트모어, 애나 월펜덴, 프리야 월, 폴리&엘시 쿠드릭에게 감사합니다. 또한 줄리아 처칠과 이 놀라운 경험을 우리에게 함께 가져다준 스콜라스틱 팀에도 진심으로 고마움을 전합니다.

탤리 이야기
조금 특별한 소녀의 특별하지 않은 일기

초판 1쇄 발행 2023년 8월 1일
글 리비 스콧, 레베카 웨스트콧 | 옮김 김선희

발행인 이종원 | **발행처** 길벗스쿨
출판사 등록일 2006년 6월 16일 | 주소 서울시 마포구 월드컵로 10길 56(서교동)
대표전화 (02)332-0931 | **팩스** (02)323-0586
홈페이지 school.gilbut.co.kr | **이메일** gilbut@gilbut.co.kr

기획 및 책임편집 배지하 | **교정교열** 김미경 | **조판** 이은경
제작 이준호, 손일순, 이진혁 | **영업마케팅** 진창섭, 강요한 | **웹마케팅** 지하영
영업관리 정경화 | **독자지원** 윤정아, 최희창
디자인 이현숙 | **CTP 출력 및 인쇄** 상지사 | **제본** 경문제책사

- 잘못 만든 책은 구입한 서점에서 바꿔 드립니다.
- 이 책은 저작권법에 따라 보호받는 저작물이므로 무단전재와 무단복제를 금합니다.
- 이 책의 전부 또는 일부를 이용하려면 반드시 사전에 저작권자와 길벗스쿨의 서면 동의를 받아야 합니다.

ISBN 979-11-6406-555-4 (73840)
(길벗스쿨 도서번호 200349)

제품 명 : 탤리 이야기	주 소 : 서울시 마포구 월드컵로 10길 56 (서교동)
제조사명 : 길벗스쿨	전화번호 : 02-332-0931
제조국명 : 대한민국	제조년월 : 판권에 별도 표기
사용연령 : 10세 이상	KC마크는 이 제품이 공통안전기준에 적합하였음을 의미합니다.